CHERCHEUR D'ÉTOILES

L'auteur

Tim Bowler, lauréat de la prestigieuse Carnegie Medal en 1998 pour *Le garçon de la rivière*, a publié dix romans en Grande-Bretagne. Son amour pour l'écriture et son intarissable imagination ont fait de lui l'un des auteurs anglais de littérature jeunesse les plus récompensés et acclamés par la critique, le public et la presse.

Du même auteur, chez Pocket Jeunesse :

Le garçon de la rivière

CHERCHEUR D'ÉTOILES

TIM BOWLER

Traduit de l'anglais
par Marie Leymarie

POCKET JEUNESSE

Directeur de collection :
Xavier d'Almeida

Titre original :
Starseeker

Publié pour la première fois en 2002 en langue anglaise
par Oxford University Press, Londres.

Loi n° 49 956 du 16 juillet 1949 sur les publications destinées
à la jeunesse : septembre 2008.

ISBN : 978-2-266-14906-8

« L'univers n'est pas fait de matière,
mais de musique. »

Dr Donald HATCH

À la mémoire de Nan.

1

Un murmure hantait le crépuscule, un long écho endormi. C'était la voix d'une petite fille, si ténue qu'on aurait dit un esprit de la forêt. Sauf qu'elle ne venait pas de la forêt, mais du *Manoir*.

Luc regarda la vieille maison et tendit l'oreille. Soudain, dans un sursaut, il comprit : c'étaient des pleurs.

Il jeta un regard furtif aux autres. Skin et Damien, juchés sur le mur, continuaient de guetter, tandis que Benoît, avachi sur le sol, mangeait un beignet qu'il tenait entre ses gros doigts boudinés et poisseux. Il leva les yeux.

— Luc, t'as l'air bizarre. Ça va ?

— Ça va.

Aucun d'entre eux ne semblait avoir perçu la voix. Les deux autres n'avaient même pas tourné la tête et Benoît avait recommencé à manger. Ils scrutaient la porte d'entrée depuis plus d'une heure. Le visage de furet de Damien était crispé, mais Skin était dangereusement calme et son regard aussi mordant qu'une flamme. Luc hésita, puis demanda :

— Vous n'entendez rien ?

— Si, Ben a roté, déclara Damien sans bouger. Mais ça, c'est normal.

Luc fronça les sourcils. La voix était si nette à présent... Pourquoi les autres ne l'entendaient-ils pas ? Il se hissa sur le mur. Le jardin du *Manoir* lui apparut, avec sa vaste pelouse à l'abandon, ses massifs de fleurs, sa remise délabrée et, plus à gauche, la maison elle-même, grande et pâle dans la lumière du soir.

— Alors, tu la vois ? demanda Benoît.

— Pas encore, répondit Skin.

— Si ça se trouve, elle va pas sortir...

— Elle va sortir.

— Tu peux pas en être sûr... protesta Benoît en mordant dans son beignet. Elle sort presque jamais de chez elle !

Skin lui lança un regard assassin, puis se tourna de nouveau vers la maison.

— Elle va sortir.

Il plissa les yeux.

— Elle va à l'épicerie tous les vendredis. Il n'y a pas de raison qu'elle n'y aille pas ce soir. Il suffit de guetter !

— Il va falloir qu'elle se dépêche, rétorqua Benoît, sinon ça risque de fermer.

— Ça ferme plus tard, le vendredi. Elle a encore le temps.

Skin se raidit soudain.

— La voilà. Restez immobiles et couchez-vous si elle tourne la tête vers nous.

Luc, figé, vit Mme Petit apparaître sur le perron, son cabas à la main, puis fermer la porte et se diriger vers le portail. Damien secoua la tête.

— Elle est vraiment trop moche...

C'était juste. Luc n'avait jamais vu une femme aussi laide. Ce devait être la personne la moins aimée d'Upper Dinton. Difficile d'imaginer qu'il y ait eu un jour un M. Petit. D'ailleurs, au village, personne n'avait entendu parler de son existence. À vrai dire on ne savait pas grand-chose d'elle, sinon qu'elle vivait seule au *Manoir* depuis deux ans et que si quelqu'un avait le malheur d'en approcher, elle lui aboyait dessus. Elle semblait n'aimer personne, et surtout pas les « petites frappes de quatorze ans ».

Aujourd'hui, l'heure de la revanche avait sonné, elle allait payer pour toutes les fois où elle les avait insultés. Car Mme Petit était riche. Personne ne savait à quel point, mais qu'elle fût pleine aux as ne faisait aucun doute. *Le Manoir*, magnifique maison ancienne située à l'écart du village, était la plus belle propriété d'Upper Dinton. Elle s'étendait jusque sur la colline, à la lisière de la forêt de Buckland.

Skin n'était pas intéressé par l'argent. Il ne cracherait pas dessus s'il en trouvait par hasard. Mais ce qu'il désirait jusqu'à l'obsession, c'était la boîte. Celle qu'il avait aperçue dans les mains de la vieille dame, un jour où il l'espionnait par la fenêtre. Cette boîte contenait quelque chose de précieux, peut-être des bijoux. Il ne pouvait pas le savoir, il n'avait pas tout vu, mais peu lui importait : à ses gestes précautionneux, aux regards qu'elle jetait autour d'elle tandis qu'elle en vérifiait le contenu... On aurait dit une avare couvant son or. Bijoux ou pas, il était clair qu'elle y tenait comme à la prunelle de ses yeux. C'était une raison suffisante pour la lui voler.

— Elle s'en va... murmura Damien.

Luc suivit des yeux la silhouette de la vieille femme. Elle remontait la piste vers le chemin des Noisetiers, qui bifurquait en direction du village. Il sentit le regard de Skin posé sur lui.

— À toi, Luc. À toi de jouer.

— Je sais pas si j'ai encore envie d'y aller.

— Évidemment que t'as envie, rétorqua Skin, le toisant de la tête aux pieds. On s'est mis d'accord. Tu veux faire partie de la bande, très bien. Mais faut qu'on soit sûrs de pouvoir compter sur toi. Tu dois nous prouver que t'es pas une poule mouillée.

Son ton se durcit.

— Sinon, tu peux retourner à ton piano.

Luc observa la maison et, à nouveau, entendit les pleurs. La voix de Skin se fit menaçante :

— Ou t'es avec nous ou t'es contre nous. Et je crois pas que t'aies envie d'être contre nous, si tu vois ce que je veux dire...

Les regards des deux garçons se croisèrent. Les yeux de Skin brillaient comme deux flammes noires. Luc sentait, tout près, Damien et Benoît qui le fixaient aussi. Il se mordit la lèvre et essaya de ne plus penser aux pleurs.

— D'accord.

— T'es un bon gars, dit Skin.

Ils dégringolèrent de leur perchoir et coururent le long du mur jusqu'au portail. Skin s'arrêta brusquement et jeta un coup d'œil rapide autour de lui. Il n'avait plus rien de calme à présent : son visage était aussi doux que celui d'un chien de chasse. Des bruits de sabots se firent entendre en provenance de la forêt.

— Vite, cria-t-il. Planquez-vous !

Ils escaladèrent le portail, se ruèrent derrière la maison et attendirent, plaqués contre le mur. Le bruit des pas devenait de plus en fort. Luc risqua un regard.

— Qui c'est ? chuchota Skin.

— Miranda Davis et son père.

Les deux cavaliers disparurent en direction du chemin des Noisetiers. Benoît gloussa.

— La petite copine de Luc.

— C'est pas ma copine, protesta Luc.

— Ah ouais ? Je vous ai vus papoter au collège...

— La ferme ! ordonna Skin. On n'a pas que ça à faire !

Ils continuèrent à longer l'arrière du *Manoir*, puis s'arrêtèrent. La maison, dont les rideaux étaient tous tirés, avait l'air endormie. Il n'y avait pas une seule lumière allumée. Skin montra du doigt la fenêtre la plus proche.

— Le salon. C'est là que je l'ai vue avec la boîte. Mais c'était de l'autre côté. J'avais réussi à grimper sur le mur pour regarder.

— Elle y est peut-être encore, suggéra Damien.

— Ça m'étonnerait. Si elle a vraiment de la valeur, la vieille doit la garder cachée. Mais on peut vérifier quand même. Essaie de trouver une fente entre les rideaux !

Damien courut à la fenêtre et y colla son œil.

— Drôle d'endroit, déclara-t-il. Y a plein de bibelots et de trucs bizarres... En plus, c'est couvert de poussière. Elle doit pas faire le ménage souvent !

Il fit entendre un ricanement.

— Au moins, Luc se sentira chez lui : y a un piano à queue. Il pourra nous jouer un petit concerto pendant qu'on fouillera...

Luc préféra ignorer son ton moqueur.

— Tu vois la boîte ? demanda Skin.

— Non.

— Pousse-toi.

Skin gagna la fenêtre, observa longuement par la fente, puis reprit :

— Non, je vois rien non plus. C'est pas grave. Ça sera plus facile une fois qu'on sera à l'intérieur.

Il se redressa.

— Bon. À Luc Stanton, maintenant.

Le garçon sentit les regards se poser sur lui. Skin passa un bras autour de ses épaules.

— Viens avec moi, Lucky Luke. Je vais te montrer un truc qu'on a repéré, Dam et moi, pendant que Ben se bâfrait et que tu bayais aux corneilles.

Il l'entraîna plus loin derrière la maison et tendit la main.

— Là.

Luc suivit la direction de son bras, s'attendant presque à découvrir une petite fille en larmes. Mais il n'y avait rien d'autre qu'une gouttière qui descendait le long du mur, et deux fenêtres ouvertes : une lucarne dans le toit et, juste en dessous, une fenêtre au premier étage.

— Vu que c'est ton premier coup, on t'a mâché le travail, ajouta Skin. Reconnais que c'est du gâteau. T'as même droit à une jolie petite gouttière...

Luc saisit le zinc pour la tester. Elle avait l'air solide et, Skin avait raison, facile à escalader. Même les autres en auraient sans doute été capables – à part Benoît, évidemment. Mais Luc était bien placé pour savoir que, ce soir, ce n'était pas aux autres de faire leurs preuves. Skin désigna la gouttière d'un geste de la tête.

— Alors, vas-y !

Luc hésitait. Il les dévisagea l'un après l'autre. Skin fit un pas en avant. La flamme de son regard était plus sombre et plus ardente, mais sa voix aussi froide qu'une lame :

— J'ai dit : vas-y. On compte sur toi. On a besoin de toi. T'es le plus habile de nous quatre. Après ça, on aura plein de boulot pour toi. Des boulots sympas et faciles, comme celui-là. Pas de danger, pas de problème. Si tu restes avec nous, ça sera tout bénef. Tu voulais faire partie de la bande et te venger de Mme Petit : c'est l'occasion ou jamais. Alors vas-y. Et rappelle-toi ce que je t'ai dit : ne traîne pas une fois que tu es là-haut. Ouvre-nous la porte, on s'occupe du reste.

Luc fit glisser sa main le long de la gouttière. Il avait de moins en moins envie d'être mêlé à cette histoire. Et pourtant, il savait qu'il était allé trop loin, il ne pouvait plus faire demi-tour. Un refus aurait des conséquences terribles : tout le monde savait de quelle violence Skin était capable. Il commença à grimper. Même s'il éprouvait un soulagement à s'élever au-dessus des autres, il se sentait terrifié. Qu'allait-il trouver dans cette affreuse vieille maison ? Quand il arriva au niveau de la fenêtre, il fit une pause. Un parfum de chèvrefeuille montait du sol.

Les pleurs reprirent, plus désespérés et plus pressants que jamais. Qui était cette fille ? Où se trouvait-elle ? Pourquoi pleurait-elle ? Toujours agrippé à la gouttière, il tenta de réfléchir. Et s'il était le jouet de son imagination ? Il savait qu'il avait une oreille très fine, bien plus fine que la plupart des gens, et qu'il entendait les bruits longtemps avant tout le monde. Mais il lui arrivait aussi de percevoir des sons que personne d'autre ne semblait entendre. À tel point qu'il se demandait souvent s'il ne les inventait pas. C'était peut-être le cas, une fois de plus.

Quoi qu'il en soit, il devait poursuivre. Les représailles qui l'attendaient en cas d'échec seraient bien pires que tout ce qu'une petite fille en larmes – réelle ou imaginaire – pouvait lui infliger. Skin le houspilla :

— Allez, Luc ! Dépêche-toi ! Même Ben serait déjà à l'intérieur, maintenant !

Il jeta un regard à la fenêtre. Elle se trouvait plus loin qu'il ne l'avait cru, mais c'était réalisable. Il tendit le pied gauche, l'appuya sur le rebord, puis attrapa le châssis et franchit le vide.

Il se retrouva face à un petit cabinet de travail : un bureau, un fauteuil pivotant et des étagères couvertes d'horribles figurines qui semblèrent s'animer sous son regard. La voix de Skin, trépignant d'impatience, lui parvint à nouveau :

— Dépêche-toi ! On perd du temps ! Descends et fais-nous entrer !

Il sauta dans la pièce, soulagé d'échapper à leur vue, mais mal à l'aise de se trouver à l'intérieur de la maison. Les pleurs semblaient venir du plafond. Il traversa le bureau sur la pointe des pieds et glissa un regard par la porte. Un large palier, plongé dans l'obscurité, s'étendait des deux côtés : à gauche, trois portes fermées et une à moitié ouverte ; à droite, un escalier qui descendait au rez-de-chaussée et, tout au bout, une petite porte légèrement surélevée. La vue d'étagères ornées d'étranges statuettes – les mêmes que dans le bureau – lui fit froncer les sourcils. Il ne lui restait qu'à dévaler l'escalier, ouvrir la porte et laisser Skin trouver sa boîte. Les pleurs s'étaient tus. Ils ne devaient pas exister, puisque les autres n'avaient rien entendu. Il les avait rêvés, comme tous les autres sons qu'il avait entendus ces dernières années, surtout depuis la mort de son père.

Il se précipita vers l'escalier et commença à descendre. Un lourd sanglot, quelque part au-dessus de sa tête, le figea sur place. Immobile et tremblant, il tendit l'oreille. Ce n'est pas réel, pensa-t-il. Ce n'est que mon imagination. Mme Petit vit seule. Tout le monde le sait. Elle déteste les gens. Il n'y a personne. Il entendit alors un autre sanglot, presque un cri. Il tourna la tête en provenance du bruit, puis essaya de se représenter le bâtiment de l'extérieur pour comprendre ce qu'il y avait là-haut.

La lucarne ! *Le Manoir* devait avoir une sorte de grenier. Son regard tomba sur la petite porte surélevée, à l'extrémité du palier. Il chercha une bonne raison de ne pas s'y intéresser, en vain. Il savait qu'il n'avait pas le choix. La respiration courte, il remonta l'escalier, traversa le palier et ouvrit la porte. Une volée de marches étroites et tarabiscotées menait à l'étage. Dans son esprit résonnait un concert de voix contradictoires : certaines lui intimaient de rebrousser chemin, de faire entrer les autres ; d'autres le pressaient au contraire de chercher d'où venaient les pleurs. Et si ce n'était pas le fruit de son imagination, si c'était vrai ? S'il y avait quelqu'un là-haut ? Quelqu'un qui avait besoin de son aide ? Il serra les poings et commença à gravir les marches, se faisant aussi léger que possible.

Il se retrouva très vite sur un palier à deux portes, plongé dans la pénombre. La lumière était crépusculaire. Les pleurs, plus forts, venaient clairement de l'une des deux pièces. S'armant de courage, il avança vers la première, fit pivoter la poignée... et découvrit une petite salle d'eau. Aux serviettes, brosse à dents, dentifrice, shampoing et autres broutilles, il comprit qu'elle servait encore. Mais il n'y avait personne. Il revint vers l'autre porte et tendit la main.

Au même instant, les pleurs cessèrent.

Un silence sinistre s'installa. Il resta figé, immobile, la main sur la poignée. On avait dû l'entendre. Il avait pris le plus de précautions possible, mais la petite fille avait sans doute surpris un bruit, peut-être le léger déclic de la poignée. Pourquoi se serait-elle tue, sinon ? Et que faisait-elle à présent ? Il tendit l'oreille. La fillette devait être pétrifiée. Il la devinait là, juste derrière la porte, guettant le moindre bruit. Elle avait probablement encore plus peur que lui. Il approcha la tête de la porte.

— Je ne te ferai pas de mal, murmura-t-il. Je te le promets...

Seul le silence lui répondit, un silence de plus en plus pénétrant, de plus en plus terrifiant. Il pensa à Skin, qui fulminait dehors avec les autres. Ils devaient lui en vouloir, se demander ce qu'il fichait. Et d'ailleurs, qu'est-ce qu'il fichait ? Le doute s'insinua à nouveau dans son esprit : Mme Petit vit seule. Tout le monde le sait. Ce n'est pas la première fois que tu entends des bruits imaginaires. Cette pièce est vide.

Après tout, rien n'était plus facile à vérifier. Il suffisait d'un peu de courage. Il pressa la poignée et la tourna. La porte était fermée à clef. Il laissa échapper un soupir de soulagement. Même s'il le voulait, il ne pouvait pas entrer. Mais il n'avait plus aucune raison de le faire : Mme Petit avait beau être laide et acariâtre, ce n'était pas le genre à garder une petite fille prisonnière dans un grenier. Il tendit de nouveau l'oreille. Les seuls sons qui lui parvinrent furent sa propre respiration haletante. Pris d'une impulsion subite, il s'agenouilla et glissa un regard à travers le trou de la serrure.

Dans une demi-pénombre, il distingua un lit, le coin d'un radiateur, une tapisserie grisâtre et l'angle d'une étagère qui, contrairement aux rayonnages du premier étage, paraissait vide. Soudain, un visage apparut. Il cessa de respirer. À quelques centimètres de la serrure, une petite fille regardait, semblait-il, dans sa direction. Elle n'avait pas plus de neuf ou dix ans, et de longs cheveux d'un noir brillant. Son visage ravagé par les larmes exprimait une terreur comme il n'en avait jamais vu.

Il se rua vers les marches. Il savait qu'il aurait dû rester, essayer de lui parler, de l'aider, faire quelque chose... mais il en était incapable. La panique de l'enfant, contagieuse, l'avait gagné. Il descendit en trombe l'escalier qui menait à l'entrée. Au-dessus de sa tête, les pleurs éclatèrent comme un orage, plus puissants à mesure qu'il s'éloignait. Il se jeta sur la porte d'entrée, tira de toutes ses forces sur la poignée et tomba nez à nez avec les autres, qui l'attendaient, l'air renfrogné. Skin lui donna un grand coup sur la tête.

— Qu'est-ce que t'as là-dedans ? T'as mis un temps fou ! Hé, attends ! Ferme pas la...

Mais Luc ne l'écoutait pas. Avant qu'aucun d'entre eux ait pu l'en empêcher, il avait claqué la porte, traversé le jardin et sauté par-dessus le portail. Il fila en direction de la forêt.

Les pleurs ne cessaient pas.

2

Luc fonçait dans l'obscurité, à travers les arbres, sans un regard derrière lui. Il savait que les autres allaient le poursuivre, mais la terreur de la petite fille l'effrayait plus que tout. Jamais il n'avait vu un visage humain refléter une souffrance aussi poignante. Qui était-ce ? Pourquoi était-elle enfermée ? De quoi avait-elle si peur ?

De lui ?

Impossible. Il l'avait entendue pleurer longtemps avant de pénétrer dans la maison. À moins, bien sûr, qu'elle ne disposât d'une oreille aussi fine que la sienne... mais c'était improbable. Il avait beau s'enfoncer dans la forêt, il continuait à l'entendre. Ses pleurs se mêlaient au murmure des feuilles, de la terre, de l'air. Il percevait aussi, loin derrière, la voix de Skin, mais aussi celles de Benoît et Damien qui criaient son nom ; puis soudain, plus rien. Le silence.

Il se doutait qu'ils n'avaient pas renoncé, qu'ils économisaient simplement leur souffle. Tant qu'il s'agissait de courir, ils ne pouvaient pas le battre. Mais ils devineraient sans peine qu'il était allé se réfugier dans son arbre, celui-là même que son père avait tant aimé. Bien sûr, il aurait été plus sage qu'il rentre chez lui. Mais sa maison, contrairement à l'arbre, n'avait plus rien d'accueillant. Et puisque Skin aurait sa peau, quelle importance ? Il accéléra pour les distancer ; et soudain, il se retrouva au milieu de la clairière.

L'immense vieux chêne semblait l'attendre. Luc jeta un regard à la cabane, perchée tout en haut, puis se mit à grimper. Là, il serait en sécurité. Pour un temps, du moins. Car aucun des trois autres n'était capable d'y monter. Skin pouvait bien prétendre que c'était la cabane de la bande, elle n'appartenait qu'à Luc, et à lui seul. Il l'avait construite bien avant qu'il commence à traîner avec eux. L'absence de prise digne de ce nom rendait son accès difficile, mais il venait ici depuis si longtemps – d'abord avec son père puis, après sa mort, seul – qu'il avait appris à connaître par cœur la moindre aspérité, la moindre fissure. Il arrivait à prendre appui avec ses bras et ses jambes, et à se hisser tant bien que mal jusqu'à la première et précieuse branche. La suite était facile. Sans l'échelle de corde, les autres resteraient coincés en bas. Certes, lui-même se retrouverait bloqué en haut. Avec un peu de chance, ils se contenteraient de l'insulter, puis se lasseraient et rentreraient chez eux. Il ne serait pas quitte pour autant, mais ce serait toujours ça de gagné.

Plongé dans une demi-pénombre, il cherchait à tâtons les rares prises où placer ses mains et ses pieds. L'obscurité ne le gênait pas. C'était comme s'agripper à un grand frère affectueux, qui vous soulève du sol à brasle-corps, mais ne vous laisse jamais tomber. Il sentait sous ses doigts le tronc chaud et rassurant. Il progressait lentement, haletant, l'oreille aux aguets. Mais tout n'était que silence.

Il atteignit enfin la dernière branche, lança sa jambe par-dessus, puis se hissa et plongea dans le ciel. Il était temps. À peine avait-il escaladé les planches qu'il entendit des bruits de pas. Il n'eut pas besoin de regarder pour savoir que c'était Skin et Damien ; Benoît les rejoindrait plus tard, à bout de souffle, si seulement il arrivait jusque-là. Skin cria :

— Luc ! T'es là ?

Sa voix ne reflétait aucune colère, elle était même amicale. Mais Luc n'était pas dupe. Il ne répondit pas.

— Luc, je te vois !

À nouveau, il resta silencieux. Il savait que Skin bluffait. Personne ne pouvait l'apercevoir depuis le sol, et encore moins à la nuit tombée. Il avait deviné qu'il était là, ce qui n'avait rien de sorcier, car c'était toujours là qu'il se réfugiait. Skin appela encore :

— Descends l'échelle !

Il jeta un regard à l'échelle enroulée sur elle-même, juste à côté, et persista à ne pas répondre ; mais cette fois, il appliqua son œil contre un trou du plancher. Il distingua les ombres de Skin et de Damien au pied de l'arbre, qui discutaient à voix basse. Il n'y avait pas signe de Benoît, qui avait dû rentrer chez lui.

Skin releva la tête, ne faisant plus le moindre effort pour cacher sa malveillance.

— Ne crois pas que tu vas t'en sortir comme ça ! Tôt ou tard, il faudra bien que tu nous rendes des comptes !

Les deux garçons firent demi-tour et disparurent en direction du village. Luc attendit qu'ils soient partis, puis il s'allongea sur le dos et regarda à travers les branches. Le ciel devenait noir, les feuilles grises. Autour de lui, la forêt semblait assoupie et silencieuse. Et soudain, il entendit les pleurs.

Il se redressa, tremblant. Comment la voix pouvait-elle parvenir jusqu'ici ? Il revit le visage de la petite fille, sa terreur. Un sentiment de culpabilité s'empara de lui. Il aurait dû rester, lui parler. Peut-être aurait-il pu l'aider, d'une façon ou d'une autre. Il y avait si longtemps qu'il n'avait rien fait de bien ! Il ne savait pas pourquoi. Peut-être n'était-il plus quelqu'un de bien, contrairement à Miranda qui, elle, était toujours adorable avec tout le monde. Lui avait du mal à parler aux gens, maintenant.

Il fixa le sol sombre de la forêt. Plus rien n'allait dans sa vie. Au collège, on lui reprochait son manque de travail et son insolence ; les discussions avec sa mère se terminaient toutes en prises de bec ; il ternissait sa réputation en traînant avec la bande de Skin ; et voilà qu'il se les était mis à dos, eux aussi. Même jouer du piano ne lui apportait plus aucun réconfort.

Il donna un coup dans la branche la plus proche, puis l'agrippa avec force. Une sensation d'énergie le parcourut. Il inspira profondément, puis donna un autre coup. L'arbre, au moins, était son ami. Il avait d'autant plus besoin d'un ami qu'il était en train de perdre sa mère. Il scruta de nouveau le sol. L'obscurité s'était épaissie, mais il était certain que les autres n'étaient plus dans les parages. Il était temps qu'il rentre s'il voulait éviter une dispute avec sa mère. Il fronça les sourcils : il n'y couperait sans doute pas.

Il n'avait pas envie de partir. Les chênes voisins étaient immobiles, mais le sien se balançait doucement, caressant le ciel noir d'un mouvement lent et tranquille. Il commença à descendre. Le tronc était humide. Il faisait plus attention, à cause de l'obscurité, mais il se sentait sûr de lui. Il atteignit la branche la plus basse, l'attrapa à deux mains et se laissa glisser le long du tronc, cherchant du bout du pied le nœud familier. Il était là. Y appuyant son orteil, il se laissa descendre. Le second nœud se situait environ un mètre plus bas, à gauche, et n'était pas visible, mais sa longue pratique lui permit de l'atteindre sans peine. La joue écrasée contre l'arbre, il tenait la branche d'une main, tandis qu'il étreignait le tronc de l'autre. Il reprit son souffle, lâcha la branche, serrant le tronc aussi fort que possible, puis reprit sa longue descente.

Il était encore trop haut pour sauter. Il chercha à tâtons une craquelure dans le tronc, et la trouva, aussi fiable que l'arbre lui-même. Il y faufila son orteil, puis fit basculer le poids de son corps sur sa jambe. Il ressentit une légère pression, comme si une main cherchait à le tirer en arrière. Une sensation qu'il éprouvait toujours à cet endroit, et qui n'était rien d'autre que la peur de tomber ; il savait que l'arbre ne voulait pas se débarrasser de lui. Il fit glisser sa jambe jusqu'à sentir l'écorce rugueuse sous la cambrure de son pied. L'obscurité l'enveloppait comme un grand voile. Il tourna la tête et regarda à travers la pénombre. Les arbres de la clairière formaient une rangée de sentinelles. Pressé de retrouver le sol, il s'arracha de l'arbre, tournoya dans l'air et atterrit sur ses pieds, face au chemin qui menait au village.

L'air était doux, un profond silence régnait. Même les pleurs s'étaient tus. Il pivota vers l'arbre, lui donna une petite tape et murmura : « Bonne nuit », puis traversa la clairière.

Alors qu'il dépassait un marronnier, une main l'agrippa soudain et le plaqua au sol. La voix hargneuse de Skin le glaça jusqu'aux os :

— Espèce de connard !

Avant qu'il ait pu esquisser le moindre mouvement, le garçon l'attrapa par les cheveux et lui cogna la tête contre les racines de l'arbre.

— Trouillard !

— Skin...

— Trouillard !

Un coup de poing dans la joue lui brouilla la vue. Il entraperçut Damien, appuyé contre un arbre, qui les regardait.

Un deuxième coup, au menton cette fois, renvoya sa tête contre la racine.

— Skin, bredouilla-t-il, tandis qu'un flot de sang lui coulait sur le visage.

Il reçut un nouveau coup. Puis Skin l'attrapa par les cheveux et l'obligea à relever la tête.

— Connard ! Tout ce que t'avais à faire, c'était ouvrir la porte. T'étais quitte. Maintenant, on pourra pas y retourner avant un moment. On va être obligés de faire le guet, tout ça parce que t'as eu peur d'une maison vide !

— Skin, écoute...

Luc avait du mal à respirer.

— C'est ce que j'essaie de te dire... elle était pas... vide.

— Fais pas le con.

Skin tira si fort sur ses cheveux qu'il laissa échapper un cri.

— Elle était vide, Luc. Complètement vide. On aurait pu faire tout ce qu'on voulait. Elle avait même pas mis l'alarme.

— Mais, Skin... elle... elle était pas vide.

— Qui était là, alors ?

Luc avait la tête en compote, son cœur battait la chamade. Sa vision était trouble et même le visage de Skin commençait à se dissoudre ; seule la flamme de son regard était toujours visible. Le garçon insista, à contrecœur :

— Qui était là ?

Luc essaya désespérément de réfléchir. Il avait réussi à parler assez vite pour arrêter les coups. Maintenant, il n'avait plus qu'à expliquer ce qu'il avait vu...

Mais il ne pouvait pas.

Le poing s'abattit à nouveau sur son visage. Tout se mit à tourner autour de lui. Il sentit qu'on le relevait et qu'on le plaquait contre le tronc du marronnier. Les traits flous du visage de Skin apparurent.

— La prochaine fois, t'as intérêt à faire ton job comme il faut, Luc Stanton. Parce que c'est pas fini. C'est loin d'être fini. J'ai décidé que je rentrerais dans cette baraque, et tu vas m'aider, que ça te plaise ou non. Rendez-vous demain matin à la première heure, à l'entrée du chemin qui va au *Manoir*. Et n'essaie pas de nous éviter parce qu'on te retrouvera toujours.

Il toisa Luc, fit entendre un ricanement méprisant, puis le jeta à terre et cracha. Luc sentit le liquide dégouliner sur sa joue. Avant même qu'il puisse l'essuyer, il reçut un coup dans les côtes. Il se tordit de douleur et roula sur le flanc dans un râle. Puis il entendit des bruits de pas qui s'éloignaient. Loin, dans la forêt, une chouette ulula. Mais Luc n'entendait déjà plus. Il avait perdu connaissance.

3

Quand il reprit conscience, il était roulé en boule. Il avait l'impression que les poings de Skin continuaient à s'abattre sur lui, mais de l'intérieur. Tout son corps était douloureux. Il était allongé sur un entrelacs de racines, de feuilles, de branches et de mousse. Il étendit péniblement les jambes et roula sur le dos. Au-dessus de sa tête, les feuilles remuaient lentement, comme de minuscules fantômes. Pourtant il n'avait pas peur. Il n'avait jamais peur en forêt. Il y venait souvent la nuit, en secret, déjà du vivant de son père, mais encore plus depuis que ce dernier était mort. Il escaladait le vieux chêne, se hissait jusqu'au faîte et écoutait les bruits.

Il se força à se relever. Pris de nausée, il chancela. Tout tournait autour de lui. Il s'appuya un moment contre l'arbre, luttant contre l'envie de se rasseoir. Peu à peu, la nausée disparut. Il jeta un regard vers le vieux chêne, à l'autre bout de la clairière.

— Re-bonne nuit, murmura-t-il.

Il prit alors la direction du village. Il ressentait des élancements dans la tête, et ses côtes, que Skin avait rouées de coups, restaient douloureuses. Rien de cassé, lui semblait-il. Il fourra la main dans sa poche, en tira un mouchoir et s'épongea le visage. Il n'aurait pas pu dire quelle quantité de sang il avait perdue, sa bouche et son nez en étaient maculés. Sa joue gauche était si sensible qu'il pouvait à peine l'effleurer. De toute évidence, il aurait à s'expliquer sur l'existence d'un certain nombre de bleus. Il avançait d'un pas lourd, éreinté, plus angoissé que jamais. Soudain, il s'arrêta.

Il entendait à nouveau la petite fille. Ses pleurs étaient aussi ténus qu'un zéphyr, mais aussi perceptibles que sa propre respiration. Qui était-elle ? Pourquoi avait-elle si peur ? Mme Petit ne pouvait être innocente. Même si elle ne la retenait pas prisonnière, elle la maltraitait sûrement. Il pensa avertir la police, mais y renonça vite. Il faudrait expliquer comment il avait découvert la présence de l'enfant, et il n'avait aucune preuve que Mme Petit lui ait fait du mal. En outre, le doute l'assaillait toujours : et si la petite fille n'existait que dans son imagination ? Comme pour justifier ce doute, la voix se tut.

Il traversa une succession de clairières, puis rejoignit le chemin principal. Malgré une douleur lancinante à la tête, il se sentait plus calme. Marcher lui avait fait du bien. Il s'arrêta à la lisière de la forêt, enivré par le parfum des campanules, qui formaient comme un tapis le long du chemin. Une brise légère soufflait, l'air de la nuit était chaud. On était déjà le dimanche de Pentecôte, le concert de M. Harding approchait. Il regretta d'avoir promis d'y jouer, mais ce n'était pas le moment d'y penser. Il n'avait qu'une envie : rentrer à la maison, gagner son lit, se blottir sous sa couette et dormir. Pas de questions, pas d'explications, pas de discours. Dormir et oublier. Du moins jusqu'au lendemain. Il laissa la forêt derrière lui et remonta péniblement le chemin des Noisetiers vers le village. La fatigue et la douleur étaient si grandes qu'il devait lutter contre l'envie de se laisser tomber au pied de la haie. Il réussit à dépasser le terrain de football et longea la propriété de Roger Gilmore, *Les Bruyères*. Il jeta un regard hostile à la petite maison de plain-pied, toujours en désordre, et à l'atelier délabré au fond du jardin. Une habitation excentrique, à l'image d'un homme qui faisait d'étranges sculptures à partir de branches ramassées dans la forêt, et qui ne cessait de tourner autour du vieux chêne sans y avoir été invité. Mais ce n'était encore que le plus petit de ses crimes. Luc dépassa les HLM, l'aire de jeux, et s'arrêta encore, chancelant. Chez Damien, les rideaux étaient tirés et les lumières éteintes. Selon toute vraisemblance, ses parents, tout comme le père de Skin, traînaient à *La Chope percée*, et il était retourné chez son copain.

Un peu plus loin, chez Benoît, on entendait la télévision. Luc glissa un regard par la fenêtre de la pièce principale et aperçut la silhouette épaisse de M. Speedwell, qui lui tournait le dos. Aucun signe de Benoît, ni de sa mère ou de sa sœur, pourtant sa chambre était allumée. Il devait être à l'étage, en train de jouer sur son ordinateur.

Il attendit d'être sûr que M. Speedwell ne risquait pas de se retourner, puis escalada la petite clôture et se faufila jusqu'au robinet, à l'arrière de la maison. Par chance, la télévision s'était mise à jouer une musique assourdissante. Il tourna le robinet d'un demi-centimètre. Un sifflement aigu se fit entendre. Il continua à tourner : le sifflement s'arrêta, remplacé par un gargouillis prometteur. Il forma une coupe avec ses mains et s'aspergea le visage. Même si ses plaies le brûlaient, il se sentit mieux. Il se nettoya, l'oreille aux aguets, mais rien ni personne ne vint le déranger. Il but ensuite quelques gorgées, puis referma le robinet, s'essuya le visage avec un pan de son t-shirt et se glissa furtivement hors du jardin.

Il accéléra le pas. La place du village était encombrée de voitures garées n'importe comment. De *La Chope percée* filtraient un brouhaha de voix indistinctes et une version très personnelle de *Old Man River*. Visiblement, les parents de Miranda faisaient salle comble. Il traversa la place et s'engagea dans la rue de l'école, pressé de retrouver son lit. Cependant, il lui fallait d'abord passer devant la maison de Skin. Il ralentit à l'approche du portail. La vue de l'allée déserte le rassura. La lumière de sa chambre était allumée, et les rideaux tirés. Il se demanda si Damien était avec lui, de quoi ils pouvaient parler... et, aussi, dans quel état serait M. Skinner à son retour. Mais ça, c'était le problème de Skin. Il continua son chemin et ne s'arrêta qu'à la hauteur de la ferme de Guy Foley. À sa droite se dressait sa propre maison. Une fois de plus, il ne put s'empêcher de penser qu'elle portait mal son nom : *Le Havre* n'avait pour lui plus rien d'un refuge. En particulier, à cause de cette voiture garée juste devant.

La voiture de Roger Gilmore.

Il posa la main sur le coffre et leva les yeux vers la maison. De la lumière perçait à travers les rideaux, mais aucun son ne parvenait jusqu'à lui. Soudain, il entendit des murmures. Il tendit l'oreille. *Ils* devaient être près de la porte d'entrée. Après un silence, les voix s'élevèrent à nouveau, cette fois très distinctes :

— Merci, Roger, disait sa mère.

— Pourquoi ?

— Pour ta compréhension.

— Rien de plus normal. Écoute, je ferais mieux d'y aller...

— Tu as raison...

Il y eut un long silence. Luc serra les poings. Il ne savait que trop bien ce que cela signifiait.

— Bonne nuit, Roger.

— Bonne nuit.

Il y eut un autre silence, puis la porte se referma et des bruits de pas retentirent dans l'allée. Luc tourna la tête dans la direction opposée. Un instant plus tard, il entendit le déclic du portail, et cette voix qu'il détestait :

— Luc ? C'est toi ?

— Qui croyez-vous que ce soit ?

Il se retourna avec humeur. M. Gilmore avait l'air embarrassé d'un petit garçon pris en faute mais, malgré l'obscurité, Luc surprit son sourire en coin.

— Désolé, Luc. Je ne t'avais pas reconnu. Ça va ?

— Pourquoi ça n'irait pas ?

— Tu rentres très tard de la MJC. Ta mère commençait à s'inquiéter...

— Elle n'avait pas l'air si inquiète que ça, il y a deux secondes.

M. Gilmore baissa les yeux, ne sachant que dire ou que faire. Luc continua à le regarder, puis haussa les épaules et se dirigea vers le portail.

— Bonne nuit, Luc.

Luc, sans un mot, remonta l'allée, glissa la clef dans la serrure et rentra chez lui.

4

À peine avait-il refermé la porte que sa mère se précipita dans l'entrée.

— Luc, il est vraiment tard ! Où étais-tu pa... ?

Ses yeux le parcoururent de la tête aux pieds.

— Tu t'es battu !

— Je ne veux pas en parler.

— Luc...

— Je ne veux pas en parler !

Elle fit un pas en avant, il fit un pas en arrière. Elle s'arrêta. Ses yeux le détaillèrent à nouveau.

— Luc, que s'est-il passé ?

— Je n'ai pas envie qu'on se dispute.

— Moi non plus.

— Très bien, alors.

— Mais que s'est-il passé ?

Il jeta un regard vers l'escalier. Il ne désirait qu'une chose : son lit. Dormir, oublier. Surtout pas ça, pas maintenant. Plus tard, peut-être, mais pas maintenant.

— Qui t'a frappé ? insista-t-elle.

Il ne répondit pas. Elle s'avança et lui prit la main.

— Bon, eh bien, laisse-moi au moins t'arranger un peu.

Elle l'entraîna dans la cuisine, où il s'assit sur une chaise. Elle prit deux packs de glaçons, les enveloppa dans des torchons et les lui tendit.

— Mets-en un sur chaque joue, juste sous les yeux. Ça commence déjà à gonfler.

Il appuya la glace contre sa peau. Après la sensation de brûlure, le froid lui apporta un vrai soulagement. Sa mère l'observa, les sourcils froncés, tout en palpant précautionneusement son visage du bout des doigts. Il laissa échapper un mouvement d'impatience.

— Je n'ai rien de cassé, dit-il. Tu n'as pas besoin de faire toutes ces histoires !

— Je ne fais pas d'histoires. Je vérifie que tu n'as rien de cassé.

Elle continua à l'examiner.

— Tu as du sang autour du nez et de la bouche. Il faut laver ça. Et tu as un vilain bleu à l'œil. Est-ce que tu as mal à la tête ?

— Oui.

— Je vais te donner de l'aspirine.

— Ça va, je n'en ai pas besoin !

— J'essaie de t'aider, Luc... Tu veux que je te conduise aux urgences ?

— Non.

— Ça m'est égal, tu sais.

— Je n'ai pas envie d'y aller. Je n'ai besoin de rien, je te l'ai déjà dit. Ça va très bien.

— Bon, bon, si tu es sûr...

Elle ouvrit le placard aux médicaments, en sortit un morceau de coton, puis remplit un bol d'eau chaude, y plongea le coton et commença à nettoyer le sang autour de son nez.

— Bon, Luc... qui t'a fait ça ?

— Je t'ai dit : je ne veux pas en parler.

— Pourquoi ?

— Parce que tu vas devenir hystérique, et ça se terminera par une dispute.

— Pas si on n'en a envie ni l'un ni l'autre.

Elle déchira un nouveau morceau de coton, le trempa et continua ses soins.

— On a eu deux années difficiles. On ne devrait pas se disputer, mais se serrer les coudes. C'est comme ça que font les Anglais, non ?

— Qu'est-ce que tu en sais ? Tu es norvégienne !

— Luc ! Je fais vraiment beaucoup d'efforts. Tu ne peux pas en faire un peu, toi aussi ?

Incapable de répondre, il baissa les yeux. Elle le nettoyait toujours, une expression désapprobatrice sur le visage.

— C'est affreux, Luc. Ils t'ont massacré.

— C'est moins terrible que ça n'en a l'air.

— Est-ce que tu t'es regardé ?

Il jeta un œil au miroir et fronça les sourcils. Skin n'avait pas raté son coup, surtout en ce qui concernait la joue gauche. Le bleu aurait viré au noir avant le lendemain matin.

— Alors, avec qui étais-tu à la MJC ?

Il ne répondit pas. Il revoyait le visage terrifié de la petite fille, puis repensa à leur tentative d'effraction ratée... et à Skin.

— Luc ?

La voix de sa mère le ramena à la réalité.

— Avec qui étais-tu à la MJC ?

Elle l'observait. Et plus elle l'observait, plus le doute se lisait dans ses yeux.

— Luc, tu étais à la MJC, ce soir, n'est-ce pas ?

— Ouais...

Il réalisa à quel point il lui serait facile de le vérifier.

— Non.

— Tu n'étais pas là-bas ?

— Non.

— Où étais-tu, alors ?

— Nulle part en particulier.

— Dans la forêt ?

— Non.

— Tu es sûr ? Tu n'es pas retourné grimper ?

— Non.

— Tu m'as promis de ne plus le faire ! Surtout le chêne. C'est trop dangereux.

— Je ne suis pas allé dans la forêt.

— Où, alors ?

— Je t'ai dit : nulle part en particulier.

— Tu étais bien quelque part...

Il croisa les bras et resta silencieux. Elle fronça les sourcils.

— Je ne comprends pas pourquoi tu ne veux pas me dire où tu étais, ni qui t'a frappé.

Elle se redressa et le regarda.

— Ne me dis pas que tu étais encore fourré avec Julien Skinner.

Elle l'observa de nouveau, puis laissa échapper un soupir.

— Tu étais avec lui.

— Possible.

— Je considère que ça veut dire oui. Et je devine qui était là aussi : Damien Fisher ?

— Peut-être.

— Et Benoît Speedwell ?

— Mmm...

— Trois pauvres types ! s'exclama-t-elle avec humeur. Et tu le sais très bien. Lequel t'a frappé ? insista-t-elle.

— Pitié, maman !

Il leva les yeux vers elle.

— C'était Skin. Ça te va ?

— Tu ne peux pas l'appeler autrement ?

— Qu'est-ce que ça peut faire ? cria-t-il, perdant le contrôle de lui-même. Skin, Dam, Ben, c'est des surnoms ! Vous n'avez pas de surnoms, en Norvège ?

Il regretta aussitôt son accès de colère et fit un effort pour continuer d'une voix plus douce :

— Maman, laisse tomber, d'accord ? Je me suis disputé avec Skin, c'est tout. J'ai peut-être pris quelques coups, mais c'est réglé, maintenant. J'ai aucune envie que tu t'en mêles. Et, surtout, tu n'en parles pas à son père !

Elle se détourna, les lèvres serrées. Il repensa à l'époque où ils étaient proches, l'époque où il était fier de sa nature chaleureuse, de son esprit brillant, de sa beauté nordique, à laquelle tant d'hommes semblaient sensibles. Mais ça, c'était l'époque où tout était tranquille et sûr, où son père était encore là, où Roger Gilmore n'était pas encore apparu au village, ni dans la vie de sa mère. Avant que la colère, la révolte et la haine ne s'infiltrent en lui comme un poison, que ses amis fuient le sombre personnage qu'il était devenu, et avant qu'il ne trouve refuge au sein d'une bande... qu'il avait peur de quitter.

— Qu'est-ce qu'il t'arrive, Luc ?

Il ne répondit pas.

— Luc ?

— Quoi ?

— Qu'est-ce qu'il t'arrive ?

— Je ne comprends pas ce que tu veux dire.

— Tu sors tous les soirs. Tu rentres à des heures impossibles. Tu ne veux pas me raconter ce que tu as fait, ni avec qui tu étais. Si je te pose des questions, tu m'envoies sur les roses. Et encore, si c'était juste avec moi... Mais tu es grossier avec les gens du village, insolent avec tes profs, tu ne fais pas ton travail... tu ne fais d'efforts pour rien.

— Si, en musique.

— Ça ne compte pas.

— Pourquoi ?

— Tu sais très bien pourquoi.

— Non, je ne sais pas, mentit-il.

— Parce que tu n'as pas besoin de faire d'efforts, en musique. Tu es doué, c'est dans tes gènes. C'est ce que m'ont dit M. Harding ou Mme Parry. Ton père disait la même chose. Tu peux devenir compositeur, chef d'orchestre ou pianiste, comme lui. La semaine dernière, M. Harding m'a dit qu'il n'avait jamais rencontré quelqu'un d'aussi doué que toi. Ce n'est pas rien, quand tu penses au nombre de gens avec qui il a travaillé ! Tu possèdes un véritable don, Luc. Quelque chose d'infiniment précieux.

Elle le regarda.

— La musique est le plus grand cadeau que t'ait fait ton père.

— Le plus grand cadeau qu'il m'ait fait, c'est d'avoir existé.

Il baissa les yeux vers le sol, et sentit qu'elle posait la main sur son bras.

— Je sais que c'est dur, Luc. Mais ce que j'ai dit reste vrai : la musique est un don. Ton père l'avait et tu l'as, toi aussi. Tu ne peux pas le gaspiller.

— Je ne le gaspille pas.

— Si. Tu as arrêté de travailler. Tu ne joues presque jamais, tu refuses de discuter de ton avenir, tu ne fais plus rien de ce que tu faisais quand ton père était...

— Je ne veux pas en parler !

Il leva de nouveau les yeux vers elle.

— Et je n'ai pas arrêté de travailler. Je joue encore.

— De temps en temps.

— Je joue tout ce que me donne Mme Parry, mais c'est trop facile, ça m'endort. Et je continue à aller chez M. Harding. J'ai même été assez idiot pour accepter de jouer au concert qu'il donne pour son départ à la retraite !

— Je sais, Luc. Ça me fait plaisir. Extrêmement plaisir.

— Alors, où est le problème ?

— On sait bien, tous les deux, où est le problème.

— Pas moi.

Il mentait encore. Et il devinait, au visage de sa mère, qu'elle le savait aussi bien que lui.

— Luc, un jour, il faudra qu'on parle de ton père.

— Je ne veux pas.

— Mais, Luc...

— Je ne veux pas, c'est clair ?

Il lui jeta un regard enflammé.

— Tu m'as dit que tant que je ne serais pas prêt, tu ne me forcerais pas !

— C'était il y a deux ans...

— Et alors ? cria-t-il, de nouveau emporté par la colère. Qu'est-ce que ça vient faire là ?

Une fois de plus, il regretta son mouvement d'humeur. Il voulut dire quelque chose, mais sa mère parla la première, d'une toute petite voix, presque apeurée :

— Tu as l'air de penser que je suis la dernière des dernières. Je...

Elle prit une profonde inspiration.

— J'essaie juste de faire ce que je pense être bien pour nous deux. Et je pense – laisse-moi finir – qu'il faudra qu'on parle de ton père, un jour ou l'autre. Si tu continues à refouler toutes tes émotions, on ne s'en sortira jamais.

— *On ?*

— Oui : on.

Il y avait une nuance de colère dans sa voix.

— Tu crois peut-être avoir été le seul à souffrir de la mort de ton père ?

— Non, répondit-il à contrecœur.

— Ça a été très difficile pour moi aussi.

— Ça n'avait pas l'air si difficile que ça, tout à l'heure, sur le perron.

Elle le regarda longuement, puis se détourna, traversa la pièce et ouvrit les rideaux. Il aperçut le ciel étoilé. Elle resta un moment tournée vers la fenêtre. Elle respirait lentement, comme pour retrouver son calme. Puis elle éleva de nouveau la voix :

— Je ne voulais pas qu'on se dispute... surtout pas ce soir.

— Qu'est-ce que ça veut dire ?

— Rien.

Elle continua à regarder par la fenêtre.

— C'est tellement beau. Je me souviens, quand j'étais enfant, il y avait un endroit que j'adorais... une colline qui surplombait un fjord. Ma grand-mère anglaise m'y emmenait pour observer les étoiles. Je me rappelle encore ces nuits. Je revois le visage de ma grand-mère quand elle me les désignait, une à une...

Sa mère contempla les étoiles en silence, puis reprit :

— Tu sais, j'étais vraiment heureuse, ce soir. Jusqu'à ce qu'il se fasse tard et que je recommence à m'inquiéter pour toi. J'y croyais à peine : pour la première fois depuis des siècles, j'étais un tout petit peu heureuse. Ça a duré quelques minutes.

— Il t'a demandée en mariage, c'est ça ?

— C'est une question ou une accusation ?

— Qu'est-ce que ça change ?

Il l'observa. Sans trop savoir pourquoi, il avait envie qu'elle se tourne vers lui. Mais elle regardait toujours par la fenêtre.

— Alors ? insista-t-il.

— Oui.

— Qu'est-ce que tu as répondu ?

— Que j'avais besoin de réfléchir.

On apercevait des ombres à travers la vitre : le contour de la remise, le moulin à vent, le bouleau argenté au fond du jardin. Il eut une pensée pour le grand chêne, son arbre, son ami, et regretta de ne pas être là-haut, blotti dans ses branches, à écouter les berceuses de la forêt. Mais il avait hâte de retrouver son lit. Il bâilla.

— Tu n'as pas besoin de réfléchir, tu sais très bien que tu as envie de te marier avec lui.

— Tu me détesterais ?

— Qu'est-ce que ça a à voir avec moi ?

— Tout.

— Non, rien. Ça ne me regarde pas.

Elle fit volte-face.

— Si, Luc, ça te regarde. Jamais je ne ferais une chose aussi importante sans ton accord. Je ne pourrais pas. Tu es tout pour moi.

— Tu as aussi M. Gilmore...

— Roger. Il a un prénom. Pourquoi tu l'appelles comme ça ?

Il se raidit. Les pleurs de la petite fille avaient jailli dans le silence. Il tendit l'oreille, incapable de savoir si c'était la réalité ou le fruit de son imagination.

— Qu'y a-t-il ? s'enquit-elle. Tu as sursauté.

— Rien.

— Mais, Luc...

— Ce n'est rien, OK ?

Il chassa les pleurs de son esprit.

— Ne t'inquiète pas. Épouse Roger Gilmore, si c'est ça que tu veux !

Elle traversa la pièce et posa la main sur son épaule.

— Pourquoi tu ne l'aimes pas ? Tu crois qu'il va m'éloigner de toi ? Ou c'est juste parce que ce n'est pas ton père ?

— Qui a dit que je ne l'aimais pas ?

— Toi.

— Je n'ai jamais dit ça !

— Pas avec ces mots-là. Mais tu es tout aussi clair, tu sais.

Il se dégagea et se leva. Il fallait qu'il quitte la pièce. Il était épuisé, en colère, et il avait mal. Il allait la brusquer, elle pleurerait, et après, il se haïrait. Comme chaque fois.

— Je vais me coucher.

— Je t'aime, Luc.

— Oui, oui...

Il quitta la pièce à grands pas, ferma la porte derrière lui, puis s'adossa au mur. Raté. Il entendait déjà les reniflements de sa mère à travers la porte. Il rouvrit brusquement. Elle était assise à la table et pleurait.

— Écoute, maman... je ne peux pas en parler maintenant. J'ai trop de choses dans la tête en ce moment.

— D'accord, Luc.

Elle prit un mouchoir et s'essuya les yeux.

— Tu penses que je trahis ton père ?

— On vient de dire qu'on n'en parlait pas !

— D'accord, murmura-t-elle, à peine audible. On ne parle ni de Roger ni de ton père. C'est ça que tu veux ?

— Ouais.

— Très bien.

Elle s'essuya de nouveau les yeux, puis se força à sourire.

— Merci de ta sincérité.

— Ouais, bon...

Il haussa les épaules.

— Bonne nuit.

— Bonne nuit, Luc.

Il referma la porte et, cette fois, monta l'escalier. Les pleurs accompagnaient chacun de ses pas. Ceux de sa mère et ceux de la petite fille. Il vivait dans un monde de larmes. Pourquoi était-il, lui, incapable de pleurer ? Secs étaient ses yeux, sec était son cœur. Aussi sec et aride que sa vie même. Il ouvrit la porte de sa chambre, puis s'arrêta et ferma les paupières. Un autre bruit perçait le silence. Et ce n'étaient pas des pleurs.

Des notes de piano venaient du studio de musique. Il écouta, les yeux toujours fermés. Sa mère n'avait pas joué ce morceau depuis une éternité, mais il le reconnut tout de suite, pour l'avoir souvent joué lui-même : c'était *Paix des bois*, de Grieg, le compositeur préféré de sa mère. Il éprouva un profond plaisir à le retrouver. Les deux premiers accords évoquaient des cloches lointaines, puis suivait le thème principal, très doux, joué par la main droite, tandis que la main gauche montait et descendait sur une basse rythmique lente. Puis, soudain, les cloches sonnaient à la volée. Des images défilaient dans sa tête tandis qu'elle jouait : la forêt de Buckland, les grands arbres, les feuilles ruisselant de rosée, la lumière perçant à travers les branches et, à sa grande surprise, le visage de la petite fille, les cheveux éclairés par le soleil. Elle n'avait plus peur : elle riait, et même chantait. Lui se trouvait à côté d'elle, au milieu de la forêt, au cœur de la musique.

Le piano s'arrêta le temps que sa mère tourne la page, puis les deux premiers accords se firent de nouveau entendre, suivis du thème. Les images ressurgirent. Les arbres, le visage baigné de soleil. Il se mit à rêver au vieux chêne et à la cabane qui oscillait sous le vent. La musique, enjouée, s'adoucissait vers la fin. Le visage de l'enfant disparut, mais les images d'arbres l'accompagnèrent jusqu'aux dernières mesures. Les accords se firent chuchotements. Puis ce fut le silence.

Il se glissa dans sa chambre et referma la porte. Il se déshabilla, éteignit la lumière, s'allongea sur son lit et resta immobile, les yeux rivés au plafond. Quelque part du côté de la ferme de Guy Foley, une chouette ulula. Puis le silence revint. Des bruits de pas résonnèrent dans l'escalier et s'arrêtèrent sur le palier. Il ferma les yeux, s'attendant à ce que la porte s'ouvre ou que sa mère l'appelle. Mais les bruits de pas reprirent et, quelques secondes plus tard, il entendit s'ouvrir la porte de la chambre de sa mère. La maison plongea de nouveau dans le silence. Il sombra dans le sommeil, hanté par l'image du grand chêne.

Cette nuit-là, il rêva qu'il volait. Ce n'était pas la première fois, ça lui arrivait même souvent depuis la mort de son père. Était-ce vraiment un rêve ? Ses sensations étaient si précises, il avait une telle conscience de lui-même... il aurait juré qu'il était réveillé. Pourtant, tout était très étrange. Ça commençait toujours de la même façon : il était allongé sur le sol, dans la forêt, au pied du vieux chêne, et regardait le ciel à travers les feuilles. Soudain, il se sentait devenir léger, léger... si léger qu'il lui suffisait de tendre les bras pour que son corps, traversé d'un frisson, s'élève dans les airs.

Il s'apercevait alors que son corps, en réalité, n'était plus avec lui. Il avait laissé à terre cette part la plus lourde de lui-même, comme une enveloppe vide. Il ne lui restait que la part la plus légère, une part aérienne et pourtant plus réelle que ce qu'il aurait jamais pu imaginer. Soudain, dans un frémissement de lumière, les racines et la base du tronc semblaient s'ouvrir. Il s'enfonçait dans un tunnel noir et chaud, puis s'élevait dans la pénombre, se frayant un chemin vers la cime. Une fois en haut, il repoussait les feuilles et montait toujours plus haut, loin de la forêt, loin du sol, loin de tout. Il faisait jour, à présent. Il cherchait l'étoile qui, il le savait, l'attendait. Cette fois encore, il la retrouva, si brillante et si lumineuse qu'elle paraissait éclipser le soleil lui-même. Il n'était plus seul, son père volait avec lui. D'autres personnes étaient là aussi, qu'il ne pouvait voir, mais dont il sentait la présence. Il ne parvenait pas à se rappeler qui c'était. Ensemble, ils continuaient à voler, toujours plus haut, toujours plus près de l'étoile, jusqu'au moment où ils se dissolvaient dans sa lumière.

Un grondement sourd lui fit ouvrir les yeux. Il était dans son lit, dans le noir, haletant et tremblant. Une vive douleur lui tenaillait les côtes et le visage, là où Skin s'était déchaîné. Il resta immobile, les yeux rivés au plafond. Au bout d'un moment, sa respiration se fit plus lente, la douleur s'apaisa. Le grondement avait envahi la pièce. C'était un bruit familier, un de ceux qui l'habitaient nuit et jour depuis toujours, mais plus encore depuis la mort de son père. Il tendit l'oreille, cherchant à deviner d'où il venait. Mais on aurait dit qu'il venait de partout et de nulle part, changeant en permanence de direction. C'était tour à tour un rugissement, un bourdonnement ou l'écho d'un océan lointain. Il finit par disparaître lui aussi dans la nuit, et ce fut le silence.

Luc pensa à la journée qui l'attendait. Il avait désespérément besoin de se retrouver seul, de prendre le temps de réfléchir. Il ne supportait pas l'idée de se retrouver face à Skin après ce qu'il venait de subir, et il n'avait pas non plus une folle envie d'affronter sa mère au petit déjeuner. Il décida de se lever avant elle. Il emporterait des petits pains et marcherait seul, pendant deux heures, le plus loin possible du *Manoir*. Il avait une leçon de piano avec M. Harding à dix heures mais, s'il partait assez tôt, il aurait quand même du temps pour lui. Il trouverait un coin isolé, près du ruisseau, après l'atelier de poterie de Frank Meldrum. Jamais Skin n'aurait l'idée de le chercher là-bas.

5

Luc se trompait. Il finissait son dernier petit pain et admirait les jeux de lumière dans le ruisseau quand il l'aperçut qui escaladait l'échalier et traversait la prairie dans sa direction. Damien et Benoît le suivaient de près, comme toujours, le soleil en pleine face. Il se leva d'un bond, essayant de calmer son agitation intérieure.

Skin, sans s'encombrer de préliminaires, l'attrapa par le cou.

— Qu'est-ce que tu fiches là, Luc Stanton ? J'avais dit : près du *Manoir*.

— J'étais sur le point d'y aller.

— Menteur.

— Si. J'allais justement partir.

— Mais tu aurais déjà dû être là-bas. Il a fallu qu'on vienne te chercher.

— Tu n'avais pas donné d'heure...

— J'avais dit : à la première heure.

— Je ne savais pas quelle heure ça voulait dire.

— Sale menteur.

Skin le gifla au visage.

— Petit merdeux.

Il le dévisagea.
— T'as essayé de nous fuir.
— Pas du tout.
— T'es venu là parce que t'as la trouille. T'as eu la trouille hier et t'as encore plus la trouille, maintenant que la vieille est là.
— C'est pas ça.
— C'est quoi, alors ?
— J'étais en train de déjeuner, c'est tout.
Il vit les flammes de méchanceté danser dans les yeux de Skin. On aurait dit un feu noir, prêt à l'étouffer. Il avala difficilement sa salive et se força à croiser son regard.
— Skin, oublie, d'accord ?
Mais Skin le fit tomber d'un croche-pied et le traîna jusqu'au ruisseau. Il entendit le clapotis de l'eau à quelques centimètres de sa tête.
— Tu nous fuis, p'tit Luc.
— Pas du tout !
— Ah ouais. Alors t'es venu là parce que c'est joli. Une jolie petite prairie, un joli petit ruisseau...
— Je t'ai dit. J'étais...
— ... en train de déjeuner, c'est tout, se moqua Damien. Tu regardais l'eau et les petites fleurs. Et tu mangeais. Hé, Ben !
Il désigna le sol du doigt.
— Regarde, des miettes de pain ! Si on était arrivés plus tôt, t'aurais pu partager son petit déjeuner ! Je parie que t'as faim...
— Tais-toi, protesta Benoît.

— Fiche-lui la paix, trancha Skin, le regard fixé sur Luc.

Celui-ci ne bougeait pas. Le sol de la berge était dur, l'herbe humide. Il mourait d'envie de se débattre, mais il savait que c'était inutile. Il ne pourrait pas fuir. Skin était bien trop fort. Le mieux était de rester calme et d'éviter de le provoquer. La main de Skin s'éleva et le gifla à nouveau.

— Je déteste qu'on me mente, marmonna-t-il. T'es venu ici parce que t'avais la trouille. T'es venu pour nous fuir. C'est évident. Et aussi...

Il l'obligea à se relever.

— ... parce que tu penses que t'es trop bien pour nous.

— Pas du tout.

— Si. T'as pas envie qu'on nous voie ensemble. Ta mère t'a dit de ne pas traîner avec nous, pas vrai ?

Il ne répondit pas.

— C'est pas vrai ? insista Skin.

— Non.

Luc repensa aux disputes qu'ils avaient eues sur Skin et la bande, mais tout ce qu'il réussit à dire fut :

— Ça ne la regarde pas.

— Bien, dit Skin. Alors on se retrouve ce soir.

— Quoi ?

— On se retrouve ce soir. Juste à côté du *Manoir*, là où t'aurais dû nous rejoindre ce matin. On recommence. Mais ce coup-ci, tu fais pas n'importe quoi.

— Mais Mme Petit sera là... Je croyais qu'il fallait attendre le vendredi, pendant qu'elle faisait ses courses...

— On ne va pas moisir jusqu'à vendredi prochain.

Et vu que c'est toi qui as tout fichu par terre, c'est toi qui dois réparer.

— Mais on ne peut pas entrer si elle est là. Elle se rendra compte qu'il y a quelqu'un chez elle !

— On n'entrera pas.

— Comment ça ?

— C'est *toi* qui vas entrer.

— Quoi ?

— C'est toi qui vas entrer.

— Et toi ? Et Dam, et Ben ?

— On restera dehors.

— On est l'équipe de réserve, ricana Damien.

Luc les regarda l'un après l'autre. Damien arborait un petit sourire satisfait. Benoît fixait le sol, légèrement embarrassé. Skin, comme toujours, gardait le contrôle : de lui-même, de la bande, de Luc, de tout. Il continua, sans le lâcher des yeux :

— On ne peut pas tous entrer dans la maison si Mme Petit est là. Elle nous entendra. Surtout Ben, qui va forcément renverser quelque chose !

— N'importe quoi ! protesta celui-ci.

— Mais toi, poursuivit Skin, le regard toujours vissé sur lui, tu te faufiles facilement. Il suffit qu'elle ait laissé une fenêtre ouverte, ce qui est probable vu comme il fait chaud la nuit.

— Pourquoi moi ?

— Tu sais très bien pourquoi. D'abord, parce que t'es le meilleur grimpeur... que tu sais marcher sans faire de bruit...

Il lui donna une chiquenaude dans la poitrine.

— ... et ensuite, parce que t'as une dette envers moi, Luc Stanton.

— Je ne suis pas d'accord.

— Je m'en fiche que tu sois d'accord ou pas. T'as une dette. Si t'avais fait ce que je t'avais dit hier, on l'aurait fini, le boulot. Tout ce qu'on te demandait, c'était d'ouvrir la porte. Après, tu pouvais rentrer chez toi si tu voulais. Mais t'as eu la frousse. T'as eu la frousse d'une maison vide.

— Elle...

Luc s'interrompit. Inutile de leur parler de la petite fille, ils ne le croiraient pas et l'accuseraient d'inventer des bobards pour éviter d'y retourner. Mais ce n'était pas la vraie raison de son silence. Le visage terrifié de l'enfant le hantait. Il ne voulait pas la trahir. Et cependant, il devait réussir à les convaincre de renoncer.

— C'est trop risqué, dit-il. Je peux facilement être pris.

— Tu ne seras pas pris. Elle est vieille, sûrement un peu sourde, et elle ne voit sans doute plus très bien, surtout dans le noir. Ça va être du gâteau, au contraire. Tout ce que t'as à faire, c'est escalader la fenêtre.

— Et si elles sont toutes fermées ? interrogea-t-il, traversé d'un espoir soudain.

— On reviendra demain, et après-demain, jusqu'à ce qu'on en trouve une ouverte.

— Quand même, insista-t-il, si elle me surprend, je risque gros !

— Elle ne se rendra même pas compte que tu es là. Il fera nuit et elle dormira. Et si jamais elle t'entend, elle aura trop peur pour faire quoi que ce soit. Elle se cachera sous ses draps et ne bougera pas.

— Je crois pas. Elle essaiera de me trouver. C'est une bonne femme qui n'a peur de personne.

— Si tu l'entends, t'auras qu'à fuir. T'es très bon pour ça. Elle est tellement vieille que, le temps qu'elle trouve la lumière, tu seras déjà loin. Aucun risque.

Il jeta un regard aux autres.

— Pas vrai, les mecs ?

— Ouais, répondit Damien, avec un sourire de satisfaction.

Benoît ne dit rien, mais hocha la tête. Luc fronça les sourcils. Il avait compris qu'il n'y couperait pas. Skin était résolu à agir, quels que soient les risques. Peut-être ne souhaitait-il rien d'autre que le voir se faire prendre. Trouver la boîte était presque devenu secondaire.

Il repensa à la mystérieuse petite fille. Au moins, s'il y retournait, ça lui donnerait une chance de la revoir, de lui parler, d'essayer de comprendre. Et si, par miracle, il trouvait la boîte, Skin le laisserait en paix. Mais s'il refusait, Dieu sait ce qu'il allait inventer.

— On se retrouve à minuit, déclara Skin.

— Minuit ?

— Ouais.

— Et si je n'arrive pas à sortir ?

— T'y arriveras, c'est pas un problème. C'est tout l'intérêt de faire ça à minuit, quand tout le monde dort. Tu rentres, tu te couches et tu fous le camp après. Mme Petit sera en train de ronfler sur son oreiller. Ça sera fastoche.

Il s'approcha de lui.

— Je veux cette boîte, Luc. Et tu vas me la trouver. Ne t'occupe pas du reste, cherche la boîte. On pourra pas entrer pour t'aider, ce coup-ci. Si t'avais fait ce qu'il fallait hier, on aurait pu. Mais t'as tout fichu par terre. Maintenant, t'as plus qu'à te débrouiller tout seul.

— Elle va forcément m'entendre !

— Pas si tu fais gaffe. Ensuite, je t'ai dit, elle dormira à poings fermés. Tu fouilleras chaque pièce l'une après l'autre, et quand tu auras trouvé la boîte, tu sortiras par la porte. Si elle n'est toujours pas réveillée, j'entrerai peut-être pour jeter un coup d'œil. Mais tu dois faire ta part d'abord.

Il baissa la voix.

— Tu ne veux pas que je me mette en colère, hein ?

La flamme de son regard se fit plus dense, plus noire, plus menaçante encore. Luc détourna les yeux, incapable de lui tenir tête.

— Minuit, j'ai dit. Sois à l'heure.

Après une dernière gifle, il repartit, cette fois en direction de la porte du bas de la prairie. Luc attendit que le trio ait disparu de sa vue. Il se laissa tomber sur le sol et écouta le gazouillis de l'eau. D'autres sons, qu'il ne voulait pas entendre, l'assaillirent : les pleurs de la petite fille, la voix de Skin, qui chuchotait :

« Trouillard ! Trouillard ! »

Luc mit les mains sur ses oreilles, mais la voix continua :

« Tu ne veux pas que je me mette en colère, hein ? »

Effectivement. Malgré le mépris qu'il éprouvait pour

sa propre faiblesse, il ne pouvait pas prendre le risque de provoquer Skin. S'il échouait une deuxième fois, les représailles seraient plus terribles encore. Skin avait déjà eu affaire à la police pour avoir grièvement blessé quelqu'un. Luc retira les mains de ses oreilles et essaya de retrouver son calme. Peu à peu, à son grand soulagement, la voix s'éloigna. Mais pas celle de la petite fille. Il resta longtemps à l'écouter, mal à l'aise, jusqu'à ce qu'une autre voix, indésirable, le tire de sa rêverie :

— Salut, toi !

Roger Gilmore l'appelait depuis le chemin. Avec sa salopette déchirée et ses manches remontées, il semblait sortir tout droit de son atelier.

— Ça va, Luc ?

Luc se leva à contrecœur et le rejoignit.

— Pourquoi ça n'irait pas ?

— Pour tout un tas de raisons. À cause de moi, par exemple... même si ça me désole.

— Qu'est-ce que ça veut dire ?

— Que j'aimerais mieux être ton ami, plutôt que l'ennemi à abattre.

Luc ne répondit pas. M. Gilmore l'observa un instant, puis reprit :

— Surtout que tu n'as pas l'air de manquer d'ennemis, en ce moment. Quand je vois tous ces bleus, ça me fend le cœur. Ta mère m'a dit que tu t'étais battu, hier soir...

— Je n'ai pas besoin de votre pitié, merci. Et pas besoin de votre aide non plus.

— Non, bien sûr. Mais ne t'inquiète pas : c'est pour

ta mère que je fais ça. Elle se demandait où tu avais disparu. J'ai cru comprendre que tu avais un cours de piano à dix heures. Je lui ai dit que j'allais essayer de te trouver.

Luc jeta un coup d'œil à sa montre. Il était neuf heures et demie. Et ce type avait déjà vu sa mère. Peut-être était-elle allée chez lui, aux *Bruyères*, mais peut-être était-il passé au *Havre*. Peut-être étaient-ils ensemble depuis qu'il avait quitté la maison. M. Gilmore sembla lire dans ses pensées.

— Non, Luc, je n'ai pas vu ta mère ce matin. J'ai travaillé. Elle m'a téléphoné il y a une demi-heure parce que tu étais parti sans prévenir et qu'elle était inquiète. Elle t'a cherché. J'ai dit que je jetterais un œil de ce côté. Qu'est-ce que tu fais par ici ?

Luc ne répondit pas. De toute façon, M. Gilmore n'avait pas l'air d'attendre de réponse : il était déjà en train de composer un numéro sur son téléphone portable.

— Kirsti ? C'est moi. Je l'ai trouvé... Oui... près du ruisseau... Non, il va bien... Il a juste l'air un peu mouillé... Bien sûr, si tu veux, mais je ne crois pas qu'il voudra... D'accord, d'accord... À plus tard.

Il éteignit son portable et le replaça dans sa poche.

— Vous ne croyez pas qu'il voudra quoi ? demanda Luc, tout en escaladant l'échalier.

— Pardon ?

— Vous ne croyez pas qu'il voudra quoi ? répéta-t-il.

— Que je te raccompagne au *Havre*...

— Pourquoi je ne voudrais pas rentrer chez moi ?

— Je pensais que tu ne voudrais pas y aller avec moi.

Luc lui lança un regard furieux, mais M. Gilmore lui rendit son regard tranquillement, sans ciller. Luc haussa les épaules.

— Moi, j'y vais. Vous faites ce que vous voulez.

— Je viens avec toi.

— Comme ça vous chante.

Ils longèrent le pré en silence. Au grand soulagement de Luc, M. Gilmore n'avait pas plus envie de parler que lui. Il entendait encore les pleurs de la fillette et, en arrière-plan, le mystérieux grondement. Ces derniers temps, il revenait de plus en plus souvent.

Peu à peu, d'autres sons s'y joignirent, des sons plus puissants, plus nets, plus insistants : le bruit sourd de leurs pas, le croassement des corneilles, le ronronnement d'un tracteur qui venait d'un champ sur leur gauche et, au fur et à mesure qu'ils approchaient de l'atelier de Meldrum, un martèlement de sabots. Quelques secondes plus tard, Miranda apparaissait sur sa jument baie.

— Bonjour ! cria-t-elle, les saluant d'un signe de la main.

Luc s'arrêta pour l'attendre. Il espérait que M. Gilmore continuerait sa route sans lui. Peine perdue. Il avait l'air décidé à ne pas le lâcher.

Arrivée à leur hauteur, Miranda tira sur les rênes.

— Bonjour, Luc ! s'exclama-t-elle avec un sourire, qui disparut aussi vite qu'il était venu.

— Tu t'es battu ?

— Euh... oui...

— Ça va ? s'enquit-elle, se rapprochant et le détaillant du regard. Qui t'a amoché comme ça ?
— C'est moins terrible que ça n'en a l'air.
— Julien ? Damien ?
— Peut-être, répondit-il, essayant de paraître indifférent. Mais c'est réglé, maintenant. Comment tu vas ?
— Très bien, mais... Luc... je veux dire...
— Franchement, c'est pas un problème, d'accord ?
— Si tu le dis.
Elle était loin d'avoir l'air convaincu. Elle se tourna sur sa selle et s'adressa à M. Gilmore, rayonnante :
— Bonjour, Roger !
— Bonjour, Miranda.
— Maman adore la sculpture que vous lui avez faite. Elle n'arrête pas de la montrer à tout le monde ! Elle en devient gâteuse. C'est vraiment gênant. Je crois qu'elle va vous écrire un mot pour vous remercier.
— Ce n'est pas la peine.
— Je crois qu'elle vous écrira quand même.
— Je suis content qu'elle lui plaise.
— Où avez-vous trouvé le bois ? Dans la forêt de Buckland ?
— Ouais.
— Vers où ?
— Vers le grand parterre de campanules.
— Près du *Manoir* ? Là où il y a les aulnes ?
— Non. De l'autre côté, quand on arrive à la route de Bramblebury.
— Ah oui, je vois. On est allés galoper là-bas, hier, avec papa. C'est magnifique.

— C'est vrai. C'est là que j'ai trouvé le bois. J'ai su que c'était ce qu'il fallait pour ta mère dès que je l'ai vu.

Luc écoutait, mal à l'aise, et même légèrement agacé. Il savait que ce n'était pas sa forêt et qu'il ne pouvait empêcher les autres d'en profiter. Sauf qu'il éprouvait malgré tout un sentiment de propriétaire et, en particulier, il ne supportait pas que M. Gilmore vienne y ramasser du bois pour ses sculptures. Il leva les yeux vers Miranda. Il n'avait aucune envie de discuter des œuvres de M. Gilmore, mais il ne voulait pas être exclu de la conversation :

— De quelle sculpture s'agit-il ?

— Une sculpture magnifique, Luc. Elle est tellement belle ! Tu devrais venir la voir. Maman avait demandé à Roger quelque chose pour *La Chope percée*. Elle voulait que ça lui rappelle la forêt, mais aussi l'époque où elle était petite, quand elle chantait et dansait. D'un bout de bois, Roger a fait une petite fille... un petit lutin aux bras grands ouverts, qui danse en chantant. En même temps, elle a l'air triste, mélancolique, comme si elle était seule et désespérée.

Une petite fille. Triste, mélancolique, désespérée. Luc fronça les sourcils.

— C'est si beau, Roger, continua Miranda en se tournant vers lui. Je n'arrive pas à croire que c'est vous qui l'avez faite !

— Ce n'est pas moi, c'est la nature. Moi, je l'ai juste ramassée.

— Mais elle n'était pas comme ça quand vous l'avez trouvée...

— Peut-être pas. Mais j'ai eu de la chance de tomber sur ce morceau.

— Vous ne l'avez pas arraché à un arbre ? demanda Luc d'un ton accusateur.

— Pourquoi j'aurais fait ça ? rétorqua M. Gilmore d'une voix calme, le visage impassible. Le sol de la forêt me donne tout ce dont j'ai besoin. Je n'ai aucune raison d'aller voler les arbres.

Il sourit à Miranda.

— Ça me fait plaisir de savoir que ta mère aime ma sculpture, et je te remercie de me l'avoir dit. En général, les gens n'y pensent pas. Ils passent commande, puis emportent l'objet fini et m'envoient un chèque. Je suis même souvent obligé de les relancer pour qu'ils me payent.

— Ah oui ! s'exclama-t-elle. Vous n'avez pas dit à maman combien elle vous devait. Je l'ai entendue en parler avec papa.

— Je voulais lui porter la facture aujourd'hui, je n'ai pas encore eu le temps. J'ai dû sortir tôt ce matin.

Ses yeux cillèrent en direction de Luc, puis se fixèrent sur Miranda.

— Tes parents seront à *La Chope percée* à l'heure du déjeuner ?

— Bien sûr. Je leur dirai que vous allez passer.

Elle tapota son cheval, qui commençait à s'impatienter puis, à la grande surprise de Luc, se tourna vers lui.

— Luc, j'allais t'appeler. Est-ce que... hésita-t-elle. Est-ce que je peux te demander un service ?

— Bien sûr... quoi ?

— J'ai promis à M. Harding que je jouerais de la flûte à son concert, mais j'ai besoin d'aide.

— Je n'y connais rien en flûte.

— Non, je cherche quelqu'un pour la partie piano.

— Je joue déjà un morceau pour le concert.

— Je sais, mais... je veux dire... tu es si doué que... j'avais pensé que...

— Samantha ne peut pas t'accompagner ? Ou Mélanie ?

Miranda fit glisser sa main le long de l'encolure.

— Je vais le leur demander, dit-elle d'une voix lente, si tu ne veux vraiment pas...

Luc tourna la tête vers le village. Refuser, alors que ça semblait si important pour elle, n'était pas très gentil. D'un autre côté, il n'avait pas envie de s'investir dans ce concert et regrettait déjà sa promesse. Il avait autre chose à faire que se produire en public, assez de problèmes comme ça. Il n'avait pas de temps pour répéter avec elle. Il entendit le cheval souffler et leva de nouveau les yeux vers Miranda.

— Qu'est-ce que tu vas jouer ?

— *La Danse des esprits bienheureux*, de Gluck.

— Excellent choix, commenta M. Gilmore. J'en ai une très bonne version à la maison.

— Ne venez surtout pas m'écouter, alors, déclara Miranda. Je suis nulle. C'est pour ça que j'espérais que Luc voudrait bien m'aider. Il est tellement bon, il aurait fait oublier mes fautes. Mais je veux pas...

— Bon, d'accord, coupa Luc.
— Luc, je veux pas que tu te sentes...
— D'accord, répéta-t-il. C'est pas un problème.
— T'es sûr ?
— Ouais.

Elle l'observa un long moment, comme si elle lui laissait le temps de changer d'avis, puis quand elle vit qu'il ne disait rien, son visage s'éclaira.

— Merci, Luc. Je ne pensais pas que tu accepterais. Tu n'imagines pas ce que ça veut dire pour moi. Je n'ai jamais joué en public, ça me rend trop nerveuse ! Je peux t'appeler pour qu'on fixe une répétition ?

— Bien sûr.

— Merci, dit-elle dans un sourire. Merci beaucoup. C'est génial. Je vais téléphoner à M. Harding pour le lui dire... Il faut qu'il le mette dans son programme.

— C'est bon, je lui dirai. J'ai un cours avec lui à dix heures.

— D'accord, fit-elle. Merci encore, Luc.
— Pas de problème.
— À plus tard.
— Ouais.
— Au revoir, Roger.
— Au revoir.

Miranda s'éloigna, un grand sourire aux lèvres. M. Gilmore la suivit des yeux, puis sourit à son tour.

— C'est une fille bien.

Luc, plus désireux que jamais de se retrouver seul, prit la direction du *Havre*. Mais M. Gilmore le rattrapa et lui emboîta le pas. Luc tourna légèrement la tête, à la fois pour décourager toute velléité de conversation, mais surtout pour se concentrer sur les sons qui l'avaient à nouveau envahi, parmi lesquels la voix de la mystérieuse petite fille. Il aurait été incapable d'expliquer comment il pouvait l'entendre à une telle distance, mais le fait est qu'il l'entendait. Elle semblait réclamer son attention. Ce n'étaient pas des mots, mais des pleurs incessants. Il lui parvenait aussi une mélodie mélancolique et enfantine qu'il avait déjà entendue, mais il n'aurait pas su dire où, ni quand, ni qui l'avait jouée ou quel était son titre. Pour sa plus grande contrariété, M. Gilmore choisit ce moment précis pour se remettre à parler :

— C'est gentil d'aider Miranda...

— C'est un morceau facile.

— C'est une réponse ?

— C'est la mienne.

M. Gilmore serra les lèvres, mais n'ajouta rien. Ils continuèrent à marcher. Luc espérait l'avoir définitivement découragé mais, alors qu'ils atteignaient la route qui menait au *Havre*, il demanda encore :

— Donc, si ç'avait été un morceau difficile, tu aurais refusé ?

— Qu'est-ce que j'en sais ?

Luc lui jeta un regard furieux.

— Pourquoi vous me posez toutes ces questions idiotes ?

— Je ne sais pas. Peut-être parce que tu me stresses.

Ils se dévisagèrent, puis reprirent leur marche silencieuse jusqu'au *Havre*. Luc ouvrit le portail et tourna vers lui un visage renfrogné :

— J'y peux rien si je vous stresse.

— C'est vrai.

— Vous ne pouvez pas me le reprocher !

— Tu as tout à fait raison, Luc. Je ne peux pas te le reprocher.

Luc sentit sa contrariété grandir. Son calme l'irritait plus encore que ses questions. Il ne pouvait quand même pas lui en vouloir d'être calme ! Il se contenta de hausser les épaules et désigna le portail d'un signe de tête :

— Vous entrez ?

— Non.

M. Gilmore lui rendit posément son regard, puis eut le culot de sourire.

— Je rentre chez moi, Luc. J'ai une facture à faire. On se verra plus tard.

Il partit. Luc resta un instant immobile, rongeant son frein. Il lui en voulait et, en même temps, se sentait légèrement coupable, sans raison. Il chassa M. Gilmore de ses pensées et se tourna vers la maison. Les pleurs éclatèrent soudain dans sa tête, mêlés aux accords de la mélodie et au grondement profond et lointain qui semblait tout engloutir. Mais ce n'était pas tout. Il y avait d'autres sons encore, des sons pressants, troublants, malsains. Des sons qui le remplissaient de nostalgie et d'angoisse.

6

M. Harding l'écouta jouer du Schubert, puis resta silencieux. Ses sourcils froncés rendaient les traits de son visage ridé plus tranchants encore. Luc l'observa un moment puis, comme le vieil homme ne parlait pas, il se tourna vers la fenêtre qui donnait sur le jardin. Deux chats traquaient un rouge-gorge sur la pelouse, mais celui-ci les vit approcher et s'envola par-dessus le mur. Les chats disparurent. Luc se tourna de nouveau vers M. Harding, qui restait figé sur sa chaise, à côté du piano, dans un silence pesant. Puis soudain, paraissant émerger d'un long sommeil, il remua enfin.

— Luc, dit-il, se levant avec peine. Viens t'asseoir.

— Je suis déjà assis.

— Pas au piano.

Luc lui jeta un regard ahuri, mais le vieil homme se contenta de lui tapoter le bras en souriant :

— Luc, fais ça pour moi, sois gentil. Je sais que tu n'as aucune envie de perdre ton temps avec un vieux bonhomme comme moi, mais pour une fois, fais-moi plaisir.

Il se pencha soudain vers lui et examina les bleus sur son visage.

— Tu ne devrais pas trop te fatiguer après avoir reçu des coups pareils. Oui, oui, je sais, tu ne veux pas en parler. Maintenant, viens t'asseoir.

Sans attendre sa réponse, le vieil homme boitilla jusqu'à l'un des fauteuils qui faisaient face à la grande baie vitrée et, non sans peine, s'y enfonça. Luc, qui se sentait mystifié, gagna à son tour la fenêtre et prit le fauteuil opposé. Il se demandait ce que le vieil homme pouvait lui vouloir. Mais ce dernier, à cet instant précis, ne semblait rien désirer d'autre que contempler le jardin par la fenêtre. Luc regarda aussi, perplexe, surpris par son étrange attitude. M. Harding avait toujours été un vieillard excentrique, mais il n'avait jamais interrompu une leçon.

Peut-être était-il malade. Il avançait en âge et son arthrite le gênait dans ses mouvements. Il aurait sans doute été plus sage qu'il renonce à organiser le concert, cette année. Mais cet amoureux de musique n'était pas prêt à sacrifier sa passion. Luc remua dans son fauteuil, légèrement impatient. Malgré l'affection qu'il éprouvait pour M. Harding, il ne trouvait pas normal qu'il fasse payer à sa mère une leçon qu'il ne donnait pas. Le vieil homme sembla deviner ses pensées :

— Je te ferai cadeau de cette leçon, je crois, Luc. Puisqu'on reste simplement assis.

Son regard continuait à errer dans le jardin.

— Regarde cette glycine, ajouta-t-il d'un air rêveur.

Elle est presque en fleur. N'est-ce pas magnifique ? Je parie que les campanules ont fleuri dans la forêt.

— Oui.

— Ça doit être ravissant. J'en suis réduit à les imaginer de ce fauteuil. Je suis trop vieux pour aller gambader dans la forêt, mais ça me manque. Et ça me manque aussi de ne plus grimper aux arbres. Vraiment... Je passais mon temps à ça quand j'avais ton âge.

M. Harding se tut à nouveau, les paupières à demi fermées. Puis, après ce qui parut à Luc une éternité, il demanda :

— Qu'est-ce que tu entends, Luc ?

— Pardon ?

— Tu m'as bien entendu, rétorqua le vieil homme, gloussant de sa propre plaisanterie.

Luc fronça les sourcils, ne sachant que répondre. À cet instant précis, il avait l'impression que tous les bruits de l'univers tentaient de se frayer un chemin jusqu'à lui. Son esprit était assailli de sons : le chant d'une grive, le rire d'un enfant dans le jardin voisin, le rebond d'un ballon dans le chemin... et d'autres encore, différents, plus ténus. Si ténus que nul n'aurait dû les percevoir, mais qu'il entendait, lui, aussi fort qu'un roulement de tambour : les battements du cœur du vieil homme, le gargouillement de salive dans sa gorge, le frémissement de ses muscles, le souffle de ses pensées... et, enfin, des sons si subtils qu'il n'y croyait pas lui-même, si nets pourtant qu'il ne pouvait les ignorer : la respiration des chats qui rôdaient dans un recoin caché du jardin, le toucher de velours de leurs pattes sur la terre, le bruissement des pétales contre les étamines, la course folle des insectes sur les racines et les branches. Il discernait le chuchotement des nuages, le murmure de l'air, le sifflement et le bourdonnement du monde en train de tourner. Le grondement de l'océan dominait tous les autres, accompagné de la mélodie enfantine qui refusait de le laisser en paix, enfermée en lui comme un rayon de lumière.

— *L'île est pleine de bruits*, ajouta le vieil homme, de ce même air rêveur.

Il jeta un regard à Luc et lui adressa un sourire fatigué.

— C'est une citation.

— De qui ?

— Ça n'a pas d'importance. Je ne suis pas sûr que ça t'intéresse tant que ça.

M. Harding appuya la tête contre le dossier et ferma complètement les yeux.

— Ton monde a toujours été plein de sons, dit-il. Tu es fait de musique, Luc.

— Hein ?

— Tu es fait de musique. Nous le sommes tous, mais tu es différent des autres.

— En quoi ?

— Parce que tu le vis en toi. Tu es l'un des rares élus. Mais ce don a un prix, n'est-ce pas ? La musique te consume...

Luc se détourna. La conversation devenait trop déconcertante. M. Harding avait toujours été un original, mais il ne lui avait jamais tenu ce genre de discours. D'habitude, il se contentait de l'écouter, puis faisait quelques commentaires, et c'était tout. Dans les premiers temps, lorsque Luc débutait, il en faisait un peu plus, mais à peine, parce que son père avait toujours été là (quand il n'était pas en tournée), pour lui prêter main-forte. L'aide de son père était la plus efficace, la plus précieuse, la plus pointue. M. Harding, malgré ses connaissances et son enthousiasme, ne pouvait rivaliser avec lui. Il n'avait d'ailleurs jamais essayé.

Luc sentit le regard du vieil homme posé sur lui. Il leva les yeux. M. Harding lui sourit.

— Je ne peux rien t'apprendre, Luc. Rien. Pas en musique, en tout cas. C'était inutile. Il suffisait de t'applaudir des coulisses.

— Mais je fais encore des fautes quand je joue...

— Je ne parle pas de technique, mais de musicalité. Je pensais que tu avais compris.

Il y eut un silence. M. Harding garda les yeux fixés sur lui, puis reprit :

— Au fond de toi, tu comprends. Je vois bien que tu comprends.

Luc se détourna de nouveau, de plus en plus gêné. Son regard tomba sur une petite sculpture en bois posée sur la cheminée, qu'il était sûr de n'avoir jamais vue jusque-là. C'était un homme assis devant un piano, si penché qu'il semblait ne faire plus qu'un avec l'instrument. Il n'était pas difficile de deviner d'où elle venait.

— C'est beau, n'est-ce pas ? fit M. Harding.

Luc tourna la tête et vit qu'il contemplait lui aussi la sculpture.

— J'ai demandé à Roger de me faire quelque chose, continua-t-il, et il m'a apporté cette œuvre magnifique. Je n'arrive pas à lui faire accepter de l'argent. Il dit que c'est un cadeau.

Il secoua la tête.

— Ce n'est pas étonnant s'il est tout le temps fauché ! Mais il a un don réel pour la beauté, c'est certain. Il a vraiment saisi quelque chose, tu ne trouves pas ? L'homme et son instrument, faits d'une même matière.

— Du frêne ?

— Oui, mais ce n'est pas à ça que je pensais.

— À quoi, alors ?

— À la musique. La musique même.

Il y eut un nouveau silence. Tous deux fixaient la sculpture. Mais plus Luc l'observait, plus il se sentait mal à l'aise. Au bout d'un moment, M. Harding reprit :

— Toi aussi, tu as un don pour la beauté, Luc. Mais ça ne sert pas à grand-chose si tu n'es pas au clair avec toi-même.

— Qu'est-ce que ça veut dire ? s'enquit-il, méfiant.

M. Harding continua à regarder la sculpture, puis répondit :

— Ton don peut aider les autres, Luc. Mais as-tu jamais pensé qu'il pouvait t'aider, toi aussi ?

— Je n'ai pas besoin d'aide.

— Vraiment ?

— Non.

— Très bien.

M. Harding se tourna à nouveau vers le jardin. Luc lui jeta un regard contrarié.

— Je n'ai pas besoin d'aide, répéta-t-il.

— Tu viens de le dire.

— Alors pourquoi pensez-vous que j'en aie besoin ?

— Parce que tu es en guerre, Luc.

— Contre qui ?

— Tout le monde. Surtout contre toi-même.

Luc sauta sur ses pieds, furieux.

— Je ne suis pas obligé de vous écouter !

— C'est tout à fait vrai, dit le vieil homme, mais c'est toi qui m'as posé la question.

Luc resta immobile, l'air sombre, incapable de décider quoi faire. Il était partagé entre l'envie de partir et celle de lui expliquer sa façon de voir. Le vieil homme lui sourit, comme s'il n'y avait pas la moindre tension entre eux, puis continua de la même voix paisible :

— Je quitte le village à la fin de l'année.

Luc se laissa retomber dans le fauteuil.

— Pourquoi ?

— Je prends ma retraite, comme tu sais. Je suis fatigué, et pour être honnête, je ne vais pas si bien que ça. Je vais arrêter les concerts. Je fais encore celui-là et, après, je pars.

— Où ?

— À Norwich. Chez ma sœur. Elle aura bientôt quatre-vingt-cinq ans et elle a besoin qu'on s'occupe d'elle.

— Vous aussi, vous avez besoin qu'on s'occupe de vous.

M. Harding lui jeta un regard ironique.

— Je le prends comme de la sollicitude, plutôt qu'un commentaire sur ma santé mentale, mais je te remercie pour l'un et l'autre.

Il se tut un moment, le menton sur la poitrine. Il avait l'air de dormir. Puis soudain, il demanda :

— Joue quelque chose pour moi, Luc.

— Quoi ?

— Peu importe. Ce que tu as envie de jouer. Ce qui te trotte dans la tête. J'ai l'impression que tu as un air dans la tête...

Luc pensa au morceau qui le hantait, ce morceau mélancolique qui, sans raison, lui évoquait la petite fille du *Manoir*. Il essaya de se souvenir des pièces pour enfants qu'il connaissait. Il y avait bien les *Scènes d'enfant* de Schumann, mais ce n'était pas ça.

— Monsieur Harding ?

— Oui, Luc.

— Vous avez la partition de *Children's Corner* ?

— Je croyais que tu n'aimais pas Debussy...

— Ça dépend. Vous l'avez ?

— Je dois bien l'avoir quelque part, mais ça ne va pas être facile de la trouver...

M. Harding se leva avec difficulté et se traîna jusqu'aux étagères où s'étendaient des rayons et des rayons de partitions, comme dans le studio de musique, au *Havre*. Après de longues minutes, il en extirpa un volume et souffla sur la couverture pour en faire partir la poussière.

— Je devrais trier tout ça, un jour, marmonna-t-il. Ça m'occupera pendant ma retraite... Enfin, la voilà.

Luc bondit. Le vieil homme posa la main sur son épaule pour garder son équilibre, puis lui tendit la partition. Luc l'ouvrit. Tandis qu'ils parcouraient ensemble la table des matières, M. Harding fit courir son doigt le long des titres.

— Certaines de ces pièces sont très jolies, mais *Serenade for the Doll* est ma préférée... ou peut-être *The Little Shepherd*. Délicieuses, toutes les deux. Tu devrais donner une deuxième chance à ce vieux Debussy, tu sais... Pourquoi m'as-tu demandé *Children's Corner* ?

— Je voulais juste voir.

Luc parcourut des yeux les premières mesures[1] de chaque pièce, sans rien trouver. Il n'en fut pas surpris. La mélodie qui le hantait ressemblait davantage à du Schumann qu'à du Debussy.

— Essaie celle-ci, suggéra M. Harding en cherchant la page. *The Snow is Dancing*. Je l'ai toujours beaucoup aimée... ou une autre, si tu préfères. Mais pas *The Golliwog's Cake Walk*. Je sais que tout le monde l'adore, mais moi, je ne la supporte pas.

— Vous devriez donner une deuxième chance à ce vieux Debussy, vous savez...

— Touché.

M. Harding haussa le sourcil.

— Ça doit aller mieux si tu commences à te moquer de moi. Allez, vas-y...

Il trottina jusqu'à son fauteuil et se rassit.

1. La table des matières d'une partition comporte les premières mesures de chaque morceau. (*N.d.T.*)

— Joue. Ce que tu veux. Même *The Golliwog's Cake Walk* si tu y tiens.

Luc choisit *The Snow is Dancing*. Il croyait ne pas le connaître mais, dès les premières mesures, il le reconnut. Son père l'avait souvent joué. Même si ce n'était pas la mélodie mélancolique qui le hantait, c'était très beau. Peu à peu, il s'immergea dans la musique. Et l'autre air jouait toujours dans sa tête, comme par magie.

M. Harding ne bougeait pas, mais Luc sentait sa présence. Les flocons de neige voltigeaient devant ses yeux. Quand le morceau prit fin, l'autre air continua son murmure. Puis il mourut aussi et ce fut le silence. Il resta immobile, les yeux sur le piano. M. Harding laissa échapper un soupir.

— Tu as le même toucher que ton père, Luc. Merci. Et bonne chance.

— Bonne chance ?

Luc se retourna.

— Vous me renvoyez ?

— Je te l'ai dit, tu n'as pas besoin de moi. Tu as besoin d'un autre professeur. Quelqu'un de plus avancé que moi, que tu pourras vraiment respecter.

— Mais je vous respecte !

— Merci, Luc, mais tu as quand même besoin d'un autre professeur.

— Et le concert ? Il faut que je travaille le Liszt que vous m'avez demandé de jouer !

— Oh, ne joue pas ça, protesta M. Harding d'un geste de la main. C'est très virtuose, je sais, mais ce n'est pas ta tasse de thé. Je ne sais pas pourquoi je t'ai proposé de jouer ça. Sûrement pour que tes prouesses m'attirent des louanges. Quelle bêtise, à mon âge !

— Vous voulez dire que je ne suis pas assez bon ?

— Absolument pas. En travaillant, tu peux jouer ce que tu veux. Tu es assez doué pour ça. Je te l'ai dit, ce n'est pas une question de technique, mais de musicalité. Il faut que ça chante dans ta tête. Tu es capable de jouer Liszt, mais ça ne chante pas dans ton cœur. J'aurais dû te faire arrêter depuis longtemps. C'était juste de la vanité, comme je te l'ai dit. Choisis toi-même ce que tu veux jouer. Et, au fait, il faudrait que tu aides Miranda. Elle est très inquiète. Ça fait des semaines que j'essaie de la convaincre de t'en parler, mais je parie qu'elle ne l'a pas encore fait.

— Si. J'ai accepté.

— Bien. C'est une bonne chose.

— Mais je ne sais pas quoi jouer, moi. Et les programmes ? Il faut les faire imprimer, et...

— Luc, détends-toi.

Il lui sourit.

— Je donne ces concerts depuis quarante ans. Si je ne peux pas m'amuser un peu...

— Mais vous ne pourrez pas faire imprimer les programmes si vous ne savez pas ce que je joue !

— Ne t'en fais pas. Je mettrai : « Luc Stanton : choix personnel. » Qu'en dis-tu ?

— C'est bizarre.

— Très bien. Maintenant, pars, choisis ton morceau – quelque chose de bizarre si tu as envie – et reviens le soir du concert. Tu joueras en dernier, comme d'habitude.

— Quand dois-je vous dire ce que je joue ?

Le vieil homme leva les yeux au plafond.

— Luc, ne complique pas les choses. Je n'ai pas besoin de savoir, compris ? Viens le soir du concert, joue, et rends-nous heureux.

Luc regarda par la fenêtre. Les chats, qui traversaient la pelouse sur leurs pattes de velours, disparurent derrière la remise. Le grondement se fit soudain entendre, de plus en plus fort, jusqu'à envahir tout l'espace autour de lui et jusqu'à son propre corps. Au cœur du grondement, il entendit la voix plaintive de la petite fille et l'étrange mélodie. Le vieil homme appuya la tête contre le dossier du fauteuil et ferma lentement les yeux.

— *L'île est pleine de bruits.*

7

Luc attendit que sa mère soit partie faire des courses en ville, puis dévala l'escalier, gagna le bureau, alluma l'ordinateur et tapa son mot de passe. Il était heureux de se retrouver enfin seul. Il en avait vraiment besoin. Mais, même maintenant, sa solitude n'était pas totale : la voix de la petite fille accompagnait ses pensées comme un souffle. Il essaya de l'ignorer et vérifia ses mails. Il en avait deux, l'un de Miranda, l'autre d'une adresse inconnue, mais il sut tout de suite qui c'était. Il ne comportait qu'un mot, Skin n'ayant même pas pris la peine de signer.

Minuit

Les sourcils froncés, il effaça le message et cliqua sur celui de Miranda.

Bonjour, Luc
MERCI d'avoir accepté de m'aider. Ça me rassure énormément de savoir que la partie de piano sera parfaite, même si la flûte est ratée. Je te promets de faire tout ce

que je peux. J'ai essayé de jouer avec Mélanie, mais elle n'est pas très sûre d'elle (comme moi !!!!), elle s'arrête tout le temps, et puis elle bouge beaucoup quand elle joue et ça me bloque. Je serai bien plus tranquille si c'est toi. Peut-on faire un premier essai bientôt ? Je sais que tu n'en as pas besoin, mais moi, si. Ce serait formidable si on pouvait travailler ensemble. Es-tu libre demain matin vers onze heures ? Tu pourrais venir à *La Chope percée* et jouer sur notre piano, mais je peux aussi venir chez toi. Ça m'est égal. Je dois aider papa et maman demain, donc je serai très prise, mais j'aurai quand même un peu de temps vers onze heures. Ça serait vraiment bien si on pouvait jouer à ce moment-là. Peux-tu me dire si ça te va et où tu veux qu'on se retrouve ? Merci encore, Luc. C'est tellement important pour moi. Je n'ai jamais joué devant d'autres gens et je ne veux pas faire n'importe quoi. À bientôt. Bisous, Miranda ☺

Il répondit sans attendre.

OK pour demain. Je viendrai à *La Chope percée* à onze heures. À demain.

Luc

Il s'adossa à la chaise et regarda par la fenêtre. De l'autre côté de la route, les champs de la ferme de Guy Foley prenaient des reflets dorés dans le soleil de fin d'après-midi. Des hirondelles voltigeaient autour de la grange. Il les observa un moment, puis tourna la tête et laissa son regard glisser le long des dictionnaires et autres usuels dont se servait sa mère pour traduire. Une photo encadrée, accrochée au mur, représentait son père devant l'Albert Hall[1], peu avant que la chimio ne le prive de ses cheveux. Sa mère avait écrit : « À Matt, mon superbe mari. Avec tout mon amour, Kirsti. »

Il ferma les yeux, incapable de supporter cette vision plus longtemps. À sa grande surprise, une lumière bleue jaillit derrière ses paupières closes, comme une onde parcourant une étendue d'eau. Il la considéra, fasciné, y puisant un réconfort inattendu. Le grondement familier était revenu. Plus proche d'un murmure que d'un mugissement, il n'avait rien perdu de sa puissance ni de sa clarté. Luc s'agrippa au bord du bureau et écouta. Quel était ce bruit ? D'où venait-il ? Il l'habitait à présent jour et nuit. Même lorsque Luc ne l'entendait pas, il le sentait vibrer à travers son corps, comme un moteur qui ne s'arrête jamais. Il percevait d'autres bruits : des cris d'oiseaux, le ronronnement d'un aéroplane ou encore le rire chaleureux de Guy Foley qui bavardait près de la grange. Mais le murmure, si léger fût-il, avait une présence plus forte que tout le reste. Soudain, la lumière bleue fonça et des éclats d'or scintillèrent aux confins de sa vision intérieure.

Il rouvrit les yeux. Il se sentait légèrement mal à l'aise. Même si ces visions et ces sons n'avaient rien d'inquiétant, ils le perturbaient. Il se rappela le but de sa venue et regarda l'écran. L'idée de fouiller dans la correspondance privée de sa mère le remplissait d'appréhension.

1. Célèbre salle de concert à Londres. (*N.d.T.*)

Non à cause de la culpabilité que cela engendrerait (et qu'il ressentait déjà), mais par peur de ce qu'il allait découvrir. Il l'avait déjà fait, une fois, quand il avait cru que Mme Simon allait envoyer un mail à sa mère pour l'informer de son comportement dissipé. Déjà à l'époque, il s'était senti très mal. Mais là, il n'avait pas le choix, il avait trop besoin de savoir où en étaient sa mère et Roger Gilmore. S'ils s'écrivaient par mails, ils avaient forcément parlé mariage.

Il espéra qu'elle n'avait pas changé de mot de passe depuis la dernière fois. Au moins, il avait été facile à deviner : c'était le nom de son compositeur préféré. Retenant son souffle, il tapa :

Edvardgrieg

Il se retrouva dans sa boîte aux lettres. La plupart des messages venaient de clients norvégiens. Il parcourut la liste des expéditeurs, les uns après les autres, et finit par dénicher celui qu'il cherchait :

Roger Gilmore

Grâce à la date et à l'heure, il sut qu'il l'avait envoyé pendant son cours de piano. Il eut une légère hésitation, puis cliqua sur l'enveloppe. Le message s'afficha à l'écran :

J'attendrai l'éternité s'il le faut.

Plus bas suivait celui de sa mère :

S'il te plaît, Roger, sois patient. Je promets de te donner une réponse rapidement. Kirsti.

Il retourna à sa propre boîte. Il était soulagé de quitter celle de sa mère, mais plus malheureux que jamais. « J'attendrai l'éternité s'il le faut. » Il fronça les sourcils. Pourquoi fallait-il que M. Gilmore soit amoureux de sa mère ? N'aurait-il pas pu choisir quelqu'un d'autre ? Sa mère n'était pas la seule jolie femme sur la planète ! Et pourquoi cet homme-là, justement ? Il serra les dents, fermement décidé à entretenir sa colère, mais sans effet. Il lui devenait de plus en plus difficile d'assumer son propre jugement. Si Roger Gilmore avait été quelqu'un d'arrogant, d'ennuyeux ou de stupide, ça aurait été plus facile. Mais, même dans ses moments les plus cyniques, Luc savait que Roger Gilmore n'était ni arrogant, ni ennuyeux, ni même stupide, et que son seul défaut était d'aimer la femme qui avait autrefois été mariée à son père.

Mariée à son père.

Ces mots le brûlèrent. Les larmes coulèrent sur ses joues. Il serra les poings. Il ne devait pas se laisser aller. Il devait se battre, il... il devait trouver quelque chose. Il regarda l'écran et, pris d'une impulsion subite, cliqua sur « Nouveau message ». La fenêtre s'afficha à l'écran, le curseur clignotant dans la zone d'adresse. Il écrivit :

papa@paradis.com

Il s'arrêta net. Que faisait-il ? Ça n'avait pas de sens. Mais il ne pouvait plus reculer. Il lança un regard furieux à l'adresse imaginaire, puis cliqua dans la case « Objet » et écrivit :

Pourquoi ?

Il pleurait, maintenant, sans pouvoir se retenir. Il cliqua sur la fenêtre et continua d'écrire :

Pourquoi ne réponds-tu jamais ?

Luc envoya le message, éteignit l'ordinateur et plongea la tête entre ses mains. Ce qu'il venait de faire était d'une bêtise ! Le serveur allait lui retourner le message avec la mention « Adresse inconnue » et il se sentirait plus misérable encore, si seulement c'était possible.

Il continua de pleurer, le visage enfoui dans ses mains, obsédé par l'image de son père. Il mit de longues minutes à retrouver son calme. Au bout d'un moment, il se redressa, essuya ses yeux, s'adossa à la chaise et regarda par la fenêtre. Le ciel s'était couvert et les champs avaient pris une teinte gris acier. La voix de la petite fille, comme le murmure souterrain, s'étaient tus. Il n'entendait plus que le chant d'un oiseau. Puis soudain, il discerna de la musique.

Elle était si ténue qu'il peinait à en saisir les notes. Il avait l'impression que quelqu'un jouait sur le piano du studio. C'était absurde. Il était seul. Elle venait forcément d'ailleurs. Il tendit l'oreille. Mais non, les sons provenaient du rez-de-chaussée. Qu'était-ce ? La mélodie, qu'il n'avait jamais entendue auparavant, était d'une beauté irréelle. Le plus étrange, c'est qu'elle tournait en boucle : elle s'arrêtait au milieu d'une mesure et reprenait au début. Il l'écouta plusieurs fois. Soudain, elle s'arrêta. Il marcha jusqu'à la porte du bureau, l'oreille aux aguets. La maison était plongée dans le silence. Il pensa qu'il avait rêvé lorsqu'il l'entendit de nouveau, faible, mais très nette. Il était sûr, maintenant, qu'elle venait du studio. Il descendit l'escalier, inquiet.

Plus il s'approchait, plus la musique faiblissait. Elle s'interrompait toujours au même endroit, puis recommençait, comme si un pianiste reprenait sans cesse à la même mesure. Il avança jusqu'à la porte du studio et, après une légère hésitation, l'ouvrit. Au même instant, la musique se tut. La maison était à nouveau plongée dans le silence, même si la musique, d'une certaine manière, l'habitait encore, comme un parfum. Il l'entendait résonner dans sa tête, fragment d'improvisation inachevé. Il avança vers le piano et s'assit. La musique reprit. Il baissa les yeux. Les touches ne bougeaient pas, mais une sorte d'énergie s'en dégageait. Il les effleura du bout des doigts, sans bruit, suivant la mélodie, puis il appuya pour de vrai. Le son de l'instrument le fit tressaillir, mais il continua de jouer, anxieux à l'idée de perdre le fil. Lorsqu'il sentit qu'il ne craignait rien, il fut rassuré. Il s'aperçut qu'il y prenait du plaisir. Écouter, jouer. Écouter, jouer. Le piano devenait bavard quand, soudain, la mélodie se tut.

Le silence retomba.

Il resta immobile, désemparé, les mains sur le clavier. La musique s'était arrêtée au milieu d'une mesure, toujours la même. Quelle en était la suite ? Il n'en avait pas la moindre idée. Il regarda par la fenêtre. Un rayon de soleil perçait à travers les nuages, illuminant la vieille harpe que son père avait achetée, il y a longtemps, dans un accès de sentimentalisme. Les nuages se refermèrent, le soleil disparut et le ciel s'assombrit. Il repensa à ce qui l'attendait, cette nuit même. Il regrettait d'avoir rencontré Skin et les autres. Mais il était trop tard pour les regrets. Le prix à payer serait plus élevé encore.

L'idée de revoir la petite fille ne suffisait pas non plus à le réconforter. Il se tourna vers le piano et chercha à retrouver la mélodie inachevée qui, sans raison, lui rappelait son père. Mais, comme lui, elle n'était plus.

8

Le Manoir, à minuit, était plus effrayant que jamais. Luc observa sa silhouette sombre à travers l'obscurité, puis se tourna vers les autres, qui le regardaient en silence. Il savait qu'ils se demandaient s'il allait échouer à nouveau. Skin prit une voix dure :

— C'est le moment de prouver que t'es pas un trouillard...

Damien fit entendre un murmure d'approbation. Skin jeta un regard à la maison, puis se tourna vers Luc.

— T'as toutes les fenêtres que tu veux. C'est pas cool, ça ?

C'était vrai. Il y avait trois fenêtres ouvertes au premier étage – celle qu'il avait escaladée et deux autres plus à gauche – et la lucarne du toit. Il leva la tête vers celle-ci, songeant à l'enfant, mais Skin le tira par le bras et lui tendit un passe-montagne.

— Enfile ça. Au cas où tu tomberais sur la vieille.

— Je préfère entendre, protesta Luc.

— Comme tu veux.

Skin remit le passe-montagne dans sa poche, puis se pencha vers lui. Dans ses yeux brûlaient les terrifiantes flammes noires de la méchanceté.

— Rappelle-toi : ce coup-ci, elle est dans la maison. Tu ne dois pas faire un bruit ! Une fois que t'y es, tu cherches la boîte, point barre. Tu ne perds pas de temps à fouiner, même si ça a l'air intéressant. Si tu vois quelque chose qui vaut le coup, tu le notes dans ta tête et on reviendra. Ce que je veux, c'est la boîte. Elle a à peu près cette taille... (il écarta les mains)... et elle a...

— Je sais à quoi elle ressemble. Tu me l'as déjà dit.

— Très bien...

Ses yeux le scrutèrent.

— ... alors, va la chercher !

— Et si elle est dans sa chambre ?

— Tu devras être super-silencieux.

— Comme une petite souris, commenta Damien. Crouic, crouic...

— Mais sans crouic crouic, renchérit Benoît. Sinon, elle t'entendra.

Les deux garçons sourirent. Skin, lui, resta parfaitement impassible.

— Elle t'entendra pas si tu fais gaffe. Tu fouilles jusqu'à ce que tu trouves la boîte, puis tu te tires. C'est le seul moment dangereux. Elle peut entendre le déclic de la serrure. Tu restes près de la maison tant qu'on t'a pas fait le signal : on vérifiera qu'elle ne guette pas par la fenêtre. Dès que le champ est libre, tu nous rejoins au portail, tu nous donnes la boîte et t'es quitte.

— Et si elle regarde par la fenêtre ?

— On te fera signe de ne pas bouger.

— Mais je ne peux pas rester sur le perron ! Surtout si elle sait que je suis là !

— Si. Elle te verra pas si tu restes bien collé à la porte. Et dès qu'elle s'éloigne de la fenêtre pour descendre ou pour appeler la police, on te fait signe et tu cours. Le temps qu'elle atteigne la porte, on sera déjà loin. Aucun souci.

Luc observa leur visage l'un après l'autre. Il était clair qu'il n'avait pas le choix.

— À tout à l'heure, dit-il.

Il se laissa glisser en bas du mur, puis fila vers le portail. Le bâtiment se dressait devant lui, immense et silencieux, tandis qu'à sa droite les arbres de la forêt de Buckland caressaient le ciel étoilé. Il escalada le portail, traversa le gravier jusqu'à la pelouse, puis courut derrière la maison. Il avait décidé de passer par la même fenêtre que la première fois, qu'il jugeait plus facile d'accès. En outre, comme c'était un bureau, il courait moins de risques de se retrouver nez à nez avec Mme Petit. Du moins tant qu'il ne l'aurait pas alertée par un bruit insolite. Il attrapa la gouttière et commença à grimper, l'odeur du chèvrefeuille dans les narines. Il arriva rapidement au premier étage et tendit le bras pour atteindre la fenêtre. Une fois de plus, il se félicita d'avoir des mains aussi musclées. Il se rappela ce jour où son père les avait prises dans les siennes, après une séance d'escalade :

« Tu as de bonnes mains, Luc. Des mains à la fois fortes et sensibles, capables de grimper aussi bien que de jouer du piano. Tu peux faire ce que tu veux avec des mains pareilles. Alors n'en fais pas mauvais usage. »

C'était pourtant ce qu'il était en train de faire. Il se

mordit la lèvre et pénétra dans le bureau. Il s'avança dans la partie la plus sombre de la pièce et attendit, immobile. On n'entendait pas le moindre signe de vie, pas même les pleurs de la petite fille. Il écouta longtemps, puis gagna la porte et glissa un regard sur le palier plongé dans la pénombre. La lumière de la lune éclairait les statuettes sur les étagères. Il eut l'impression qu'elles le regardaient.

À l'autre bout du palier, une porte était ouverte. Il fronça les sourcils. Si c'était la chambre de la vieille, il devait se montrer plus que silencieux. Et si jamais elle gardait la boîte près de son lit ?

Il partit dans la direction opposée. La boîte attendrait, il devait d'abord trouver la petite fille. Rien n'était plus risqué, car elle pouvait prendre peur et hurler avant même qu'il ait eu le temps de lui parler. Mais il avait besoin de savoir qui elle était et quel était son problème. Il la savait là, quelque part, même si, pour une fois, il ne parvenait pas à l'entendre. Il gagna à pas de loup la porte surélevée. C'était là qu'il l'avait vue la dernière fois, cloîtrée dans le grenier, enfermée comme une prisonnière. C'était là qu'il fallait la chercher en premier. Mais l'idée de monter l'escalier et de revoir son visage terrifié le pétrifiait d'angoisse.

Il ouvrit la porte le plus doucement possible, fit une pause et tendit l'oreille. Le silence était plus épais que jamais. Il regarda les marches, le cœur battant, puis les gravit une à une. Le silence était si profond qu'il lui semblait entendre le bruit de ses pas se répercuter dans toute la maison. Il s'arrêta sur le palier et ne jeta même pas un regard à la salle de bains ouverte, il savait qu'elle n'était pas là. Ses yeux étaient rivés sur l'autre porte qui, comme la dernière fois, était close. Était-elle fermée à clef, cette fois ? Il avança sur la pointe des pieds, se pencha et guetta. Pas le moindre bruit. Il posa la main sur la poignée, respira lentement et tourna. Il y eut un léger déclic. Il se figea, craignant que la petite ne se mette à hurler, mais seul le silence répondit. Il prit une nouvelle inspiration et entrebâilla la porte, juste assez pour se faufiler à l'intérieur de la pièce.

Celle-ci était plongée dans l'obscurité mais, grâce à la lumière qui filtrait par la lucarne, il put se rendre compte qu'elle était vide. En revanche, des signes témoignaient d'une présence, des vêtements jonçhant le sol, un lit qui n'avait pas l'air défait. Il jeta un regard inquiet autour de lui. Où se trouvait-elle ? Ses yeux se posèrent sur le lit. Si elle se cachait dessous et qu'il plongeait la tête d'un coup, il allait la terrifier. Mais il n'avait pas le choix, il avait besoin d'être sûr. Il s'agenouilla, fit une pause, puis murmura :

— Ne crie pas. S'il te plaît, ne crie pas. Je jure que je ne te ferai pas de mal. Je suis ton ami.

Tout ce qu'il trouva fut une paire de petits chaussons. Il se releva et se tourna vers la porte. Sa peur ne cessait de croître. Le silence l'oppressait. Il redescendit précautionneusement l'escalier et observa le palier, irréel tant il était paisible. Il avança lentement, à pas feutrés. Malgré le silence, il sentait la présence de l'enfant quelque part, tout près. Il se demanda où était Mme Petit.

Il s'arrêta près du bureau et, jetant un regard vers la fenêtre, aperçut les branches argentées d'un bouleau sous la voûte étoilée. Il n'avait qu'une envie : dégringoler le long de la gouttière et fuir dans la nuit, le plus loin possible. Mais il savait ce qui l'attendait s'il revenait si vite, les mains vides. Il aurait beau dire qu'il n'avait pas trouvé la boîte, Skin le rouerait de coups et l'obligerait à revenir.

Il regarda la porte ouverte de la pièce, à l'autre bout. Il était évident qu'il fallait commencer par là. Il suffisait qu'il passe la tête par l'entrebâillement. Il glissa furtivement le long du palier, les yeux et les oreilles grands ouverts, tentant de saisir la présence de Mme Petit et de l'enfant. La lumière se faisait de plus en plus vive. Un éclat de lune venait heurter le coin d'une étagère et illuminait l'une des statuettes, une petite silhouette en train de danser, une flûte à la main, qui lui rappela la sculpture de Roger Gilmore. La porte n'était plus qu'à un mètre. Il retint son souffle et écouta.

Tout n'était que silence. Il fit un pas. Ses mains, ses joues et son front étaient moites. Qui était dans la pièce ? Mme Petit ? La gamine ? Toutes les deux ? Encore un pas, et il se retrouva face à la porte. Il aperçut une fenêtre, dont les rideaux mal tirés laissaient passer la clarté de la lune. Dessous trônait une coiffeuse couverte de bracelets, de bigoudis, d'une brosse à cheveux, d'une pelote à épingles, de ciseaux à ongles, d'une pince à épiler et... d'une grande boîte.

Il se figea. Elle correspondait en tout point à la description de Skin : des côtés en velours noir, une large garniture de perles argentées sur le couvercle et un drôle de gland sur le devant. Il serra les poings. Il touchait au but. Il n'avait pas trouvé la petite fille mais, au moins, Skin le laisserait tranquille. Il n'avait qu'à tendre la main. Il fit quelques pas, toujours caché par la porte. Le lit – en supposant que ce fût une chambre – devait se trouver derrière, à sa droite. Il pouvait y avoir quelqu'un dedans. Il guetta un bruit de respiration, mais n'entendit que la sienne. S'armant de courage, il jeta un regard.

La pièce était déserte. Il se détendit d'un coup. Il y avait bien un lit, mais vide. Les draps et l'édredon étaient roulés en boule. Il fronça les sourcils : c'était troublant de ne pas savoir où étaient Mme Petit et la petite fille, mais au moins les choses prenaient bonne tournure. Il s'avançait vers la boîte quand, horreur ! il entendit un bruit dans son dos. Une petite toux volontaire.

Saisi de panique, il fit volte-face.

Mme Petit se tenait sur le pas de la porte.

9

Elle tenait un bâton dans une main et, dans l'autre, un téléphone sans fil. Il plongea instinctivement la tête dans la pénombre. Elle ne l'avait peut-être pas reconnu et, s'il fonçait avant qu'elle ait eu le temps d'allumer la lumière, il se retrouverait dehors sans qu'elle ait réalisé qui il était. Elle fit entendre un grognement de mépris, comme si elle avait deviné sa pensée au moment même où il se la formulait.

— N'essaie pas de fuir, dit-elle. Tu ne ferais qu'aggraver ton cas. Je sais très bien qui tu es, Luc Stanton. C'est toi qui traînes avec ces petites frappes, Julien Skinner, Damien Fisher et ce gros garçon... Comment s'appelle-t-il ?

Elle posait tout autant la question à elle-même qu'à Luc.

— Speedwell, reprit-elle. Benoît Speedwell. Une bande de ratés.

Elle le dévisagea.

— J'ai prévenu la police. On n'a plus qu'à attendre.

Il restait immobile, essayant de masquer sa peur. Il ne lui servait à rien de chercher à fuir. Il pouvait la bousculer et courir, mais à quoi cela l'avancerait-il ? Elle connaissait son nom. Elle savait sûrement où il habitait et, sinon, elle n'aurait aucun mal à l'apprendre. Elle l'avait sans doute vu entrer dans la maison.

De nouveau, elle sembla lire dans ses pensées.

— Oui, je t'ai vu escalader le portail. Je ne sais pas si les autres sont avec toi...

Il devina que c'était une question, mais il demeura silencieux. Elle plissa les yeux, interrogative :

— Je suppose que c'est toi qui es entré hier soir...

Il ne répondit pas davantage. Il tenta de la toiser d'un air de défi, mais en vain. La peur le terrassait : peur des conséquences mais, plus que tout, peur de Mme Petit. Bien que vieille et fragile, elle était terrifiante.

Elle l'observa un moment en silence, puis poussa un nouveau grognement de mépris.

— Je ne m'attends pas que tu me le dises. Mais je sais que c'est toi. Quelqu'un est entré par la fenêtre du bureau, je l'ai vu tout de suite. Il y avait des mottes de terre sur le tapis et ce n'est certainement pas moi qui les y ai mises. Et puis, j'ai d'autres preuves. On me l'a dit.

À sa grande surprise, elle regarda en direction du lit et se mit à parler d'une voix étrange, qui n'avait plus rien à voir avec celle, cassante, dont elle avait usé pour s'adresser à lui. Cette autre voix était douce, lente, presque caressante.

— Tout va bien, chuchota-t-elle. Tu peux sortir, maintenant. Il ne te fera pas de mal.

Rien ne se passa. Puis le tas de draps se mit à bouger et un visage apparut. À ses traits miniatures et ses cheveux brillants, il reconnut la fillette du grenier. Elle bougeait les yeux d'une façon étrange, comme si elle cherchait quelque chose.

— Mémé, Mémé... appela-t-elle d'une voix anxieuse.

— Ici, chérie, répondit Mme Petit, tout en se déplaçant avec peine jusqu'au lit.

La petite fille tendit les mains, mais ses yeux continuaient à fouiller la pénombre. Mme Petit posa le téléphone et le bâton, puis s'assit sur le lit. La petite se jeta à son cou.

— Mémé, murmura-t-elle.

— Mémé, répéta la vieille femme en la serrant dans ses bras, lui caressant les cheveux et le visage.

Luc ne savait quoi faire. Fuir était facile, mais inutile. En outre, malgré la gravité de sa situation, il était fasciné par l'étrange scène qui se déroulait devant lui : cette enfant qui s'accrochait à cette femme vieille et laide, comme si sa vie en dépendait. Celle-ci, sans un regard vers lui, continuait à la câliner et à murmurer des paroles de réconfort. La fillette sembla se calmer. Au bout d'un moment, Mme Petit l'embrassa sur la tête et haussa la voix :

— Il est près du mur, en face. Tu veux lui dire bonjour ?

L'enfant enfouit le visage dans son cou. Luc croisa le regard aigu de la vieille femme.

— Bonjour, dit-il, maladroit.

La petite ne répondit pas. Il y eut un long silence. Luc restait immobile près de la porte. La petite fille s'agrippait toujours à Mme Petit, mais paraissait plus calme. Celle-ci continuait à la caresser, à l'embrasser, à la serrer dans ses bras. Luc se sentait mal à l'aise. Puis Mme Petit leva les yeux vers lui :

— Tu lui fais peur. Elle a été terrifiée toute la journée après l'épisode de cette nuit. C'est pour ça que j'ai dû la faire dormir avec moi ce soir.

— Je ne lui veux pas de mal.

— Je sais.

Il eut l'impression que c'était davantage une menace qu'une marque de confiance. Mais lorsqu'elle éleva de nouveau la voix, il comprit qu'il s'était trompé.

— Je sais que tu ne lui feras pas de mal. Tu n'es pas comme ces garçons que tu es assez bête pour fréquenter.

Il jeta un regard vers la fenêtre. Ils devaient se demander ce qui se passait. Mais peut-être pas. Peut-être s'en fichaient-ils. Et si l'expédition de ce soir n'était rien d'autre qu'une punition ? Ses yeux tombèrent sur la boîte. Non, ce n'était pas un coup monté. Skin la voulait vraiment. Mais maintenant, tout était à l'eau, le jeu était fini. La police était sur le point d'arriver et tout ce qui l'attendait, c'était des ennuis. Il pensa à sa mère, au mal qu'il allait lui faire.

— Je n'ai pas appelé la police.

— Quoi ?

— On dit *pardon*, pas *quoi*.

— Pardon ? répéta-t-il de mauvaise grâce.

— Je n'ai pas appelé la police. Je ne dis pas que je ne

le ferai pas. Mais on peut en discuter ensemble, toi et moi.

Il la regarda, essayant de comprendre où elle voulait en venir. Même s'il avait été quelque peu rassuré par son attitude envers l'enfant, et plus encore par ce qu'elle venait de dire, elle continuait à lui faire peur. Il chercha ce qu'il fallait répondre, mais elle ne lui en laissa pas le temps :

— On va descendre.

Elle se détacha de la petite, qui s'accrocha à elle et essaya de la retenir.

— Tout va bien, murmura la vieille femme en lui caressant sa joue. Tout va bien. Mémé va revenir très, très vite.

L'enfant finit par relâcher son étreinte. Mme Petit refit le lit sans cesser de lui parler :

— On va border ce côté, d'accord ? Tu es une bonne petite fille. Et ce côté-là aussi ? Bon. C'est mieux, comme ça ? Bien. Maintenant, allonge-toi et ferme les yeux. Qu'est-ce que tu dis ?

Elle se pencha. La petite fille lui chuchota quelque chose à l'oreille. Luc ne put entendre ce qu'elle disait, mais la vieille femme répondit :

— Non, il ne te fera pas de mal. Je te le promets.

Elle toucha à nouveau son visage.

— Allez, c'est l'heure. Dodo. Je descends pour quelques minutes, mais je reviens très vite et on fera un gros câlin. Bonne nuit, ma chérie.

La petite ne répondit pas, mais elle avait l'air calme. Les yeux fermés, elle se tenait blottie sous l'édredon.

Seule sa tête dépassait. Luc ne comprenait pas pourquoi il lui faisait si peur. Se pouvait-il qu'il ait lui-même provoqué sa terreur, le jour où il l'avait aperçue par le trou de la serrure ? Pourtant, il avait entendu ses pleurs avant même de pénétrer dans la maison. Il ne pouvait être la seule cause de sa détresse.

Mme Petit se redressa et se tourna vers lui.

— Viens avec moi, déclara-t-elle sèchement.

Toute douceur avait disparu de sa voix, comme de son visage. Elle quitta la pièce en boitillant, puis descendit l'escalier. Il la suivit, hébété, essayant désespérément de comprendre et pensant à ceux qui l'attendaient dehors. Elle n'avait pas encore allumé de lumière, mais dès qu'elle le ferait, ils devineraient qu'il y avait un problème. D'autant plus si elle l'emmenait dans l'une des pièces qui donnaient de leur côté. Mais elle l'entraîna dans la cuisine, dont la fenêtre ouvrait de l'autre côté. Elle alluma la lumière, s'assit à la table et lui désigna une chaise. Il hésita, puis s'assit, et attendit qu'elle parle. Il n'eut pas à attendre longtemps.

— La petite est aveugle, aboya-t-elle de cette voix dure qu'il lui connaissait. Tu comprends ça ?

— Aveugle ?

— Tu n'as pas remarqué ?

Elle le toisa avec mépris.

— Ne me dis pas que toi aussi, tu es aveugle. Aussi aveugle que stupide.

— Rien ne m'oblige à vous écouter !

— Si, rétorqua-t-elle sèchement. Bien sûr, tu peux t'enfuir. Même toi, tu devrais être capable d'échapper à une vieille femme. Mais où veux-tu aller ? J'aurai prévenu la police avant même que tu aies atteint le chemin des Noisetiers.

— Vous n'avez aucune preuve !

— Je t'ai vu chez moi.

— Vous ne pouvez pas le prouver. C'est votre parole contre la mienne.

— La tienne ne doit pas peser très lourd, pas vrai ?

Elle fit entendre un rire sans joie.

— Tu oublies tout ce que je sais sur toi. As-tu seulement idée de ce qu'on dit de toi et de tes amis dans le village ?

Il ne répondit pas. Elle l'observa.

— Un de ces jours, au lieu d'essayer de cambrioler ma maison, tu devrais aller jouer les espions et te glisser dans l'épicerie du village... pas pour voler, bien sûr... juste te cacher dans un placard et écouter Mlle Grubb et ses clients. C'est très instructif.

Il haussa les épaules et se détourna, mais elle continua :

— Ils parlent de votre petite bande. De Julien Skinner qui va finir en prison et de Damien Fisher qui volait de l'argent à sa tante et aux gamins quand il était à l'école primaire. Et de Speedwell qui était un bon garçon avant de fréquenter les deux autres. Mais surtout, ils parlent de toi.

Il leva les yeux vers elle.

— De moi ?

— Oui, de toi.

Il y eut un silence. Il respira lentement.

— Pourquoi ?

Elle se leva, marcha péniblement jusqu'à la fenêtre et regarda dehors.

— Ils sont là, tes amis, non ?

— Pourquoi les gens parlent de moi ?

— Où sont-ils cachés ? Derrière le mur, du côté de la forêt ?

Il ne répondit pas. Elle continua à observer par la fenêtre puis, au bout d'un long moment, reprit la parole :

— Ils disent que tu n'es pas comme les autres. Que tu es différent. Spécial.

Elle fit une pause.

— Je pense qu'ils se trompent. Je ne crois pas que tu aies quoi que ce soit de spécial, tu m'as l'air idiot. Est-ce que tes amis sont cachés dehors ?

— Pourquoi ils me trouvent spécial ?

— Ils sont cachés dehors ?

— Pourquoi ils me trouvent spécial ?

— Ils sont cachés dehors ?

— Oui.

Elle fit une nouvelle pause. Obtenir cette confession semblait lui avoir coûté. Mais lorsqu'elle parla de nouveau, sa voix était moins sévère.

— Est-ce que tu auras des problèmes si tu ne rapportes rien ?

— Peut-être.

La vieille femme se retourna soudain.

— Ils te trouvent spécial à cause de ton don.

Il resta silencieux. Elle posa sur lui un regard scrutateur.

— Tu es le fils de Matthieu Stanton, c'est ça ?
— Et alors ?
— Tu joues du piano. Comme ton père.
— Je joue du piano, mais pas comme lui, lui cracha-t-il à la figure.
Elle sembla s'adoucir, même si la colère et le mépris n'étaient pas loin.
— J'ai entendu parler de son cancer.
— Formidable.
Elle l'observa en silence un long moment, puis tourna la tête.
— Ton père était un pianiste extraordinaire. Je l'ai entendu jouer au Festival Hall il y a dix ans. Il était...
— Je ne veux pas en parler.
— Il était merveilleux. Il jouait comme un dieu.
— Je viens de vous dire...
Il se leva.
— Je ne veux pas parler de ça. C'est clair ? Vous comprenez le français ?
Il lui jeta un regard noir.
— Je rentre chez moi. Appelez la police si ça vous chante.
— Et la petite ?
— Quoi, la petite ?
Il essaya de garder une expression de dureté, mais il sentit sa volonté fléchir au souvenir de son visage terrifié.
Mme Petit ouvrit un tiroir, froissa quelque chose dans son poing et s'avança vers lui.
— Tu peux l'aider.

— Elle a peur de moi.
— Elle n'a pas peur, elle est terrifiée.
— Alors je ne peux pas l'aider.
Elle plongea son regard dans le sien, si profondément qu'il eut l'impression qu'elle lisait en lui.
— Tu ne dois pas partir comme ça. Tu crois que tu es capable de jouer les durs comme les autres, mais tu n'es pas un dur. Tu en veux à la vie parce que la vie t'a pris ton père. Mais aujourd'hui, tu as la chance de pouvoir faire quelque chose de bien.
Avant qu'il ait pu lui répondre, elle lui prit la main, l'obligea à l'ouvrir et y déposa ce qu'elle tenait dans son poing. Baissant les yeux, il vit une liasse de billets.
— Pour tes amis. Ce n'est pas grand-chose, mais ça t'aidera sans doute à avoir la paix. Tu les aurais trouvés de toute façon si tu avais cherché plus longtemps...
Elle soutint son regard.
— Reviens dès que tu le pourras, mais n'en parle à personne. Pas un mot. Je t'expliquerai une autre fois comment tu peux l'aider. Mais reviens. Je t'attendrai. Et ma petite-fille aussi t'attendra.
Il fronça les sourcils. Même si l'enfant l'avait appelée Mémé, il n'avait pas réalisé ce que cela signifiait. Mme Petit était si solitaire qu'il avait du mal à l'imaginer au sein d'une famille.
Il regarda l'argent, puis le lui rendit.
— Je ne veux pas être impliqué là-dedans, dit-il en se dirigeant vers la porte.
Elle l'appela :
— Tu reviendras, n'est-ce pas ?

— Non.

— Mais tu peux l'aider !

— Non, je ne peux pas. Et ce ne sont pas mes affaires.

Il se mit à courir. La vieille femme n'essaya pas de le suivre. Arrivé devant la porte d'entrée, il se retourna. Elle se tenait sur le seuil de la cuisine, distante et fière, mais déjà beaucoup moins effrayante.

Il entendit des pleurs et leva les yeux. La petite fille tâtait le mur à la recherche de la rampe d'escalier, le visage ravagé par les larmes. Mme Petit se dépêcha de monter avant qu'elle ne s'approche trop près du bord et la prit dans ses bras.

— Mémé, murmura la petite.

La vieille femme sortit un mouchoir et tamponna son visage, puis se tourna vers Luc, qui n'avait pas bougé.

— Tu reviendras, n'est-ce pas ?

Il regarda leurs deux silhouettes soudées l'une à l'autre, comme animées d'une même souffrance. Il quitta la maison sans un mot.

10

Sans attendre le signal de Skin, Luc se précipita vers le portail, remonta la piste et s'arrêta au croisement. Il n'eut pas à attendre longtemps. Quelques secondes plus tard, trois ombres surgissaient de l'obscurité. Elles s'approchèrent, tels des fantômes, et s'arrêtèrent à un mètre de lui.

— Tu n'as pas attendu le signal, dit Skin.

— J'ai oublié.

— Je t'avais dit de rester près de la porte, au cas où elle t'aurait entendu partir et te guetterait par la fenêtre.

— Ouais, désolé.

— Et t'as pas la boîte.

— Pas pu la trouver.

Les trois avancèrent. Ils étaient si près, maintenant, qu'il pouvait distinguer leurs visages. Il se demanda s'il devait se battre ou fuir. Revenir sans la boîte, pour eux, équivalait à un échec. Il suffisait d'un mot de travers pour que Skin lui tombe dessus, et Damien sans doute aussi. Il jeta un regard rapide au toit éclairé par la lune, puis se tourna vers Skin.

— Est-ce qu'on peut partir ? s'enquit-il, d'un ton aussi naturel que possible. La vieille peut nous entendre.

Il fit un mouvement vers le chemin des Noisetiers, mais Skin le retint par le bras.

— Elle peut pas.

— Quoi ?

— Nous entendre.

— Si, elle peut.

Il essaya à nouveau de bouger, mais l'étreinte se resserra et il dut renoncer. Skin se pencha vers lui.

— Je te dis qu'elle peut pas nous entendre, déclara-t-il, les dents serrées. Tu vas d'abord nous raconter ce qui s'est passé dans la baraque.

— Tu me fais mal.

— Tant pis pour toi. Qu'est-ce qui s'est passé ?

Luc l'observa à travers la pénombre.

— Je n'ai pas trouvé la boîte.

— Tu l'as déjà dit.

— Mais j'ai bien regardé. Il n'y avait rien à piquer.

Damien fit entendre un ricanement et s'approcha.

— Rien à piquer ? Et les bibelots ?

— De la camelote, rétorqua Luc, qui ne quittait pas Skin du regard. Des statuettes, du bazar. Vulgaire et bon marché.

— Ça m'intéresse pas, les bibelots, déclara Skin, soutenant son regard. Et la boîte ?

— Je t'ai dit, je l'ai pas vue.

— Où t'as cherché ?

— Dans toute la maison.

— Chaque pièce ?

— Ouais.

La voix aigrelette de Damien se fit de nouveau entendre :

— Je parie que t'as même pas cherché.

— Si, j'ai cherché.

— Je parie que tu t'es planqué dans un petit coin, mort de trouille à l'idée que la vieille puisse te trouver.

— Comment j'ai fait pour sortir par la porte, alors ?

— Ça veut rien dire, t'as pu rester planqué pendant tout le reste du temps !

Benoît bâilla.

— Puisqu'il a pas la boîte, est-ce qu'on peut rentrer ? Je suis fatigué.

— Personne ne rentre, répliqua Skin. Pas tant que je ne sais pas *exactement* ce qui s'est passé.

Il fixa Luc.

— Dis-moi tout ce que tu as fait.

Luc essaya d'avoir l'air assuré. Il savait que son sort ne dépendait pas seulement de ses réponses, mais du ton de sa voix. Il fallait qu'il ait l'air sûr de lui, même s'il ne l'était pas. Il prit une profonde inspiration.

— Je suis passé par la même fenêtre que la dernière fois. Elle donne sur un bureau. Il n'y avait pas grand-chose, des statuettes, des babioles, et...

— Ça m'intéresse pas. T'as cherché la boîte ?

— Ouais.

— Où ?

— Bah, dans la pièce. Sous le bureau, sur les étagères, derrière le...

— Ouais, ouais. Et après ?

— Je suis allé sur le palier.

— Et alors ?

Luc revit l'espace silencieux et sombre, éclairé par la seule clarté de la lune.

— J'ai jeté un œil et je suis monté.

— T'es monté ?

— Ouais, y a une sorte de grenier. Donc j'ai regardé là aussi.

— Et alors ?

— Rien.

— Et après ?

Skin posait ses questions de plus en plus vite, d'une voix de plus en plus menaçante et serrait son bras de plus en plus fort. Luc essaya de rester calme.

— Je suis redescendu sur le palier et j'ai cherché dans les chambres.

— Et la vieille ?

— Pas vue.

— T'as dit que t'avais regardé dans toute la maison.

— Ouais.

— Tu l'as forcément vue, alors.

— Ouais... ce que je veux dire, c'est que... je l'ai vue, mais elle, elle m'a pas vu. Elle dormait.

— Dans quelle chambre ?

— La plus à gauche, au premier.

— Celle avec les deux fenêtres ouvertes ?

— Ouais.

Skin fronça les sourcils.

— C'est bien ce que je pensais. Donc, elle dormait ?

— Ouais.

— T'es entré dans sa chambre ?

— Ouais.

Benoît fit entendre un petit rire idiot.

— Est-ce qu'elle met des bigoudis ? De quoi elle a l'air ?

Luc revit l'expression furieuse de son visage quand il l'avait découverte sur le seuil de la pièce, puis celle, si différente, quand elle parlait à l'enfant. Il se tourna vers Benoît :

— Elle ne met pas de bigoudis.

— Je parie qu'elle était quand même affreuse. Trop moche.

— Peut-être, éluda-t-il. De toute façon, j'ai pas vu la boîte.

Il lança un regard à Skin.

— Tu peux lâcher mon bras, maintenant ? On peut rentrer ?

Skin secoua la tête.

— T'as pas fini.

— Je t'ai tout dit.

— T'es bien sûr ?

— Ouais.

Skin l'observa en silence. D'un coup, il relâcha son étreinte, attrapa ses deux mains et les tira vers lui, paumes ouvertes.

— Laisse-moi !

Mais Skin le serrait comme un étau.

— Je veux juste les regarder... si ça ne te dérange pas...

La politesse soudaine de sa voix était presque plus inquiétante. Du coin de l'œil, il vit que Damien et Benoît regardaient eux aussi ses mains. Mais Skin était le seul qui lui faisait vraiment peur. Celui-ci les examina longuement, puis reprit, avec un calme qui lui fit froid dans le dos :

— De bonnes mains, Luc. De très bonnes mains. De très, très, très bonnes mains. C'est pas étonnant que tu sois un bon grimpeur.

Relevant les yeux, il croisa son regard.

— Et que tu sois doué pour le piano, compléta-t-il.

Luc sentit un frisson le parcourir. S'il était troublé par la corrélation avec les paroles de son père, il devinait surtout où Skin voulait en venir. Le garçon resserra son étreinte. Luc essaya de prendre un air dégagé.

— Content qu'elles te plaisent. Je peux les récupérer, maintenant ?

— T'aimes te faire craquer les doigts ?

— Je peux les récupérer ?

— Ben fait ça très bien. Vas-y, Ben, fais-les craquer !

Ben fit docilement craquer les jointures de ses gros doigts. Skin écouta, puis ricana :

— Je connais personne capable de le faire aussi fort.

Il leva les mains de Luc.

— Est-ce que les tiennes font autant de bruit ?

— Je sais pas. J'aime pas faire ça.

— Mais ça fait pas mal... Tiens, je vais te le faire...

— Non !

Skin s'était déjà emparé de ses doigts et lui tirait les articulations l'une après l'autre d'un coup sec. Luc réprima un haut-le-corps. Il savait qu'il ne devait pas protester. C'était inutile. Quand Skin eut fini, il garda les mains de Luc serrées dans les siennes.

— On peut le faire avec le pouce aussi.

— Non !

— Mais attention, ça casse facilement...

Il resserra son étreinte, puis fit glisser ses pouces sur les paumes de Luc et ajouta, avec le même calme :

— Je ne te conseille pas de me mentir, Luc.

— Je ne t'ai pas menti.

— Je ne voudrais pas qu'il t'arrive quelque chose de désagréable.

Il continuait son manège avec ses pouces.

— ... je ne voudrais pas que quelque chose vienne ruiner...

Il réfléchit et conclut :

— ... ta carrière de musicien.

— Je ne t'ai pas menti.

— Tu m'as tout dit ?

— Ouais.

— La vieille dormait ?

— Ouais.

— Elle s'est pas réveillée ?

— Non.

— Et après ?

— J'ai regardé dans les pièces du bas.

— Et alors ?

— J'ai rien trouvé.

— La vieille dormait toujours ?

— Je viens de te le dire !

— Pourquoi la lumière de la cuisine était allumée ?

Les questions avaient fusé si vite qu'il n'arrivait plus à rassembler ses esprits. Par chance, Damien intervint :

— J'ai rien vu, moi.

— Moi non plus, dit Benoît.

— Normal : de là où vous étiez, on ne voyait rien. C'est quand j'ai fait un tour de l'autre côté que je l'ai vue.

Luc réfléchissait à toute allure. Certes, on pouvait apercevoir la fenêtre de la cuisine en se hissant sur le mur, mais il se souvenait que les rideaux, de ce côté, étaient tirés. À moins d'une fente entre les deux, Skin n'avait pas dû le voir discuter avec Mme Petit.

— C'est moi qui ai allumé, déclara-t-il, essayant d'ignorer les pouces qui caressaient ses paumes. La vieille dormait à l'étage, j'étais sûr qu'elle ne se réveillerait pas et j'ai allumé. C'était plus facile pour fouiller.

— Et pourquoi t'as pas allumé les autres pièces ?

— C'était plus risqué. La cuisine est la pièce la plus éloignée de sa chambre.

Il fit une pause.

— Est-ce que tu peux lâcher mes mains ?

— Pourquoi t'es resté dans la cuisine si longtemps ?

— Tu peux lâcher mes mains ?

— Quand j'en aurai envie. Pourquoi t'es resté si longtemps ?

— Je voulais inspecter tous les tiroirs.

— Y avait pas beaucoup de chances qu'elle range la boîte là.

— Ouais, je sais.

Luc se balança d'une jambe sur l'autre, incapable de trouver une réponse convaincante. Skin l'observa encore un moment, puis relâcha lentement ses mains. Luc les laissa retomber le long du corps, puis remua doucement les doigts pour en évacuer la tension. Skin continuait à l'observer. Au bout d'un moment, il se tourna enfin vers les autres :

— Allez dormir. Et faites gaffe à ne réveiller personne ! Rendez-vous demain après-midi, comme d'habitude : même heure, même endroit. Pas de problème ?

Damien et Benoît secouèrent la tête.

— Luc ? insista Skin. Un problème ?

Luc, dans un éclair, pensa à la vieille femme, à la petite fille, à sa mère, à Roger Gilmore, au collège, au concert, aux sons mystérieux qu'il entendait et, maintenant, à Skin. Il n'avait pas un problème, il en avait dix. Mais il secoua la tête.

— Aucun.

Benoît sortit une pomme de sa poche et croqua dedans.

— On laisse tomber, alors ?

— Laisser tomber ?

Skin lui jeta un regard mauvais.

— Ce n'est que le début, Benny.

— Mais Luc n'a rien trouvé, protesta-t-il, mâchant bruyamment.

Skin cligna en direction de Luc.

— Il n'a pas fini son boulot.

— D'acc, dit Benoît en mordant à nouveau dans sa pomme. Qu'est-ce qu'on fait, alors ?

— Je vous dirai demain.

Ils remontèrent le chemin des Noisetiers, silencieux. L'air était immobile, on n'entendait que le bruit de leurs pas, et Benoît mâchant sa pomme. La lune avait disparu derrière un nuage et le ciel s'était assombri. Une pluie fine et douce s'était mise à tomber. Ils débouchèrent sur la place du village. Benoît et Damien partirent d'un côté, Skin et Luc de l'autre. Skin marchait devant, silencieux. Arrivé devant son portail, il fit brusquement volte-face. Luc essaya de continuer, mais l'autre lui bloqua le passage. Ils se retrouvèrent face à face.

— Tu m'as menti, déclara-t-il d'une voix calme. Je sais pas ce que tu m'as caché, mais je sais que tu as menti. Ça se voyait à ta tête.

— Pas du tout. Je...

Avant qu'il ait pu finir, Skin le saisit à la gorge et le plaqua contre le portail, puis il chuchota contre son oreille, d'une voix aussi coupante qu'un éclat de verre :

— Rappelle-toi, Luc Stanton, que si t'es encore entier, c'est parce que j'ai besoin de toi. Et si tu veux rester entier, t'as intérêt à faire exactement ce que je te dis.

Il le poussa sur le côté d'un mouvement rageur, puis sauta par-dessus le portail et disparut.

Luc, sous le choc, poursuivit son chemin en titubant. La pluie, si légère, lui paraissait étrangement rassurante. Assez vite, il aperçut la ferme de Guy Foley et, à droite, *Le Havre*. La maison, plongée dans l'obscurité, semblait parfaitement paisible. Sa mère ne s'était sans doute pas réveillée, mais il ne pourrait en être sûr qu'une fois rentré. Il se faufila jusqu'à la porte de derrière, enfonça la clef dans la serrure et tourna. À son grand soulagement, il n'y eut qu'un très léger déclic. Il avait eu raison de passer par cette porte, bien plus discrète que l'autre.

Il la referma lentement, l'oreille tendue. Le silence régnait. Le cellier était tel qu'il l'avait laissé, et la cuisine aussi. Il se glissa dans l'entrée, puis fit une pause au pied de l'escalier. Aucun bruit ne parvenait de l'étage. Si sa mère s'était aperçue de son absence, elle aurait été debout, à l'attendre. Il monta sur la pointe des pieds, puis s'arrêta et écouta à nouveau. Personne ne l'appelait. Il poussa la porte de sa chambre, se coula à l'intérieur, la referma avec précaution, puis s'assit sur le bord de son lit.

Il tremblait. Les dernières paroles de Skin résonnaient encore dans sa tête. La situation lui paraissait désespérée : Skin ne renoncerait pas et sa rencontre avec la vieille dame ne faisait que compliquer les choses. Il revit la petite fille aveugle, sa peur panique, l'attitude maternelle de Mme Petit et la boîte, posée sur la coiffeuse, qui semblait l'attendre. Puis il pensa à lui-même, à son corps, à ses mains, à sa musique. Jusqu'où irait Skin s'il échouait ? Il ne s'en tiendrait pas à des coups dans les côtes. Torture, mutilation, meurtre... Skin était capable d'aller loin. Très loin.

Il s'allongea sur le lit. Tandis qu'il se concentrait sur l'image de son père pour retrouver le calme, la mélodie inachevée lui revint en mémoire. Le thème, inchangé, s'interrompait à la même mesure, mais il s'était enrichi de nouvelles harmonies. Luc retira ses vêtements et les lança par terre, puis il enfila son pyjama et se coucha. La musique dansait toujours dans sa tête. Le thème avait repris, accompagné de nouveaux accords, en une perpétuelle improvisation. À peine eut-il fermé les yeux que la vision bleue ressurgit. Les petits éclats d'or, plus nets, formaient deux demi-lunes qui se rejoignirent peu à peu et formèrent comme un anneau autour d'un lac. La musique s'éteignit, remplacée par le tintement de clochettes aussi légères qu'un souffle de vent, et aussi nombreuses que les étoiles ; puis elles se turent à leur tour et le grondement familier leur succéda. D'abord très doux, il enfla jusqu'à devenir un bourdonnement, puis un rugissement de vagues déferlant sur la grève, sans commencement ni fin. Lorsqu'il s'endormit, le son roulait toujours en lui.

11

À son réveil, le bourdonnement était encore là, mêlé au criaillement des oies de Guy Foley et à des bribes de l'étrange mélodie inachevée, qu'il avait décidé d'appeler « l'air de papa ». Un nouveau son fit soudain irruption. Une voix.

— Luc ? Tu es réveillé ?

Sa mère. Il ouvrit les yeux et la vit, debout au pied du lit, une tasse de thé à la main.

— Il est neuf heures, ajouta-t-elle. Je pensais que tu aimerais être réveillé...

Il se frotta les yeux et la regarda, perturbé par tous ces sons autour de lui et en lui, qu'il n'arrivait pas à localiser. Il se sentait fatigué, fragile, inquiet. Pas seulement à cause de Mme Petit et de la petite fille, ou de Skin et les autres, mais à cause de sa mère, qui avait l'air si mal à l'aise. Il se redressa et prit la tasse.

— Merci.

— Et voilà, dit-elle, désignant d'un signe de tête les vêtements éparpillés, tu as encore jeté tous tes habits par terre...

L'inquiétude le saisit. Si elle se mettait en tête de les ramasser, et s'ils étaient encore mouillés, elle allait deviner qu'il était ressorti.

— Ne t'en fais pas, reprit-elle dans un sourire. Ce n'est pas un reproche. C'est fini, les reproches. Mais tu ne m'en voudras pas si je te laisse ranger...

Il avala une gorgée.

— Ça va ? s'enquit-elle.

— Quoi ?

— Le thé ?

— Ouais, ça va.

Il croisa son regard et ajouta :

— Merci.

Elle sourit à nouveau.

— Je ne te demandais pas ça pour ça.

— Pas pour quoi ?

— Pour que tu me dises merci. Comme papa et moi, quand tu étais petit. Tu te souviens ? Si on te donnait quelque chose, un gâteau par exemple, et que tu oubliais de dire merci, on te regardait en silence jusqu'à ce que tu y penses de toi-même. Mais on n'avait pas besoin de le faire souvent, tu étais très fort.

Il lui jeta un regard incrédule. Quelle mouche la piquait de ressortir ces vieux trucs ? Il se rappelait très bien, mais refusait d'y penser. Ça le rendait trop malheureux.

— J'ai dit merci parce que j'en avais envie, rétorqua-t-il. Pas parce que tu me regardais.

— Très bien.

Elle se força à sourire.

— Bon, je te laisse te lever. À tout de suite.

Elle se pencha vers lui, l'embrassa et quitta la pièce.

Il la regarda s'éloigner, plus gêné que jamais. Elle se montrait si maladroite, ces derniers temps ! Était-ce à cause de cette histoire de mariage ? Peut-être cherchait-elle le courage de dire oui à Roger Gilmore. Peut-être allait-elle lui en reparler au petit déjeuner. C'était pourtant la dernière chose dont il avait envie. Il se glissa hors du lit et se dirigea vers la douche. L'eau l'apaisa, mais ne le délivra pas de ses pensées. Que lui voulait Mme Petit ? Qu'avait décidé Skin ? Et pourquoi sa mère était-elle si nerveuse ? Il se sécha, s'enveloppa dans une serviette et gagna le bureau. Il voulait consulter ses mails.

Réception des messages 1 sur 2

Il fronça les sourcils. Il n'attendait aucun message. Miranda voulait-elle lui rappeler la répétition du matin ? Skin réitérait-il ses menaces ? Non. Le message venait de sa mère. Il fronça de nouveau les sourcils. Pourquoi avait-elle besoin de lui envoyer un mail ?

Réception des messages 2 sur 2

Il fixait l'écran avec impatience. Peu lui importait qui c'était, du moment qu'il ne s'agissait pas de Skin. Et si c'était lui, il était décidé à supprimer le message sans le lire.

Le nom de l'expéditeur apparut enfin :

Paradis

Sa bouche s'ouvrit d'étonnement : il avait complètement oublié le mail délirant qu'il avait envoyé à papa@paradis.com, et qui aurait dû lui revenir avec la mention « Adresse inconnue ». Apparemment, ce n'était pas un retour, mais une réponse. Il cliqua sur le message. Mais l'espoir fou qui l'avait traversé disparut.

Après le rappel de sa propre question – Pourquoi ne réponds-tu jamais ? –, il lut :

Bonjour !

Je vous remercie de votre intérêt. Je suis sincèrement désolé que nous n'ayons pu répondre à votre courriel. Nous recevons un grand nombre de demandes et nous mettons un point d'honneur à y répondre vite, mais visiblement, dans votre cas, il y a eu un raté !

En fait, je n'ai pas réussi à retrouver votre mail. Auriez-vous l'obligeance de nous indiquer, une nouvelle fois, ce que nous pouvons faire pour vous ? Je suis tout à fait désolé de la gêne occasionnée. Cependant, au risque de paraître prétentieux, je pense que vous nous pardonnerez quand vous connaîtrez les nouveaux produits de la saison. Les parfums Paradis Naturels offrent une réponse naturelle aux exigences de confort de votre maison. En commandant en ligne, vous économisez...

Luc cessa de lire. C'était une plaisanterie cruelle. Il jeta un regard haineux à l'adresse paradis.com, qui semblait le narguer.

— Saloperie, cracha-t-il. Espèce de saloperie !

Quelques postillons atteignirent l'écran. Il les essuya avec le coin de sa serviette. Il avait envoyé le message à « papa ». Il avait écrit « papa » dans l'adresse. Qui lui avait répondu ? Il fit défiler le texte jusqu'à la signature.

Pierre-André Pinaud-Artuis.

Il serra les poings. P A P A. La plaisanterie était complète. M. Pinaud-Artuis ne saurait sans doute jamais à quel point il avait été haï. Il supprima le message et leva les yeux. Les dictionnaires et les usuels de sa mère étaient sagement alignés sur les étagères, rangés par langues et par sujets. Elle avait même fait disparaître les papiers qui traînaient sur son bureau et classé les traductions de la semaine. Il jeta un regard autour de lui. Tout était en ordre, comme il faut, parfait. Elle avait un joli bureau bien rangé, du travail en abondance et un nouvel homme dans sa vie. Que pouvait-elle demander de plus ? Il jeta un regard au portrait de son père. Au moins, elle l'avait laissé. Mais peut-être pas pour longtemps. Une photo de Roger allait peut-être le remplacer dans les jours à venir. Il cliqua sur le mail de sa mère d'un geste rageur. Il ne contenait que trois mots, mais ils lui sautèrent au visage :

Je t'aime, Luc.

Un sentiment de honte le submergea, puis le doute s'immisça dans son esprit. Et si ce message n'était, lui aussi, qu'une plaisanterie ? Elle avait aimé son père. Elle l'avait aimé à la folie. Et lui aussi, il l'avait aimée à la folie. Où était passé leur amour ?

Il entendit sa mère l'appeler du bas de l'escalier :

— Luc ! Le petit déj' est prêt dans deux minutes !

Il supprima le message, éteignit l'ordinateur et se précipita dans sa chambre. Ses vêtements étaient secs. Il s'habilla, puis ouvrit les rideaux. Le ciel était dégagé et lumineux, la journée s'annonçait chaude. Il trouva sa mère dans la cuisine, en train de couper du pain.

— Merci pour ton mail.

Il s'assit, versa des céréales dans un bol, puis leva les yeux et croisa son regard.

— Je le pense vraiment, dit-elle.

— Merci.

Sa gorge se serra, il baissa les yeux. Que lui arrivait-il ? Son cœur s'était-il changé en pierre ? Tout ce qu'il réussit à faire, c'est dire encore « merci ». Puis il versa le lait et se mit à manger.

— Combien d'œufs ?

— Deux, s'il te plaît.

Il ne releva pas la tête, il ne pouvait pas. Il ne savait pas pourquoi, mais c'était ainsi. Désespéré, il chercha à se remémorer une musique, n'importe laquelle : l'air mélancolique qui lui rappelait la petite fille, la mélodie inachevée de son père, n'importe quoi. Quand, enfin, il releva la tête, il vit que sa mère lui tournait le dos, debout près de la cuisinière. Elle surveillait les œufs pochés. Combien de fois l'avait-il vue préparer des œufs pochés pour son père ? Plus souvent qu'il ne pouvait le dire. Quand son père était à la maison, il en prenait tous les matins.

« Personne ne sait faire les œufs pochés comme toi », disait-il. Il passait le bras autour de sa taille et la regardait faire.

Elle se retourna soudain, comme si elle avait senti qu'il l'observait.

— Quoi ? fit-il.

— Rien.

Il retourna à ses céréales et continua à manger. Il l'entendit retirer la grille et retourner les toasts puis, comme si elle lisait dans ses pensées, elle déclara :

— Je n'ai jamais cessé de l'aimer, Luc. Je ne peux pas plus arrêter de l'aimer que je ne peux arrêter de t'aimer, toi.

— Chut, protesta-t-il, incapable de la regarder.

— Luc...

— Chut. Tais-toi. Je ne supporte pas que tu parles de ça.

Il l'entendit approcher, puis sentit sa main sur son épaule. Elle le serra contre elle. Il se laissa faire, et fit même un effort pour répondre à son étreinte. Il sentait les larmes prêtes à couler sur son visage, mais elles restaient enfermées, comme si la fierté, l'entêtement, ou une partie mystérieuse de lui-même, refusait de les laisser sortir. Il réussit quand même à articuler :

— Comment... peux-tu... aimer papa... et Roger ?

Elle lui caressa la joue.

— C'est la première fois que tu l'appelles par son prénom.

Elle l'embrassa sur les cheveux, puis murmura :

— Attends...

Elle se précipita vers la cuisinière pour surveiller les tartines et les œufs.

— Donne-moi deux secondes, Luc, d'accord ? Je n'ai pas envie de tout faire brûler.

Elle laissa les toasts griller quelques instants de plus, puis les tartina de beurre, posa les œufs dessus et revint vers la table.

— Voilà.

Elle plaça l'assiette devant lui, s'assit et passa de nouveau le bras autour de ses épaules.

— Continue à manger...

Il termina ses céréales, repoussa son bol et attaqua les œufs pochés. Sa mère le regardait faire, paisible, le bras autour de ses épaules. C'était une sensation étrange pour lui, mais pas désagréable.

— Ça va, les œufs ?

— Délicieux. Comme toujours. Personne ne sait faire les œufs pochés comme toi.

— C'est ce que disait ton père...

— Je sais.

— C'est très facile à faire. Je ne pense pas être spécialement douée.

Elle baissa les yeux.

— L'amour est une chose mystérieuse, Luc. On croit l'avoir perdu à jamais et il vous tombe dessus par surprise. Quand ton père est mort, j'ai cru que je ne pourrais plus jamais aimer. Amoureusement, je veux dire. Je ne parle pas de toi. Toi, je t'aimerai toujours. Mais... un autre homme. Je pensais que c'était impossible. Et je ne suis pas très sûre de mes sentiments pour Roger.

— Tu l'aimes bien.

— C'est une question ou une affirmation ?

— Une affirmation.

— Bien sûr que je l'aime bien. Je ne le fréquenterais pas si je ne l'aimais pas.

— Non, je veux dire que tu l'aimes vraiment beaucoup. Tu t'illumines quand tu le vois.

— Ah bon ? Je ne m'en rendais pas compte...

— Et quand tu lui parles au téléphone, tu as une voix bizarre...

— Comment ça ?

— Une voix... je ne sais pas...

— Dis-moi !

— Je ne sais pas la décrire... une voix... comme si tu avais l'âge de Miranda, qu'un garçon du village te demandait de sortir avec lui et que tu avais envie de dire oui, mais que tu n'osais pas accepter trop vite de peur qu'il te prenne pour une fille facile.

— Tu es sérieux ?

Elle le regarda.

— C'est l'impression que je donne ?

— Ouais. Enfin, peut-être. Je ne sais pas. Pas tout le temps. À certains moments. C'est ce que j'entends dans ta voix.

— Tu entends beaucoup de choses... Comme ton père.

Il aurait aimé qu'elle cesse de l'évoquer à tout moment. Mais c'était sa faute, c'était lui qui avait posé cette question sur l'amour. Il continua à manger ses œufs, espérant qu'elle change de sujet. Mais elle poursuivit :

— Je n'ai pas du tout envie d'avoir l'air d'une collégienne amoureuse ! Ce n'est pas ce que je ressens. Je ne sais pas trop où j'en suis... Je me sens coupable. J'ai peur de te faire du mal. Et à ton père, aussi, même si je sais qu'il voudrait que j'accepte l'amour d'un autre homme dans la mesure où cela me rend heureuse.

— Ça te rend heureuse ?

— Oui. Un peu. Mais pas complètement. J'ai besoin que tu sois heureux aussi.

Elle lui caressa la nuque.

— Je crois... j'ai compris qu'il y avait beaucoup de place dans un cœur, tu vois ? Ce n'est pas une trahison d'aimer quelqu'un d'autre, si celui qu'on aimait n'est plus là, et si cette personne le mérite.

— Tu crois qu'il le mérite ? Roger ?

— Oui, il le mérite. Tout le monde le mérite, en fait, mais on ne peut pas non plus donner de l'amour à tout le monde.

— Je croyais qu'il y avait beaucoup de place dans un cœur ?

— Oui, mais quand même... il y a une limite...

Elle fronça les sourcils.

— Je ne cesserai jamais d'aimer ton père, Luc. Jamais, jamais, jamais. Mais j'essaie... je ne sais pas... j'essaie de continuer à vivre comme il aurait aimé que je vive. Il n'aurait pas aimé que je passe le reste de ma vie à déprimer, à souffrir et à m'habiller en noir. Et si un homme me trouve jolie...

— Un homme ?

Il s'arrêta de manger.

— Tu rigoles ? La moitié du village te trouve jolie !

— Arrête...

— Mais si. Le père de Skin, pour commencer...

— Il est répugnant.

— Et Guy Foley. Et M. Nettles. Et M. Robinson. Et le livreur qui est passé l'autre jour. Et ces types du chantier qui t'ont sifflée la semaine dernière... tu ne t'en souviens pas ? Et le plombier qui est venu réparer...

— Arrête... protesta-t-elle en riant. Tu vas me faire rougir !

— Les hommes te parlent d'une manière spéciale. Je l'ai remarqué. Soit ils te draguent, soit ils deviennent idiots, comme si tu les intimidais...

Sa mère se tut, embarrassée. Au bout d'un moment, elle demanda :

— Et Roger ? Tu le classes parmi les dragueurs ou les idiots ?

Il se détourna sans répondre.

— Alors ? insista-t-elle.

Croisant son regard, il comprit qu'elle avait besoin d'entendre ce qu'ils savaient tous les deux.

— Il est différent. Il n'est pas comme les autres.

— Comment ça, différent ?

— Tu le sais très bien.

— Dis-moi quand même !

Il repoussa son assiette et s'appuya sur ses coudes.

— Ce n'est pas seulement qu'il te trouve jolie, il t'aime vraiment.
— Et c'est si grave que ça ?
— Peut-être pas.
— Mais peut-être que si ?
Il lui jeta un coup d'œil.
— Peut-être pas.
Elle l'observa un moment.
— Luc...
— Ouais ?
— Ça va aller.
— Quoi ?
— Tout, répondit-elle en souriant. Tout va bien se passer.
Elle fit une pause.
— Et puisque tu m'as dit ce que tu pensais, je vais te dire quelque chose : si j'ai des admirateurs, toi aussi...
— Qui ?
— Tu vas la voir ce matin...
— Miranda ?
Elle acquiesça, puis posa la main sur son bras
— Ne la fais pas souffrir, Luc.
— Mais non...
— C'est une fille bien.
— Je sais !
— Et très jolie...
— Je sais.
— Et elle est sensible. Alors fais attention...
— Je ferai attention, je viens de te le dire. Elle n'est pas amoureuse de moi, de toute façon.

— C'est ce que tu crois...
— Non.
Sa mère prit son assiette vide, puis se pencha et l'embrassa.
— Pense ce que tu veux, mais ne la fais pas souffrir.

12

Luc sut qu'il ferait souffrir Miranda à l'instant même où il quittait la maison. Les sons l'avaient de nouveau envahi : aller à *La Chope percée* était au-dessus de ses forces. Il s'arrêta sur la route et écouta, immobile. Les sons roulaient autour de lui et en lui, tour à tour faibles ou forts, si ténus parfois qu'ils devenaient à peine perceptibles. Il entendit la mélodie inachevée de son père, cet air enfantin et plaintif qui ne le quittait plus, et puis d'autres, qu'ils connaissaient ou pas, aussi nettement que s'il les avait joués lui-même. Mais il percevait aussi les bruits des champs, des collines, des haies, les murmures de voix lointaines, au sein desquels s'en détachait une, plus claire, qui s'amplifiait de minute en minute :

— Mémé, Mémé, Mémé...

Les mots étaient si distincts que la petite fille aurait pu se trouver là, à ses côtés. Pourtant, il était sur le chemin, seul, loin du *Manoir*.

— Mémé, Mémé, Mémé...

C'était une voix au bord des larmes. Il essaya d'imaginer d'où venait cette souffrance, et pourquoi Mme Petit pensait qu'il pouvait l'aider. Il erra jusqu'au cimetière, s'effondra au pied de la tombe de son père, et continua à écouter. Ce n'est qu'une heure plus tard, alors que les sons l'avaient enfin laissé en paix, qu'il se sentit capable d'aller à *La Chope percée.*

Les rires et les conversations fusaient par les fenêtres ouvertes. Le souvenir de la voix restait si fort en lui qu'il dut se faire violence pour entrer. C'était blessant pour Miranda qu'il arrive si tard, et il en avait conscience, mais il avait besoin d'elle. Besoin de voir un visage amical, quelqu'un qui ne lui ferait pas la morale, quelqu'un...

Il fronça les sourcils.

Quelqu'un, voilà tout.

Miranda n'était peut-être pas disponible. Elle lui avait dit qu'elle devait aider ses parents et, vu le niveau sonore, M. et Mme Davis avait un déjeuner chargé. Ces derniers temps, c'était comme ça tous les jours. Le vieux café, malgré son aspect excentrique et délabré – ou peut-être grâce à lui – attirait les touristes pendant l'été. Il pénétra dans la salle, où s'entassaient motards, routards et cyclistes, gastronomes du dimanche et habitués du village. Une foule se pressait au comptoir autour de M. Davis, tandis que Mme Davis, Sophie et Véronique se faufilaient entre les tables, les bras chargés de plateaux. Luc se fraya un passage jusqu'au comptoir, où se trouvaient ce grand gaillard de Guy Foley et, à côté de lui, avachi sur son tabouret, un M. Skinner à l'œil hagard. Guy Foley, qui l'aperçut, l'interpella de sa voix tonitruante :

— Luc Stanton ! Tu peux pas v'nir ici ! Faut avoir dix-huit ans pour v'nir ici !

— Je ne viens pas boire.

— C'était une blague, banane ! Où est passé ton sens de l'humour ?

— Je l'ai laissé dehors, désolé.

Il jeta un regard rapide à M. Skinner. Ses yeux déjà vitreux fixaient son verre. Il avait l'air inoffensif, mais quelques verres de plus et Guy Foley et les autres devraient le faire sortir de force. M. Davis était occupé à servir une bière, mais il le reconnut et le tança :

— Qu'est-ce que t'as fabriqué ? Il est presque la demie !

— Désolé.

— Elle a renoncé à t'attendre et, franchement, je la comprends. Je lui ai dit qu'elle était folle de croire que t'allais arriver à l'heure.

— J'ai été retenu.

— Tu pouvais pas téléphoner ?

— Si. Enfin... non. Écoutez, je suis désolé. Est-ce qu'elle est là ?

— Là-haut, dans le Nid d'aigle. Va la voir, si tu veux. Mais viens pas te plaindre si elle t'envoie sur les roses...

— Tu lui as posé un lapin, c'est ça ? demanda Guy Foley.

Le fermier lui donna une bourrade dans la poitrine.

— C'est pas une façon de traiter une gentille fille comme Miranda !

— Ouais, ouais, je sais, protesta Luc.

Il laissa là Guy Foley et, se frayant un passage à travers la foule, tomba sur Mme Davis qui retournait à la cuisine. Elle le toisa de la tête aux pieds.

— C'était plus vraiment la peine de passer...
— Je suis désolé.
— T'as une excuse ?
— J'ai été retenu.
— Par quoi ?
— Je...
Il se détourna, cherchant désespérément une réponse.
— Je...
— Te fatigue pas, je suis pressée, coupa-t-elle avec une grimace. Elle est là-haut.

Elle lui passa devant sans un mot. Plus coupable que jamais, Luc poussa la petite porte et la referma derrière lui. La clameur de la salle se transforma, comme par magie, en un bourdonnement supportable. Respirant lentement pour retrouver son calme, il traversa le salon, une pièce qu'il aimait particulièrement, avec son sofa moelleux, sa cheminée ancienne et, dans un coin, un vieux piano branlant, hideux, couvert de taches et aux touches décolorées, qui était resté étonnamment vaillant vu le nombre de fois où il avait été maltraité par les quatre mains de M. et Mme Davis.

Il marcha jusqu'à la fenêtre, l'esprit encore hanté par les sons étranges qu'il avait entendus, et surtout par la voix de la petite fille. Il savait qu'il ne pouvait rejoindre Miranda dans cet état. Il regarda le jardin des Davis, situé derrière le café. Au-delà s'étendait le cimetière. Il scruta les tombes à la recherche de celle de son père, en vain. L'église la cachait. Sa gorge se serra. Mais pourquoi vouloir la voir ? Il venait à peine de la quitter ! Il se retourna et aperçut, sur le piano, la flûte de Miranda posée sur une partition. C'était *La Danse des esprits bienheureux*, de Gluck. Il rassembla ses forces et s'engagea résolument dans le couloir.

Il régnait à *La Chope percée* une atmosphère étrange et Luc s'y sentait toujours légèrement mal à l'aise. Certaines parties dataient du XIVe siècle, mais d'autres semblaient plus anciennes encore. Le sol était en pierre, les couloirs étroits et bas, et l'escalier qui desservait les étages montait en spirale comme dans les châteaux. Les fenêtres étaient si petites et la lumière se faisait si rare que les pièces étaient en permanence plongées dans la pénombre. En outre, les chambres n'avaient ni toilettes ni lavabo, baignoire ou douche, car toutes les commodités se trouvaient au rez-de-chaussée. Les clients n'appréciaient pas forcément de devoir descendre ce sordide escalier de pierre au milieu de la nuit. Mais Miranda, qui logeait au dernier étage, n'aurait voulu changer de chambre pour rien au monde.

Il se mit à compter les marches, selon son habitude : « Un, deux, trois... » et ainsi de suite, palier après palier. Il jetait un regard par les minuscules ouvertures, plus par besoin de vérifier que la lumière du jour était toujours présente que pour avoir un aperçu du jardin ou du cimetière. « Cinquante-neuf, soixante, soixante et un... » Le souffle commençait à lui manquer, mais il touchait au but. Il venait de passer les dernières chambres. À l'étage suivant se trouvaient, à gauche celle de M. et Mme Davis, au milieu celle de Sophie et, à droite, celle de Véronique. Il fallait encore gravir quelques marches pour accéder à la chambre de Miranda, qui portait une plaque indiquant : « Le Nid d'aigle ».

Pas un bruit. Il hésita, puis frappa. Un murmure lui parvint, dont il ne put saisir le sens. Il tourna la poignée et entra. Miranda, debout devant la fenêtre, lui tournait le dos. Quand elle l'aperçut, elle fronça les sourcils.

— Je suis désolé...

Elle ne répondit pas.

— Miranda ? Je suis désolé, répéta-t-il. C'est juste...

— Ce n'est pas la peine, protesta-t-elle sans détacher les yeux de la fenêtre.

— De quoi ?

— De t'excuser. Je suppose que tu avais quelque chose d'important. Ce n'est pas grave. Je sais que tu es très occupé.

— Écoute...

— Et ce n'est pas la peine que tu t'en fasses pour le concert. Ce n'est pas grave non plus. En plus, c'est idiot : je suis tellement nulle, comparé à toi, que...

— Miranda...

— Seulement, Luc...

Elle le regarda enfin.

— ... ce n'est pas sympa de dire que tu vas passer, alors que, comme je te l'ai dit, je dois aider les parents et que j'ai très peu de temps pour répéter. Je ne devrais même pas être là, tu vois ? Je devrais être en bas en train de donner un coup de main, mais papa m'a dit de faire une pause, parce que je dois préparer le concert, et que ça m'inquiète, et que...

— Miranda...

— Ce n'est pas grave. Vraiment. Je comprends que ça te casse les pieds. Alors si tu n'en as pas envie, pas de problème. Ça ne me vexe pas. C'est juste que... ne me dis pas que tu vas m'aider si, en fait, tu n'en as pas envie.

— Si, j'en ai envie !

— Mais non. Et c'est très bien comme ça. Je te dis : ce n'est pas un problème.

— Miranda, écoute... J'ai envie de t'aider. C'est juste que...

Il s'assit sur le rebord du lit.

— Je ne sais pas très bien... ce qui m'arrive.

Il fronça les sourcils.

— Je suis de plus en plus paumé. Je suis désolé de t'avoir blessée. C'est nul. Tu es la dernière personne que j'ai envie de blesser. Ne m'en veux pas, s'il te plaît. Je fais n'importe quoi, en ce moment. Rien ne va plus. Je m'engueule avec ma mère, Roger Gilmore est toujours fourré chez nous, et...

Il pensa à la petite fille, à Mme Petit, à Skin, à la bande, aux sons mystérieux qui l'habitaient.

— ... il y a d'autres choses. Des choses dont je ne peux pas parler.

Il fronça de nouveau les sourcils.

— Je suis désolé, fit-il une nouvelle fois.

Il baissa les yeux mais, du coin de l'œil, il l'aperçut qui venait vers lui et s'asseyait sur le lit. Il sentit sa main se poser sur son bras.

— T'en fais pas, murmura-t-elle.

Il releva la tête et lui sourit. Elle sourit en retour, un sourire timide et furtif. Il serra sa main dans la sienne.

— Allez, dit-il, essayons de jouer. Si tu as le temps.

— J'ai un peu de temps, mais... tu es sûr d'en avoir envie ? Je veux dire... si ta vie part en morceaux...

— Je n'ai pas dit...

— Puisque ta vie part en morceaux, reprit-elle en riant, tu ne crois pas que tu devrais d'abord essayer de résoudre tes problèmes ? Je ne veux pas que tu fasses plein de fautes et que tu gâches ma prestation !

— Tais-toi ! protesta-t-il, riant lui aussi.

Il se leva et la tira par la main.

— Comment une chose aussi insignifiante que ma vie qui part en morceaux pourrait-elle m'empêcher de jouer du piano ?

Il réalisa qu'il tenait toujours sa main. Il la relâcha, soudain embarrassé.

— Allons-y, faisons un essai !

Ils descendirent au salon, et il s'installa au piano.

— J'espère que tes parents l'ont fait accorder depuis la dernière fois...

Il joua quelques notes, puis hocha la tête :

— C'est bien mieux. Ça m'épate qu'il reste aussi bon, après tout ce qu'ils lui font subir...

Il se forçait à plaisanter, et n'aurait su dire si c'était Miranda qu'il cherchait à mettre à l'aise, ou lui-même. Il fit des gammes pour s'échauffer, puis se mit à jouer de mémoire en attendant que Miranda installe son pupitre. Après quelques mesures, il se rendit compte qu'elle ne bougeait pas. Elle le regardait.

— Comment tu fais ça ? Tu n'as même pas la partition !

— Je m'en souviens un peu...

— Tu l'as déjà joué ? Avec M. Harding ?

— Non, mais je l'ai entendu plusieurs fois. Mon père avait joué une réduction [1] pour piano, il y a longtemps. C'est un beau morceau. Je ne dois pas jouer ce qu'il faut.

Elle prit la partition pour piano et l'ouvrit devant lui. Il y jeta un œil.

— Déjà, je n'étais pas dans la bonne tonalité...

Il se mit à déchiffrer pour patienter, mais elle continuait de l'observer.

— Qu'est-ce qu'il y a ? fit-il.

— Tu es tellement doué, Luc.

Elle secoua la tête.

— Ta vie ne doit pas aller si mal si tu es capable de jouer aussi bien !

— Ma vie n'a rien de rose, je te le garantis. Mais on en a déjà assez parlé. Allons-y.

Elle ouvrit sa propre partition, la posa sur le pupitre et prit sa flûte.

— Luc, écoute... Tu es sûr de pouvoir être vraiment patient ?

— Sûr.

— Je veux dire... je risque de m'arrêter tout le temps...

— Ne t'inquiète pas... Jouons !

— Bon...

1. Adaptation, pour le piano, d'un morceau écrit pour l'orchestre. (*N.d.T.*)

Ils commencèrent. D'abord lentement, mais Miranda perdit vite le fil.

— On peut reprendre au début ? J'ai besoin de le jouer plusieurs fois.

— D'accord.

Ils reprirent. Elle s'arrêta au bout de quelques mesures.

— Je suis pathétique, murmura-t-elle, rougissante. Je me demande pourquoi je me donne autant de mal...

— Fais le mieux que tu peux.

— Le pire, c'est que j'arrive à le jouer quand je suis seule. Je te jure ! Bon, d'accord, pas très bien, mais je vais jusqu'au bout... si je ne joue pas trop vite.

— Ce n'est pas un morceau rapide, de toute façon.

— Je sais, ce que je veux dire... c'est que je sais le jouer... mais avec toi, ça me rend nerveuse.

— Tu n'as pas à t'en faire.

Il se mit à réfléchir.

— Essaie d'imaginer que tu es seule, d'accord ? Fais comme si je n'étais pas dans la pièce. Comme si je n'étais pas là du tout. Arrête-toi et recommence autant qu'il le faudra. Je m'adapterai. Et joue à la vitesse que tu veux.

— Je vais jouer lentement.

— Très bien.

— Vraiment lentement. Tu vas t'ennuyer !

— Mais non ! Joue aussi lentement que tu veux ! Super hyper lentement, même...

Ils reprirent au début. Elle ne joua pas lentement mais très vite au contraire, comme si elle cherchait à se débarrasser de son morceau. Pourtant la musique venait. Luc la regarda, discrètement, pour ne pas la gêner. Son visage était crispé, ses yeux rivés sur la partition et son corps légèrement tendu, mais il sentait qu'elle prenait de l'assurance. Peu à peu, il se détendit lui aussi et commença à profiter de la musique. Il était heureux de redécouvrir un morceau dont il avait oublié la beauté. Il se rappela le jour où son père l'avait joué, du temps où ils vivaient encore à Strawberry Hill[1], tandis que sa mère, assise sur le canapé, écoutait en fredonnant. Habité par la présence de son père, il jouait avec plaisir quand soudain, il s'arrêta. La flûte se tut brusquement.

— Qu'est-ce qui se passe ?

Il ne répondit pas. Il essayait de saisir ce qui avait capté son attention, le son d'une autre flûte perçant le silence. Aussi familière que sa propre voix, elle semblait jaillir de son propre corps. Il écouta, paralysé. D'autres sons l'envahirent, des sons mystérieux qui venaient du plus profond de lui-même : un murmure sourd, une harpe, un tintement de cloche et, à l'intérieur de sa tête, un bruit d'eau qui coule. Le chant de la flûte se frayait un chemin parmi tous ces sons, comme un filet d'air.

— Luc ? s'inquiéta Miranda. Qu'est-ce qui se passe ?

Les sons s'évanouirent d'un coup. Une douleur poignante l'envahit.

— Tu n'as pas entendu ?

— Entendu quoi ?

1. Quartier de Londres. (*N.d.T.*)

Le visage de Miranda exprimait de l'embarras, mêlé à la peur. Il lui sourit, désireux de la mettre à l'aise. Mais elle resta sombre.

— Qu'as-tu entendu ?

Il se détourna avec réticence.

— Luc, s'il te plaît, dis quelque chose !

Il la regarda.

— J'ai entendu...

Lisant la peur dans ses yeux, il se força de nouveau à sourire.

— Rien. Je te jure, je n'ai rien entendu. C'est mon imagination qui me joue des tours.

Il se tourna vers le piano.

— Reprenons !

13

Skin et les autres attendaient près d'un jeune aulne, à deux pas du *Manoir*. Juché dans l'arbre, Damien observait la vieille maison, à moitié caché par le feuillage. Luc jeta un regard inquiet autour de lui. Il fut rassuré de ne pas voir Mme Petit. D'autant que les pleurs continuaient leur monologue dans sa tête, éclipsant les autres sons, plus intenses et plus pressants que jamais.

Skin le toisa de la tête aux pieds.

— Une demi-heure de retard. J'ai cru que t'allais pas venir !

Luc aurait bien aimé ne pas venir, mais il connaissait le prix à payer. Il ne répondit pas. Skin le dévisagea longuement, puis leva la tête vers Damien :

— Tu vois la vieille dinde ?

— Nan. Toujours pas.

— Elle, elle a dû te voir, remarqua Benoît en plissant les yeux. T'arrêtes pas de bouger les branches !

— Moi, au moins, je suis capable de grimper aux arbres. C'est déjà mieux que toi, gros lard.

— Je sais grimper aux arbres !

— Oui, si on t'aide.

— Toi aussi, t'as besoin d'aide pour monter dans le chêne...

— Le chêne, c'est différent. Skin aussi a besoin d'aide. Tout le monde, à part l'artiste.

— Ça suffit ! coupa sèchement Skin. Arrêtez de vous disputer ! On dirait des filles ! On s'en fiche, du chêne...

Il pivota vers Luc.

— ... puisqu'on a le spécialiste avec nous, maintenant.

Il l'observa, puis interpella Damien :

— Descends de là, toi ! On va au QG.

Damien dégringola de l'aulne et, au grand soulagement de Luc, ils s'enfoncèrent dans la forêt. Même s'il détestait voir la bande dans son arbre, il était pressé de s'éloigner du *Manoir*, dont la vue suscitait chez lui des sentiments qu'il se refusait à admettre. En chemin, Skin le provoqua de nouveau :

— Je pensais que t'aurais la frousse.

— De quoi j'aurais la frousse ? demanda-t-il, essayant d'avoir l'air crâne.

— De nous. Vu que tu t'es défilé déjà deux fois.

— Je me suis pas défilé, hier ! J'y suis allé, j'ai regardé partout ! Je l'ai pas trouvée, c'est tout !

— Ouais, c'est ça. On va te laisser une nouvelle chance ce soir... Sympa, non ?

Sans lui laisser le temps de répondre, il s'arrêta et siffla les autres.

— Hé ! Pause cigarette !

Les quatre garçons se rassemblèrent sous un marronnier, et Damien exhiba un paquet.

— C'est tout ce que t'as ?

— Ouais.

— Bravo. Vraiment bravo. On va aller loin, avec ça !

— Désolé, j'ai pas eu le temps d'en chercher d'autres.

— Bon, tant pis. On fera avec.

Skin prit une cigarette et la coinça entre ses lèvres. Damien leur tendit le paquet. Luc en prit une, comme les autres.

Damien fit craquer une allumette et ils se penchèrent pour allumer leur cigarette.

— On prête serment, déclara Skin.

Il tendit les bras avant de les rapprocher.

— Serment solennel.

Il les scruta l'un après l'autre, tandis qu'ils se rassemblaient, cigarette au bec. Un nuage de fumée s'élevait lentement dans l'air.

— Un pour tous, tous pour un. C'est le *deal*. Allez, on se tape dans la main.

Ils s'exécutèrent.

— Topez là ! répéta Skin. C'est ça. Tous pour un. Compris ? Soudés. Inséparables.

Luc croisa son regard insistant et se détourna. Benoît se mit alors à tousser, ce qui fit éclater de rire Skin puis, comme Benoît s'étouffait toujours, il lui donna de grands coups dans le dos.

— C'est bon, grosse tache, c'est fini. On peut y aller, maintenant.

— J'y fonce, répondit Benoît, se faufilant entre les arbres.

— Tu fonces ? s'esclaffa Damien. J'appelle ça se traîner, moi.

Skin s'esclaffa de nouveau.

— Je crois que j'ai jamais vu ce type faire quelque chose vite...

— C'est que tu ne l'as pas vu manger un hamburger, rétorqua Damien.

Ils ricanèrent. Luc se sentait mal à l'aise. Pourquoi perdait-il son temps avec eux ? Il n'avait plus aucune envie de faire partie de leur bande. Mais comment leur échapper ? Damien et Benoît n'étaient pas un vrai problème. Skin, par contre, c'était différent. Luc avait peur de lui. Et Skin le savait.

Luc suivait en traînant les pieds, tirant sur sa cigarette sans aucun plaisir. Lorsqu'il atteignit enfin le vieil arbre, les autres l'y attendaient, le regard rivé sur lui.

— Bon, déclara Skin, au spécialiste...

Ce disant, il jeta sa cigarette au pied de l'arbre. Luc, qui avait pris soin d'enfouir la sienne sous une motte de terre, dut prendre sur lui pour ne pas réagir. Surtout lorsque Damien et Benoît jetèrent les leurs en le regardant droit dans les yeux. Luc fronça les sourcils, puis commença à escalader, bien décidé à ramasser les mégots plus tard, quitte à revenir exprès pour ça. Mais pour l'instant, il savourait le plaisir de grimper. Il sentait la chaleur du tronc sous ses mains et, même s'il savait qu'il ne pourrait profiter de l'arbre à son aise, il était heureux de retrouver son vieil ami. Il supportait de moins en moins que des étrangers montent dans son arbre, et l'idée que Skin et les autres poseraient leurs grosses paluches dessus lui était particulièrement pénible.

À la première branche, il fit une pause et glissa un regard vers le sol. Les autres le regardaient avec une admiration mêlée d'envie. Il ne comprenait pas pourquoi ils n'arrivaient pas à grimper, ce n'était pas si difficile... Il n'eut pas le loisir de se poser longtemps la question : Skin le pressait de continuer. Il se fraya un passage au milieu des branches et atteignit enfin la cabane. Parcouru d'un bonheur sans nom, il se hissa sur les planches et s'assit.

Le répit fut de courte durée. Skin, déjà, le houspillait :

— Dépêche, Luc ! Qu'est-ce que tu fous ? Tu joues tout seul ?

Des rires gras montèrent jusqu'à lui. À contrecœur, il fit glisser l'échelle de corde, nœud par nœud, jusqu'à ce qu'elle touche le sol. Skin s'en empara.

— C'est solide ?

— Oui !

Skin se mit à grimper. Malgré son corps musclé, il était maladroit et lourd. Luc éprouvait toujours une profonde satisfaction à l'idée qu'au moins dans un domaine, Skin manquait d'assurance. Mais s'il mit un temps fou à atteindre les premières branches, il retrouva tout son aplomb une fois en haut. Il laissa retomber la corde pour les suivants, puis continua à grimper. Damien monta en second, plus léger et plus rapide. Arrivé sur la branche, il se pencha vers Benoît, resté en bas, misérable et seul.

— Ne tire pas trop sur la corde, tu pourrais faire tomber l'arbre !

— La ferme !

Damien leva la tête vers Skin.

— Tu penses qu'on aurait dû prendre une corde plus épaisse ? Elle a failli lâcher, la dernière fois...

— Tu crois que ça existe, une corde assez solide ?

— On aurait pu emporter une chaîne... continua Damien

— Taisez-vous !

Damien et Skin éclatèrent de rire.

— Taisez-vous ou je ne monte pas !

— Vas-y, Benny, on t'aime ! lança Skin.

Benoît attrapa la corde et commença laborieusement à grimper. Skin et Damien poussèrent des grands cris :

— Benny ! cria Damien.

— Benny le benêt ! Le plouc volant !

Benoît progressait lentement, le visage crispé par l'effort. Skin et Damien continuaient à le huer, mais il ne les écoutait plus. Luc l'observa un moment, puis s'allongea sur les planches et regarda à travers la feuillée. Le souvenir de son rêve lui revint : celui où il s'envolait, dépassait l'arbre et volait, toujours plus haut, vers l'étoile. Il ferma les yeux.

Soudain, il entendit une voix :

— Nom de Dieu ! Ça, c'est de la grimpe !

Son rêve se brisa. Ouvrant les yeux, Luc vit surgir le visage de Skin au-dessus des planches.

— Pourquoi t'avais besoin de la construire si haut ? marmonna celui-ci avec humeur, avant de se hisser, essoufflé. Ouais, bon, c'est vrai qu'on est bien une fois qu'on y est...

Il se débarrassa de son sac à dos et le posa par terre :

— Un petit rafraîchissement...

Puis il se pencha par-dessus la balustrade et fit entendre un ricanement :

— À la vitesse où va Benny, on sera déjà repartis quand il arrivera...

Mais même Benoît finit par atteindre la cabane. Les garçons se laissèrent tomber sur les planches, à bout de souffle. Skin sortit de son sac une grande bouteille de whisky.

— Tout droit du placard de mon père...

— Tu crois qu'il s'en rendra pas compte ? s'inquiéta Damien.

— T'as vu combien il en a ? De toute façon, ça m'est égal. Ses coups ne me font plus peur.

Il avala une gorgée, puis tendit la bouteille à Benoît.

— J'ai comme l'impression que t'en as plus besoin que moi...

— Bois pas tout, intervint Damien. Laisses-en !

— La bouteille est pleine, protesta Benoît.

— Justement.

Benoît lui jeta un regard furieux, avala quelques gorgées, puis la proposa à Luc, qui n'en prit qu'une petite, tout en essayant d'avoir l'air d'en boire beaucoup. Il n'aimait pas le whisky. La dernière fois, il avait eu tellement mal à la tête et au cœur qu'il avait failli glisser en redescendant. Il se demanda une fois de plus ce qu'il fabriquait là. Il ne faisait pas vraiment partie de la bande. Il n'était pas né ici, comme eux, qui avaient grandi ensemble et qui ne se quittaient plus depuis le primaire. Il avait débarqué après la mort de son père, il y a deux ans. Il avait cru qu'ils l'aideraient à se sentir fort.

Il s'était trompé. Ce n'était pas de cette force-là qu'il avait besoin.

Damien s'empara de la bouteille, puis fit passer le paquet de cigarettes. Ils continuèrent à fumer et à boire tandis que le soleil déclinait lentement à l'ouest.

— Donc, reprit Skin, minuit. Et ce coup-ci, pas d'embrouille.

Luc croisa son regard et baissa les yeux.

— Je vais être claqué, protesta Benoît. J'ai pas réussi à dormir, hier soir, quand on est rentrés. Je sais pas si je peux tenir deux nuits de suite. Surtout après avoir bu ce truc. En plus, demain, c'est lundi. Il faut se lever pour aller au collège.

— Ta mère te sortira du lit, va, rétorqua Skin.

Il fit une pause. Luc, relevant les yeux, s'aperçut que tous l'observaient.

— Qu'est-ce qu'il y a ?

— On se demandait...

— Quoi ?

— ... si tu viendrais ce soir.

— Pourquoi je ne viendrais pas ?

— Je sais pas. C'est à toi de nous le dire.

Luc regarda à travers les feuilles. Au loin, on entendait roucouler des ramiers. En pensant à Mme Petit et à la gamine, il sut qu'il devait les protéger. Surtout la petite. Mais affronter Skin était dangereux. Trop dangereux. Surtout en haut de l'arbre.

— Je serai là.

— J'espère bien, rétorqua Skin. Ça vaudrait mieux pour toi. Parce que t'as toujours pas fait tes preuves.

— Si ! Je suis entré au *Manoir* la nuit dernière. Et la nuit d'avant aussi !

— Et on a toujours pas la boîte.

— Je l'ai pas vue. Je te l'ai dit.

— Tu veux nous faire croire qu'elle existe pas ? Que je l'ai inventée ?

Skin l'observa un moment, puis continua, d'une voix grave et dure :

— Tu vas recommencer. Passer par la fenêtre. Mais ce soir, ça sera un peu différent. On ira aussi.

— Quoi ? s'exclama Luc.

— On ira aussi, moi et Dam. Pas Ben.

— Pourquoi pas moi ? s'enquit Benoît, déçu et soulagé à la fois.

— Parce que la vieille peut se réveiller et que, dans ce cas, il faudra courir. Et c'est pas ton point fort. En plus, t'es un peu trop identifiable.

— C'est un synonyme pour « gros » ? demanda Damien.

Skin ne répondit pas. Son visage était devenu terriblement sérieux.

— On se retrouve à minuit. On mettra des passe-montagnes. Le singe montera en premier et nous ouvrira la porte. Si on fait pas de bruit, la vieille se réveillera même pas.

— Et si toutes les fenêtres sont fermées ? demanda Damien.

— On reviendra. Mais il fera chaud, ce soir. Y aura pas de problème.

Benoît renifla, puis s'essuya avec le col de son t-shirt.

— Et l'alarme ? Elle met peut-être l'alarme dans les autres pièces, quand elle dort ?

— Elle s'est pas déclenchée hier, rétorqua Skin. Et Luc a dit qu'il était allé partout.

Il lui jeta un regard.

— Ça suppose que monsieur nous ait dit la vérité. Mais j'en doute.

— Si, c'est la vérité.

— De toute façon, répliqua-t-il froidement, que t'aies menti ou pas, t'y retournes ce soir. Tu vas grimper, nous ouvrir la porte et nous faire entrer. On verra si t'as dit la vérité pour la boîte.

Luc les imagina en train de rôder dans la maison. Il imagina Mme Petit. Et la petite, pétrifiée de peur.

— Vous perdez votre temps. J'ai regardé partout. Vous la trouverez pas.

Skin l'observa en silence, puis sourit d'un air inflexible.

— T'as vraiment intérêt à être là. Ça vaudra mieux pour toi.

14

— Tu as bu, déclara la mère de Luc. Et tu as fumé. Je le sens à ton haleine.

Elle posa les plats sur la table, juste devant lui, puis se redressa. Il détourna les yeux.

— Luc ?

— Quoi ?

— Je ne te gronde pas.

— Je croyais...

— Je te l'ai dit, je ne te ferai plus aucun reproche.

— Plus du tout ? Même si je fais quelque chose de vraiment grave ?

— Dans ce cas, je ferai peut-être une exception, répondit-elle dans un sourire.

Il sentit qu'elle quêtait son approbation, mais il était incapable de se montrer gentil envers elle. La perspective de ce soir l'emplissait d'angoisse. Il n'avait aucune envie de discuter, il avait besoin d'être seul pour réfléchir. Plongeant les mains dans ses poches, il sentit sous ses doigts les mégots qu'il avait réussi à ramasser discrètement. Il les avait oubliés.

— Tu ne manges pas ?

Il ressortit les mains de ses poches, attrapa couteau et fourchette, et s'attaqua à l'une de ses pommes de terre.

— Tu veux du beurre ?

— Ouais.

Il ajouta, après un silence :

— S'il te plaît.

Elle lui tendit le beurrier. Il creusa un trou dans une pomme de terre, y déposa un morceau de beurre et commença à manger.

— De la salade ? proposa sa mère en lui tendant le saladier.

Il le prit en marmonnant. Le repas était bon. Il n'avait pas réalisé à quel point il avait faim, ni combien il était fatigué. Après être resté éveillé une bonne partie de la nuit, il aurait eu bien besoin de récupérer. Mais, malgré son épuisement, il ne pouvait oublier ce qui l'attendait. Il ne parvenait pas à se décider. Laisser Skin et Damien pénétrer dans la maison aurait des répercussions dramatiques pour Mme Petit et sa petite-fille. S'il refusait, cela en aurait pour lui. Avoir Skin pour ami était dangereux, mais l'avoir pour ennemi risquait de se révéler fatal.

— Qu'est-ce que tu as bu ?

— Hein ?

— Tu m'as très bien entendue, mais je vais répéter quand même : qu'est-ce que tu as bu ?

— Je n'ai pas envie qu'on se dispute...

— Moi non plus, donc on est deux. Qu'est-ce que tu as bu ? Tu sens le whisky...

— C'est ça.

— Où tu l'as eu ? Ne dis rien, je le sais : par M. Skinner.

— Il n'est pas au courant.

— Je m'en doute. Il est toujours trop saoul pour se rendre compte de quoi que ce soit. Tu en as bu beaucoup ?

— Presque rien, je te le jure. Une gorgée. Je n'aime pas ça.

Sa mère se pencha en avant. Il s'attendait à un sermon mais, contre toute attente, elle demanda :

— Luc... as-tu essayé de me téléphoner, cet après-midi ?

— Non.

— Un de tes amis, alors ?

— Comment tu veux que je sache ?

— Est-ce que vous avez fait des blagues idiotes ?

— Qu'est-ce qui s'est passé ?

— Oh...

Elle haussa les épaules.

— Pas grand-chose. J'ai reçu des appels silencieux.

— Des appels silencieux ?

— Oui. Tu sais, tu décroches et personne ne répond. Tu as beau demander qui c'est, ça ne sert à rien.

— Et après ?

— Après, ça raccroche.

— Tu as eu ce type de coups de fil cet après-midi ?

— Oui. Pendant que tu étais dehors... ou je ne sais où.

— À quelle heure ?

— Le premier à quatre heures et demie, le deuxième un quart d'heure plus tard.

— Combien de temps a mis la personne avant de raccrocher ?

— Quelques secondes. Ça ne ressemblait pas à des appels d'intimidation. Je pense que ce devait être quelqu'un qui voulait te parler et qui a raccroché en entendant ma voix. Mais c'est bizarre. Si ç'avait été un de tes amis, il aurait demandé à te parler... à moins que ce ne soit un des garçons de la bande. Ils savent bien que je ne les aime pas.

Luc continua à manger en silence. Il réfléchissait. Skin et Damien avaient des portables, mais il était avec eux au moment des appels. Il essaya d'avoir l'air désinvolte.

— Je ne vois pas qui ça peut être...

Une pensée le traversa.

— ... à moins que ce ne soit M. Gilmore.

Elle leva vers lui un regard triste.

— Alors, c'est de nouveau M. Gilmore ? C'était Roger, la dernière fois. J'ai cru que tu commençais à t'y faire...

Il ne répondit pas. Elle l'observa un moment, puis reprit :

— Je ne vois pas. Pourquoi Roger resterait-il silencieux au bout du fil ?

— C'est peut-être un pervers qui essaie de te faire peur.

— Ne sois pas idiot...

Le téléphona sonna. Leurs regards se croisèrent.

— Je parie que c'est lui, dit-il.

Elle se leva, traversa la pièce et décrocha : « Allô ? », s'enquit-elle, un peu nerveuse. Puis elle lui tourna le dos et ajouta, de cette voix douce qu'il ne connaissait que trop bien :

— Bonjour, comment vas-tu ?

Il fronça les sourcils en la voyant prendre le téléphone et s'enfermer dans le salon. Maudit Roger Gilmore. Luc continua à manger, mais sans appétit. Un murmure lui parvenait du salon. Par chance, il ne pouvait en saisir le sens. Il n'avait aucune envie d'entendre leurs niaiseries, leurs enfantillages et les petits noms qu'ils se donnaient. Il n'osait pas imaginer ce qu'ils avaient pu se dire sur l'oreiller, pendant qu'il n'était pas là.

Il repoussa son assiette à moitié pleine et regarda, sur la cheminée, une photographie de son père prise lors d'un concert en Corée du Sud. Debout à côté d'un piano, il recevait les applaudissements du public. Il avait l'air jeune. D'ailleurs, il l'était : à peine quarante-deux ans. Difficile de croire qu'il ne lui restait pas onze mois à vivre.

La lumière du soir pénétra dans la pièce et fit scintiller le cadre en argent. Il se leva, se posta devant la cheminée et regarda son père droit dans les yeux. Puis il se tourna vers la fenêtre et se figea.

Mme Petit se trouvait sur la route, face à lui. Alors que leurs regards se croisaient, un frisson le parcourut. Que faisait-elle là ? Elle ne quittait jamais *Le Manoir*. Il ne l'avait même jamais vue dans cette partie du village. Il vit qu'elle bougeait la tête et comprit qu'elle lui faisait signe de la rejoindre. Il frissonna de nouveau. Que lui voulait-elle ? Allait-elle menacer de le dénoncer à sa mère ? Il jeta un regard vers le salon, où elle continuait à parler derrière la porte close, et se précipita vers la porte de derrière, aussi silencieux que possible. Il contourna la maison et avança jusqu'au muret. Mme Petit le rejoignit en boitillant.

— Il faut que tu viennes. Ma petite-fille a besoin de toi.

— Je ne peux pas l'aider. Et je ne vous ai jamais promis de venir, de toute façon !

Il se tourna vers la maison, inquiet à l'idée que sa mère pût les apercevoir par la fenêtre du salon.

— Elle ne nous a pas vus.

— Qui ?

— Ta mère. Elle est au salon et elle parle au téléphone. Je peux la voir d'ici. Elle est assise sur une chaise et elle nous tourne le dos. Si jamais elle se retourne, je continuerai à marcher. Elle ne pourra pas savoir qu'on s'est parlé...

Elle se pencha en avant et continua, d'une voix pressante :

— Je t'ai appelé deux fois, cet après-midi. J'espérais que tu répondrais, mais je suis tombée sur ta mère et j'ai raccroché.

Elle plissa les yeux. Son regard était si aigu qu'il eut l'impression d'être transpercé par deux poignards.

— Il faut que tu viennes. Il le faut absolument. Ma petite-fille a besoin de toi. Je suis sûre que tu peux l'aider. Mais tu ne dois rien dire à personne. C'est pour ça que je n'ai pas parlé à ta mère.

Elle se pencha un peu plus encore.

— Fais-le pour ma petite-fille.

— Mais...

— S'il te plaît, ne l'abandonne pas !

Elle jeta un regard en direction de la place.

— Il faut que j'y aille. Je prends un risque terrible en la laissant seule si longtemps.

— Mais...

— Je ne peux pas rester. Tu ne te rends pas compte comme elle a peur quand je m'en vais. Je dois l'enfermer pour qu'elle ne tombe pas dans l'escalier, mais elle ne le supporte pas. Je mets des heures à la calmer... S'il te plaît, viens au *Manoir*. Le plus vite possible.

— Écoutez, je...

Il serra les poings.

— Je ne peux pas. Je ne sais pas quel est son problème, mais il doit y avoir quelqu'un capable de l'aider. Je veux dire... si elle est malade, ou quoi, il faut qu'elle... je sais pas... qu'elle voie un expert... un spécialiste qui a l'habitude des enfants comme elle. Je ne peux rien faire... Écoutez, j'ai quatorze ans et j'ai des problèmes avec tout le monde, en ce moment... même avec vous.

Il pensa à Skin.

— C'est impossible.

Il vit l'espoir disparaître de ses yeux. Elle l'observa longuement, puis se détourna sans un mot et s'éloigna d'un pas traînant.

— Je suis désolé ! cria-t-il.

Elle ne répondit pas. Ne se retourna même pas. Un rayon de soleil éclairait ses cheveux hirsutes et ses épaules voûtées. Elle était aussi laide de dos que de face, mais elle n'avait plus rien d'effrayant. C'était juste une femme triste, vieille et malade. Il cria de nouveau :

— Je suis désolé ! Vraiment désolé !

Elle avançait de sa démarche incertaine, puis disparut dans le tournant. Il fixa la route, à la fois coupable et furieux de se sentir fautif. Pour qui se prenait-elle ? Elle ne lui avait même pas dit ce qu'elle attendait de lui. Au moins, demain, il aurait l'excuse du collège. Mais d'abord, il devait prendre une décision pour cette nuit. Il rentra par la porte de derrière et se retrouva dans la cuisine. Le murmure parvenait toujours du salon, comme si rien ne s'était passé.

Une demi-heure avant minuit, le réveil sonna sous son oreiller. Il le chercha à tâtons, arrêta l'alarme et écouta, l'oreille aux aguets. Aucun bruit ne provenait de la chambre de sa mère. Il se leva, ouvrit la porte le plus doucement possible et se faufila sur le palier. La porte de sa mère n'étant pas fermée, il vit qu'elle dormait d'un profond sommeil. Il pouvait quitter la maison sans risque.

Il retourna dans sa chambre sur la pointe des pieds. Et il sut qu'il n'irait pas. Il ne laisserait pas Skin et Damien entrer au *Manoir*. Jamais il ne se pardonnerait si quelque chose arrivait à la petite ou à Mme Petit. Il ignorait encore comment il s'en sortirait et ce qu'il dirait aux autres. Tout ce qu'il savait, c'est qu'à partir de cette nuit il était en danger.

Il referma la porte et s'assit sur son lit. Il ne voulait pas allumer la lumière. Le réveil électrique, posé sur sa table de nuit, indiquait minuit moins vingt-cinq. Les autres devaient être en train de partir. Ils marchaient sans doute dans la nuit. À moins dix, ils commenceraient à l'attendre. À minuit, ils se poseraient des questions. À minuit dix, ils le maudiraient, et à la demie, Luc serait leur ennemi.

Il s'allongea, les yeux fixés au plafond. L'obscurité n'était pas complète : un rayon de lune se glissait par la fente entre les rideaux et éclairait la chambre. Sous ses paupières closes, il retrouva la vision bleu nuit. Les éclats d'or formèrent lentement un cercle, puis une petite tache blanche apparut au centre. Les sons déferlaient en lui, formant une symphonie étrange : il y avait la cloche, la flûte, la harpe, le bourdonnement, l'eau qui coule... Puis ils se fondirent en un grondement sourd et puissant, le roulement de l'océan, qui envahit tout.

Alors que Luc fixait la petite tache au milieu du cercle, il comprit soudain ce que c'était : une étoile à cinq branches. Il fut parcouru d'un tremblement. Quelque chose, à l'intérieur de lui, sembla s'étirer, comme dans son rêve éveillé. Cette part de lui-même se trouva soudain propulsée vers l'étoile qui ne cessait de grandir et qui semblait s'ouvrir devant lui. Le grondement devenait de plus en plus puissant. Il comprit qu'il allait se faire engloutir et, saisi de panique, ouvrit les yeux.

Il était dans son lit, dans la même position qu'avant. Images et sons avaient disparu, mais il continuait à trembler. Pour recouvrer son calme, il essaya de penser à son père. Il entendit alors la mystérieuse mélodie inachevée et se mit à la fredonner, tout en écoutant résonner dans sa tête les harmonies qui l'accompagnaient. Et c'est ainsi, toujours murmurant, qu'il sombra dans le sommeil.

Lorsqu'il se réveilla, il était de l'autre côté du lit et serrait sa couette contre sa poitrine, replié sur lui-même. Il se frotta les yeux, effrayé, perdu. Le réveil indiquait une heure et demie. La lune filtrait encore à travers la fente. Il se leva pour tirer le rideau, mais il aperçut un rayon de lumière qui ne venait pas de la lune : une torche. Il savait trop bien qui pouvait la tenir. Il s'avança tout doucement vers la fenêtre, protégé par le rideau, et glissa un regard par la fente. Audace ou bêtise ? Au lieu d'observer sans être vu, comme il en avait l'intention, il ouvrit brusquement le rideau et s'exposa. Sur la route, à l'endroit même où s'était tenue Mme Petit, une torche se jeta avidement sur lui, puis s'éteignit. Il aperçut alors Skin, debout sous la lumière de la lune. Les deux garçons échangèrent un regard de mépris.

15

Le réveil le tira du sommeil à six heures et demie. Il tendit le bras pour l'éteindre. Il aurait aimé, d'un même geste, arrêter la journée qui commençait. Il se sentait faible, sans énergie, inquiet. Il rechignait à se lever si tôt, même s'il savait que c'était nécessaire pour ce qu'il avait décidé de faire. Il avait hâte de plonger sous la douche et de se laver les cheveux. Il marcha jusqu'à la fenêtre, tira le rideau et inspecta les lieux. Le chemin était désert, et Skin ne semblait pas avoir fait de dégâts. Une brume épaisse s'étendait sur les champs de Guy Foley, mais le soleil perçait déjà. La journée s'annonçait chaude.

Une chose après l'autre, se répéta-t-il. Tu as pris une décision, alors tu t'y tiens.

Il gagna la porte et tendit l'oreille. Sa mère ne se lèverait pas avant une demi-heure, il avait tout son temps. Il se faufila jusqu'au bureau et eut la mauvaise surprise de la trouver, en robe de chambre, assise devant son ordinateur. Elle lui jeta un regard et sourit.

— Bonjour, Luc.

Il la regarda, incapable de savoir quoi faire. Elle se remit à taper.

— Il faut que je règle ça...

— Quoi ?

— Un mail de Berit... au sujet d'une traduction...

— Ah.

— C'est juste une question, mais il faut que j'y réponde vite. J'en ai pour quelques secondes.

— Tu viens de le recevoir ?

— Oui. Enfin...

Elle rechercha le mail.

— Elle l'a envoyé à trois heures et demie ce matin, heure norvégienne. Je me demande s'il lui arrive de dormir.

Elle continua à taper. Luc attendit avec impatience qu'elle ait fini.

— Bien, déclara-t-elle au bout d'un moment. C'est fait. Je l'envoie, et c'est bon.

Ils regardèrent ensemble le mail partir, puis sa mère s'adossa à la chaise et se tourna vers lui :

— Tu t'es levé tôt...

— Toi aussi !

— Plein de choses me trottaient dans la tête, je ne pouvais pas m'arrêter de penser... Je ne vaux pas mieux que Berit. Tu veux du thé ?

— Oui, merci.

Elle l'embrassa, puis descendit l'escalier. Il attendit qu'elle ait gagné la cuisine, s'assit devant l'ordinateur et ouvrit sa messagerie. Par bonheur, son adresse mail ne contenait que son nom de famille et des chiffres. Il avait dû pressentir que c'était le bon choix. Bien sûr, il aurait pu utiliser la messagerie de sa mère, mais... il ne pouvait prendre le risque qu'elle reçoive une réponse à sa place.

Il cliqua sur « Nouveau message », puis chercha le courriel que Mme Simon avait envoyé à sa mère trois mois plus tôt.

Chère madame,
J'ai le regret de vous informer que Luc s'est de nouveau retrouvé impliqué dans une affaire, où il s'est montré très grossier envers l'un de ses professeurs. Il se trouve qu'il s'agit de Mme Dawson et...

Blablabla, pensa-t-il en faisant défiler le texte. Il arriva à la fin :

Bien cordialement,
Mme Simon, principale.

Suivait ce qu'il recherchait, son adresse mail. Il la recopia dans la bonne case, puis s'arrêta net. Il se trompait. Il fallait écrire à la secrétaire, pas à la principale ! Mme Simon était trop maligne. Elle était bien plus capable de flairer la supercherie que Mme Jay, qui ne savait jamais quel jour on était et qui, de toute façon, était trop stressée pour prendre le temps de vérifier. Il parcourut l'en-tête, trouva l'adresse mail du collège et la recopia, puis referma la lettre. Il fallait maintenant renseigner l'objet. Il réfléchit un instant, puis tapa :

Absence de Luc Stanton

Il passa au message. C'était le plus délicat. Il n'avait pas besoin d'être long, mais devait sonner juste et être écrit sans fautes d'orthographe. Luc fixa l'écran, tout en guettant les bruits de la cuisine. Sa mère allait remonter d'un instant à l'autre.

Chère madame,
J'ai le regret de vous annoncer que Luc a de la fièvre et que j'ai décidé de le garder à la maison aujourd'hui.

Il fit une pause. « Bien à vous » ou « Bien cordialement » ? Il n'arrivait jamais à s'en souvenir. Qu'avait écrit Mme Simon ? Il voulut ouvrir à nouveau le dossier, mais s'arrêta net. Des bruits de pas se faisaient entendre dans l'entrée. Il regarda désespérément l'écran. « Bien », pensa-t-il. « Bien... Bien... »

Les pas gagnaient l'escalier. Il tapa fébrilement :

Amicalement,
Mme Kirsti Stanton

Il cliqua sur « Envoyer ». Le message disparut à l'instant même où sa mère pénétrait dans la pièce.

— Tu regardes tes mails ?

— Oui.

— Tiens, voilà ton thé.

— Merci.

Il prit la tasse et la posa sur le bureau.

— Je vais prendre une douche et me laver les cheveux, ajouta-t-elle.

— Tu me laisses de l'eau ? Je voudrais en prendre une aussi.

— T'inquiète pas, va.

Elle repartit. Il attendit d'entendre l'eau couler, puis consulta ses mails. Il en avait un, envoyé cette nuit à deux heures :

Tu es MORT.

Un frisson le parcourut. Même s'il s'y attendait, le voir écrit noir sur blanc lui fit un effet terrible. Il ne pouvait plus douter du danger qui le guettait. Il allait éviter Skin et les autres aussi longtemps que possible mais, tôt ou tard, ils mettraient la main sur lui, au collège ou au village. Et s'il était seul, le pire pouvait arriver. Il pensa à sa mère, puis à Mme Simon, et se demanda s'il devait leur en parler.

Il décida que non. C'était sa bataille et, de toute façon, comment pouvaient-ils l'aider ? Il avait traîné avec la bande, il ne devait s'attendre à aucune compassion, maintenant qu'il avait des problèmes avec eux. Sans compter que Skin ne lui avait rien fait pour l'instant. Un simple message de menace n'était pas une preuve suffisante, et Mme Simon ne le prendrait sans doute pas au sérieux. Quant à sa mère...

Il écouta le bruit de la douche et, à sa grande surprise, l'entendit fredonner. Il fronça les sourcils, incapable de savoir s'il était content ou contrarié. Il ne l'avait pas entendue fredonner depuis la mort de son père. Mais le plus bizarre, c'est qu'elle chantait *Je t'aime* de Grieg, le morceau que son père jouait pour elle. Elle ne chantait pas à tue-tête, mais très doucement, pour elle-même, comme si elle avait voulu éviter qu'il l'entende. D'ailleurs, peut-être n'imaginait-elle pas qu'il pouvait l'entendre. Pour qui chantait-elle *Je t'aime*, maintenant que Roger Gilmore était entré dans sa vie ?

Il but son thé, renfrogné, puis retourna dans sa chambre, enfila son uniforme et redescendit l'escalier. Sa mère devait avoir fini de se doucher, car il l'entendait s'agiter à l'étage. Il entra dans le studio et chercha la partition vert-gris qu'il connaissait si bien. Il la trouva enfin et jeta un regard au titre : *Je t'aime*, d'Edvard Grieg (1843-1907).

Il s'assit au piano, la posa sur le pupitre et commença à jouer. Des bruits de pas résonnèrent dans l'escalier. L'instant suivant, sa mère apparaissait sur le seuil de la porte, en robe de chambre, une serviette autour de la tête. Elle rayonnait, détendue et heureuse. Elle n'avait rien d'une personne qui a passé la nuit à se tracasser, comme elle l'avait prétendu. Il s'arrêta.

— S'il te plaît, protesta-t-elle. Continue, Luc. Joue encore !

Il reprit.

— Je n'étais pas dans la bonne tonalité, remarqua sa mère.

Il se mit à transposer le morceau dans la tonalité où elle l'avait chanté. Elle secoua lentement la tête.

— Tu es tellement doué, Luc. Très peu de gens sont capables de ça, tu sais...

— Mais papa, si.

— Je sais.

Il s'arrêta de jouer. La pensée de son père l'étouffait.

— Tu es si beau, Luc.

— Je ne me sens pas beau du tout.

— Mais tu l'es. Crois-moi sur parole !

Elle l'embrassa sur les cheveux.

— Je ne pensais pas te trouver tout habillé. Je croyais que tu voulais prendre une douche et te laver les cheveux.

— J'en prendrai une ce soir.

— Mais tu as le temps, si tu veux. Et je t'ai laissé plein d'eau !

— Non, c'est pas grave. Ça m'est égal.

— Très bien.

Elle fit une pause.

— Luc ?

Il leva les yeux vers elle.

— Ouais ?

— Tout ira mieux ce soir.

— Comment ça ?

— Comme ça. D'accord ? Je te le promets.

Elle sourit, puis l'embrassa de nouveau.

— Je vais préparer le petit déjeuner.

Il n'y avait personne sur la route, mais ça ne voulait rien dire. Ils l'attendaient sûrement à l'arrêt de bus. Les représailles ne tarderaient pas. Des paroles, pour débuter, tant qu'il y aurait des témoins. Ou peut-être même pas. Juste des silences et des regards. Les choses sérieuses commenceraient dans la cour de récréation, une fois passé le portail du collège. Sauf qu'aujourd'hui il ne leur donnerait pas ce plaisir.

Luc attendait, assis par terre à l'entrée du cimetière, protégé par l'épais mur de pierre. Il se dégageait du lieu quelque chose de rassurant, surtout avec la tombe de son père tout près, dans le coin à gauche. Il entendait le ronronnement du moteur du car. Il jeta un coup d'œil à sa montre : huit heures dix. Le car aurait déjà dû être reparti. Mais le chauffeur l'attendait peut-être. Il essaya d'imaginer Skin et les autres en train de le guetter, et les regards qu'ils échangeraient quand ils comprendraient. Puis il se demanda si Miranda l'attendait, elle aussi.

Le moteur changea de régime : le car se décidait enfin à partir. Il l'écouta contourner la place, dépasser l'épicerie et s'engager sur la nationale. Le plus difficile était maintenant de ne pas se faire voir. Et d'abord, éviter la place du village, que traversaient mères et enfants pour se rendre à l'école primaire. Surtout, éviter Mlle Grubb qui, campée sur le pas de sa boutique, surveillait tout de son regard méfiant. Il longea le cimetière, fit une halte devant la tombe de son père, puis gagna le portail du fond et s'engagea sur le chemin qui contournait le village, à travers champs, et débouchait chez Roger Gilmore. À son grand soulagement, il ne rencontra personne. Il se retrouva très vite à l'échalier, devant *Les Bruyères*. Il inspecta les lieux. Les rideaux de la maison étaient tirés, mais la porte de l'atelier ouverte. Un bruit de ciseau à bois se faisait entendre.

Il escalada l'échalier et avança à pas de loup, le regard fixé sur la porte. Mais le bruit continua, et personne n'apparut. Dès qu'il l'eut dépassée, il courut comme un fou jusqu'au croisement, où il s'arrêta pour reprendre son souffle. Au-delà du terrain de sport s'étendait la forêt de Buckland, d'un beau vert lustré. Mais, malgré toute l'envie qu'il en avait, ce n'était pas aux arbres, cette fois, qu'il venait rendre visite. S'engageant résolument sur le chemin des Noisetiers, il se remit à courir et ne s'arrêta qu'une fois arrivé au *Manoir*.

16

Nulle expression de satisfaction ou de reconnaissance n'effleura le visage de Mme Petit lorsqu'elle l'aperçut. Elle l'observa au contraire, les yeux plissés, comme si sa présence sur le perron représentait une offense. Et elle n'avait pas l'air décidé à le laisser entrer.

— Je croyais que tu ne voulais pas venir, finit-elle par déclarer d'une voix glaciale.

Sans attendre de réponse, elle reprit de la même voix sèche :

— Tu ne devrais pas être dans le car, à cette heure ?

— Si.

Ils se regardèrent. Les criaillements éraillés d'un faisan brisèrent le paisible silence. Elle fronça les sourcils.

— Qui sait que tu es ici ?

— Personne.

— Et tes amis ? s'enquit-elle, scrutant les environs comme si elle s'attendait à les voir. Tu leur as faussé compagnie, à eux aussi ?

— Je ne leur ai rien dit.

— Et ta mère ?

— Elle me croit au collège. J'ai tout réglé, vous n'avez pas à vous en faire. Personne ne sait que je suis là et personne ne le saura jamais.

— J'espère bien. Je ne veux pas qu'on vienne m'embêter avec des questions. Si on m'interroge, je dirai que je ne t'ai jamais vu.

Il haussa les épaules, feignant l'indifférence, mais la froideur de cet accueil commençait à lui faire regretter sa décision. Puis, à son plus grand étonnement, le visage de Mme Petit perdit sa dureté, et apparut ce qui, selon ses critères à elle, devait s'appeler un sourire. Guère plus qu'une crispation fugitive des lèvres, et son visage retrouva instantanément sa sévérité. Mais c'était la première fois qu'elle lui souriait et il pensa que c'était déjà quelque chose.

— Je suis contente que tu sois venu. Entre.

Sa voix était plus douce, même si, comme pour le sourire, ce fut de courte durée. Alors qu'elle le guidait jusqu'au salon, son ton froid et distant reprit le dessus.

— Il faut que tu comprennes certaines choses.

Elle lui désigna le fauteuil le plus proche et referma derrière elle. Il s'assit. Il se demandait où était la petite fille, surpris de ne pas l'entendre. Au mur, derrière lui, un tableau représentait une grande étoile multicolore qu'un rayon de soleil faisait briller. Il fut frappé par sa beauté, par contraste avec les figurines grotesques qui couvraient les étagères.

— Je les ai rapportées d'Inde, expliqua Mme Petit. Ce sont des déesses hindoues et des personnages sacrés.

Leur présence me rassure. Et maintenant que j'ai satisfait ta curiosité, je reviens à mes affaires. Tu m'écoutes ?

— Quoi ?

— On ne dit pas *quoi* ! aboya-t-elle.

Il se retourna, saisi, et croisa son regard plein de mépris.

— Je veux que tu me parles correctement, reprit-elle.

Il lui jeta un regard contrarié. Que sa mère le corrige, d'accord. Mais pour qui elle se prenait, cette bonne femme ? Elle l'observa, impassible, puis ajouta, du même ton hautain :

— Si on doit passer du temps ensemble, tu dois me parler avec respect.

— Qui a dit qu'on allait passer du temps ensemble ?

— C'est ce qu'on est en train de faire, non ?

— Ça ne veut pas dire que je reviendrai. Je ne crois pas qu'on ait beaucoup de choses en commun...

— Mais ce n'est pas pour moi que tu es venu ! s'exclama-t-elle d'un air dédaigneux. Je n'ai *aucune* envie de te voir. Je n'ai envie de voir personne. Et personne n'a aucune envie de me voir non plus.

Il chercha une trace d'apitoiement sur son visage, mais en vain. Son expression était sévère et fière. Pourtant, une petite fille s'était agrippée à ce cou, avait cherché la tendresse dans ces bras. Et si elle avait une petite-fille, c'est qu'elle avait eu une fille ou un fils. Donc, un mari. Quelqu'un avait aimé cette femme, et l'aimait même peut-être encore, en dépit de ce qu'elle était devenue.

— Non, continua Mme Petit, plus impérieuse et plus intransigeante que jamais, je n'ai aucune envie de te voir. Pas plus que tu n'as envie de me voir, je suppose. Je ne t'aime guère et je ne te fais aucune confiance.

— C'est réciproque.

— Cependant...

Elle le scruta avec insistance.

— Sous ta grossièreté, je devine quelqu'un de différent. Tu n'es pas aussi mauvais que tu t'en donnes l'air. C'est pour cette raison que je te laisse une chance. Et rappelle-toi : tu as une dette envers moi. Tu es entré dans ma maison. Si tu n'aides pas ma petite-fille, je n'hésiterai pas à en informer la police, ta mère et le reste du village.

Il se détourna. Il était clair qu'elle le tenait. Certes, elle n'avait aucune preuve – c'était sa parole contre la sienne – mais, comme elle le lui avait fait remarquer lors de leur conversation dans la cuisine, sa parole à lui ne pesait pas lourd. Il y a deux ans, c'était différent, les gens l'auraient cru sans hésitation. Mais à l'époque, il n'aurait pas eu besoin de se défendre, parce qu'il ne connaissait pas Skin, n'avait pas commis d'effraction, ni jamais rencontré cette horrible vieille. Sa courte existence semblait se diviser en deux parties distinctes : la vie avec son père et la vie sans lui. Mais la vie sans lui n'était pas très différente de la mort.

— On ne va pas tourner autour du pot, continua-t-elle. Tu n'es pas là pour apprendre à me connaître, et moi non plus. Tu es là pour aider Nathalie.

Nathalie. Ainsi, c'était Nathalie. Il s'était demandé comment elle s'appelait. Il se représenta son visage, puis tendit l'oreille. Mais, une fois de plus, il n'entendit rien.

— Vous ne m'avez toujours pas dit comment je pouvais l'aider...

— Chaque chose en son temps. Je dois d'abord te raconter son histoire. Et il faut que nous établissions des règles très strictes.

Elle marcha jusqu'au piano, posa la main dessus et fixa Luc d'un air sévère.

— Tes visites ici resteront secrètes. Je n'en parlerai à personne, et toi non plus. Est-ce clair ?

— D'accord.

— La réponse est oui ou non.

— Oui.

— Si on me pose la question, je prétendrai ne pas te connaître.

— Vous l'avez déjà dit, et ça m'est égal. Écoutez, si c'est aussi compliqué que ça, on oublie. Rien ne m'oblige à venir ici... ni à prendre des risques pour vous...

— Pour moi ?

— Pour la petite.

— Très bien. Du moment qu'on est d'accord...

Elle s'assit dans un fauteuil face à lui.

— Nathalie a dix ans, mais un âge mental de quatre. Elle a toujours été handicapée. Il y a deux ans, elle a eu un accident de voiture. Ses parents sont morts. Elle a survécu, mais elle a perdu la vue. Et bien sûr, ce n'est qu'un aspect du traumatisme qu'elle a subi. Elle avait déjà pas mal de problèmes avant l'accident, et depuis qu'elle ne voit plus, tout a empiré. Elle est perdue, inquiète. Elle ne sait plus qui elle est, qui étaient ses parents, qui je suis...

— Elle vous appelle Mémé...

— C'est moi qui le lui ai appris. Elle m'appelle Mémé, mais je ne crois pas qu'elle se souvienne de la Mémé que j'étais pour elle avant l'accident. Elle n'a jamais pu s'exprimer très clairement, et il est difficile de savoir ce qu'elle sait ou ce dont elle se souvient. Elle a dû réapprendre à m'aimer. Heureusement, elle est très affectueuse et ça n'a pas été difficile pour elle.

— Elle vit avec vous depuis que vous avez emménagé ici ?

— À peu près.

— Mais je ne l'ai jamais vue au village.

— Personne ne l'a jamais vue au village, parce qu'elle n'a jamais quitté cette maison. À part toi, personne ne sait qu'elle est là.

Elle fit une pause, puis reprit :

— Tu te demandes peut-être pourquoi je ne la laisse pas sortir. Il y a deux raisons : d'abord, elle aurait bien trop peur. Tu imagines ? Elle est si craintive qu'elle ne descend jamais l'escalier.

Il tourna la tête et regarda par la fenêtre, de plus en plus mal à l'aise. Il sentait la situation lui échapper. Au-delà du mur d'enceinte s'étendait la forêt. Là-bas, loin, le vieux chêne l'attendait, l'appelait même. C'était avec lui qu'il aurait dû se trouver, et non enfermé avec cette femme bizarre. Mais son histoire l'intriguait tellement qu'il demanda :

— Et la deuxième raison ?

Le regard de Mme Petit s'assombrit.

— Elle ne devrait pas être là. La mère de Nathalie était ma fille, et quand elle est morte avec son mari dans l'accident, je suis revenue d'Inde. J'ai vécu là-bas la majeure partie de ma vie d'adulte, mais j'avais acheté *Le Manoir* pour passer mes dernières années auprès de ma fille et de mon gendre, et apprendre à mieux connaître Nathalie. J'étais sa seule famille, en dehors de ses parents. Vivant à l'étranger, je ne l'avais vue qu'une fois ou deux. J'avais déjà fait déménager mes meubles mais, au moment de l'accident, j'étais encore là-bas, pour régler des détails. J'ai fait aussi vite que j'ai pu. Le temps que j'arrive, l'enterrement avait déjà eu lieu. Nathalie avait été placée dans un foyer, aveugle, dans un état lamentable. Elle avait peur, se sentait perdue, sous le choc, et les gens qui s'occupaient d'elle ne savaient pas quoi faire. Elle n'avait pas reçu les soins dont elle avait besoin. Et je sais de quoi je parle. J'ai été infirmière pendant quarante ans, j'ai travaillé avec des accidentés. J'ai donc profité d'un moment d'inattention et je l'ai emmenée.

— Vous...

Il la regarda, incrédule.

— Oui. Je l'ai emmenée. À la sauvette. Ç'a été facile comme tout. Ces gens étaient de vrais amateurs. Personne ne m'a vue et je pense même que personne ne m'a soupçonnée. Je n'étais venue qu'une fois et j'avais joué les vieilles femmes gâteuses. J'ai amené Nathalie au *Manoir* et je me suis occupée d'elle. Il y a eu une enquête, naturellement, mais qui n'a pas abouti. J'ai bien reçu un appel de routine de la police quand ils ont découvert que j'étais sa seule parente, mais c'est tout.

— Comment ça se fait ?

Elle fit entendre un grognement.

— Nathalie s'est très vite attachée à moi. Je lui ai dit qu'elle devait se tenir tranquille si on recevait une visite, sinon ils l'emmèneraient. Quand la police est venue, elle s'est cachée sous le lit et n'a pas bougé. Ils n'ont même pas essayé de fouiller la maison. Mes discours de vieille gâteuse ont suffi. Ils sont vite repartis. Et depuis, on n'a plus jamais été dérangées.

Elle leva les yeux vers Luc et ajouta :

— Jusqu'à ce que tu arrives.

Il se força à soutenir son regard.

— Vous croyez qu'ils la renverraient au foyer ?

— Je ne crois pas, j'en suis sûre. Et il est hors de question que je laisse une chose pareille arriver.

— Mais vous êtes sa grand-mère. Sa seule parente. On vous confierait sûrement sa garde...

— Sauf que ça ne marche pas comme ça. Ils diraient qu'avec sa déficience mentale, le traumatisme qu'elle a subi et sa cécité, elle a besoin de soins particuliers. Et qu'une vieille femme comme moi est incapable de les lui donner. Mais ils se trompent. Je me suis occupée d'elle mieux que n'importe qui ! Grâce à moi, Nathalie a progressé. Mais ces derniers temps, les choses se sont gâtées. C'est même devenu très dur pour elle. Elle est toujours très fragile et elle n'arrive pas à juguler les souvenirs qui refont surface.

Luc ne savait que penser de cette histoire invraisemblable. Garder une petite fille aveugle et traumatisée enfermée pendant si longtemps, sans que personne se doute de rien, n'était pas une mince affaire. Les bizarreries de Mme Petit lui apparaissaient soudain sous un autre jour.

— C'est pour ça que vous sortez si peu... Parce que vous devez vous occuper de Nathalie et que vous ne pouvez pas l'emmener avec vous...

— Je sors le moins possible. Je me fais livrer et je décourage les visiteurs.

— Je croyais que vous n'aimiez pas les gens.

— Je n'aime pas beaucoup les gens, reconnut-elle sans détour. Mais c'est surtout pour Nathalie que je les tiens à distance. Et maintenant que tu es au courant, tu ne dois pas nous trahir. Pour le bien de Nathalie, pas pour moi. Ne dis rien à personne et je ne dirai rien non plus.

— Je ne comprends toujours pas ce que je peux faire...

Elle s'adossa au fauteuil.

— Jouer du piano.

— Quoi ?

Il la vit hausser les sourcils et il se reprit aussitôt :

— Pardon ?

— Tu peux jouer du piano, répéta-t-elle. Moi, je ne sais pas. Sinon, je ne te demanderais pas de m'aider. Mais tu as une dette envers moi et je sais que tu es doué.

Je veux que tu en fasses profiter Nathalie. Ce n'est pas si terrible que ça... c'est même agréable, non ?

Elle jeta un regard au piano.

— Ça ne te fait pas envie un magnifique piano à queue comme celui-ci ? Je viens de le faire accorder.

— Je croyais que vous évitiez les visiteurs.

— L'accordeur était aveugle.

Une lueur d'ironie dansa dans ses yeux.

— C'est assez cynique, mais pratique. Il n'a pas vu Nathalie, et elle non plus. Elle n'est pas descendue, de toute façon. L'intrusion d'un étranger dans la maison, et puis le bruit de l'accordage l'avaient terrifiée. Mais après, il s'est mis à jouer. Et là, elle a complètement changé. Il s'est passé quelque chose. J'étais assise avec elle à l'étage, elle était comme envoûtée, elle s'est mise à chanter. Mais quand il s'est arrêté, elle a été si malheureuse que j'aurais préféré qu'il n'ait jamais joué. Alors quand tu es arrivé, j'ai pensé...

Elle fit une pause.

— ... j'ai pensé que tu pouvais peut-être jouer pour elle. Pour la rendre heureuse.

— Pourquoi vous ne mettez pas la radio ? Ou un disque ? Il y a plein de choses à écouter !

— Cela ne lui fait pas le même effet. Je ne sais pas pourquoi. Elle écoute, ça a l'air de lui plaire, mais ça ne suscite pas chez elle la même émotion. Je pense que c'est le son du piano qui lui fait autant d'effet. Je ne sais pas. Peut-être que ce sera différent avec toi. Cela ne s'est produit qu'une fois, pour l'instant. Mais j'aimerais que tu essaies. Comme je le disais, jouer ici peut être un plaisir pour toi : c'est un excellent instrument.

Il regarda le piano.

— Pourquoi l'avez-vous acheté si vous n'en jouez pas ?

— Ça ne te regarde pas, répliqua-t-elle sèchement.

— Et pourquoi l'avoir fait accorder si personne ne l'utilise ?

— Ça ne te regarde pas non plus, s'impatienta-t-elle, encore plus crispée. Tu n'es pas là pour poser des questions, mais pour jouer du piano !

— C'est un ordre ?

— Non, c'est...

— Parce qu'on aurait dit un ordre ! s'exclama-t-il, envahi par la colère. Je ne veux pas recevoir d'ordre de vous, c'est clair ?

— Ce n'était pas un ordre, c'était...

Elle fit un effort évident pour se radoucir.

— C'était une demande. Je... j'aimerais beaucoup... que tu joues... pour ma petite-fille.

Il fronça les sourcils. Devait-il accepter d'être impliqué dans une histoire pareille ?

— Très bien, finit-il par dire. Je vais essayer. Combien de temps voulez-vous que je joue ? Et quel genre de musique ? Du classique, du jazz, du rock ?

— Tu es si doué que ça ? Tu peux jouer n'importe quoi ?

Sa voix était un curieux mélange de moquerie et d'admiration.

— Joue ce que tu veux. Et aussi longtemps que tu veux. Joue, c'est tout ce que je te demande.

Mme Petit le laissa pour monter à l'étage. Il gagna le piano, s'assit et joua. La vieille femme n'avait pas menti : tout poussiéreux qu'il était, c'était un instrument magnifique, à la sonorité riche et brillante. Il joua ce qui lui passait par la tête : Chopin, Schubert, les Beatles, les Bee Gees, Simon & Garfunkel, Fats Waller, Billy Mayerl, Scott Joplin, Bach, Scarlatti, Haydn, et puis les morceaux tout simples d'un recueil pour débutants qu'il avait appris des années plus tôt. Il joua sans interruption, n'hésitant pas à improviser et ne se laissant pas arrêter par les fausses notes. Seul dans cette grande pièce, il pensa à la petite fille terrifiée puis, sans raison, à son père. Il eut le sentiment étrange et troublant d'une présence derrière son épaule.

Il ne s'arrêta que vers midi, fatigué, les poignets douloureux. Le soleil était haut dans le ciel et le chant des oiseaux avait envahi l'espace de silence que la musique avait laissé derrière elle. L'étrange présence avait disparu. Mais soudain, il réalisa qu'il n'était pas seul.

Une petite silhouette se tenait sur le seuil de la pièce.

17

La fillette le « regardait ». Il savait que c'était impossible, mais il eut impression qu'elle le voyait. La bouche et les yeux grands ouverts, elle se tenait parfaitement immobile, comme figée. Elle ne parlait pas, ne bougeait pas la tête, ne semblait même pas capable de cligner des yeux. Il prit sa voix la plus douce possible :

— Bonjour, Nathalie.

Saisie de panique, elle disparut, ce qui le consterna. Puis il entendit une voix, de l'autre côté de la porte : c'était Mme Petit, qui parlait avec ces inflexions si douces qu'elle réservait exclusivement à Nathalie.

— Tout va bien, ma chérie. C'est un ami. Un très bon ami. C'est lui que nous venons d'écouter. Va lui demander s'il peut continuer à jouer.

Il entendit un reniflement, puis des pas légers qui allaient et venaient. La frayeur de l'enfant était tangible. Pourtant, il n'avait fait que prononcer deux mots de bienvenue. Il chercha comment se faire pardonner, se tourna vers le piano et se mit à jouer *Pavane pour une infante défunte*, de Ravel, qu'il n'avait jamais rejouée depuis qu'il l'avait apprise, à l'âge de Nathalie, mais dont il se souvenait parfaitement. Il n'était pas certain que ce soit une bonne idée de jouer cette pièce, assez mélancolique, qui avait été composée en mémoire d'une petite fille morte, mais elle reflétait exactement ce qu'il ressentait. Il se demanda quelle part de Nathalie était morte dans l'accident, et si cette part pourrait un jour revivre. Il termina l'ouverture de l'œuvre pour plonger dans la magie chuchotante de la seconde partie. Puis soudain, il surprit un mouvement dans l'encadrement de la porte.

Il jeta un coup d'œil, sans cesser de jouer. La petite fille était revenue. Mme Petit, saisissant son regard, posa un doigt sur ses lèvres. La mise en garde était superflue : il avait compris qu'il ne devait pas parler, du moins pas encore. Alors qu'il jouait, emporté par la musique, il sentit à nouveau la présence, mais n'en fut pas aussi troublé. Il la trouva même rassurante. C'était comme si son père le regardait jouer, comme au bon vieux temps. La fin arriva trop vite. Il ralentit sur les derniers accords, puis leva les mains et laissa parler le silence. Personne ne disait rien. Il attendit. Soudain, la petite fille avança. Il la regarda s'approcher, lente, hésitante, maladroite. Mme Petit la suivait, la main posée sur son épaule. Leurs regards se croisèrent à nouveau. Elle fit un signe en direction du piano.

Il se mit à jouer un air très doux, un *Nocturne* de Grieg. La petite fille n'était plus qu'à un mètre de lui. Elle avait beaucoup hésité, avait fait plusieurs haltes, mais maintenant, il pouvait presque la toucher. Il lui jetait des regards furtifs, nerveux de la sentir si proche, inquiet à l'idée de la paniquer une fois de plus. Il joua la partie rapide bien plus lentement que prévu, et supprima tous les crescendos. Il craignait qu'un excès de bruit ou de mouvement ne la fasse fuir. Elle ne bougeait plus. Les yeux toujours grands ouverts, elle regardait dans sa direction, comme si elle le voyait. Mme Petit gardait la main posée sur son épaule. Il joua la reprise du thème principal, puis atteignit l'apogée du morceau, qu'il interpréta tout aussi doucement, de peur de l'effrayer, et chemina lentement vers la fin. Quand les dernières notes se furent éteintes, elle fit un pas vers lui.

Mme Petit retira sa main, la laissant libre. Nathalie fit un autre pas. Elle n'était plus qu'à quelques centimètres. Luc ne parlait ni ne bougeait, dans l'attente de ce qu'elle allait faire. Mme Petit attendait aussi. Au début, la fillette resta immobile, ses yeux aveugles fixés sur lui. Puis elle avança et heurta le clavier. Sa main effleura les touches. Elle se figea et, la main toujours posée sur les touches, elle parut le regarder. Elle devait sentir la présence de Luc toute proche. Elle appuya alors sur une touche. C'était un *do*. Elle appuya une nouvelle fois, puis retira sa main et la tendit vers lui.

La main se posa sur son bras, puis l'étreignit. Ses doigts étaient minces et délicats, mais son étreinte étonnamment ferme. Elle cligna des yeux dans sa direction, comme si elle cherchait à se représenter quelle étrange personne il devait être. Sa main remonta ensuite le long de son bras, de son épaule, de son visage et chercha à palper sa joue. Ses doigts, légers et doux, firent le tour de sa bouche, puis remontèrent sur son nez, ses yeux, son front et, de là, passèrent à son oreille gauche. Elle se mit soudain à rire. Il la regarda, gêné. Même s'il devinait la cause de son hilarité, il ne savait comment réagir. Elle chercha son autre oreille et rit encore. Il jeta un regard à Mme Petit, dont le visage impassible ne lui fut d'aucune aide. Il décida de prendre le risque de parler :

— Tu trouves mes oreilles bizarres ? s'enquit-il de sa voix la plus douce.

Elle ne répondit pas. Elle retoucha son oreille et rit une nouvelle fois.

— Qu'est-ce qu'elles ont, mes oreilles ? insista-t-il, à la fois chaleureux et légèrement moqueur. Moi, je les trouve plutôt bien. Pas toi ?

Elle continua à jouer avec ses oreilles – l'une, puis l'autre. Après une hésitation, il tendit la main et effleura l'une des siennes. Elle s'écarta immédiatement, le visage traversé par la peur. Il se força à rire et reprit, de sa voix la plus affectueuse possible :

— Toi aussi, tu as de drôles d'oreilles, Nathalie.

Elle cessa de fuir. Il se mit à parler plus fort :

— Bon, Nathalie, qu'est-ce que je joue, maintenant ?

Elle ne répondit pas, figée, les lèvres serrées.

— Je sais. Je connais un morceau que tu vas aimer.

Il se mit à jouer *À une rose sauvage*, de MacDowell[1]. C'était une mélodie simple et jolie, tout à fait ce qui semblait convenir à Nathalie à cet instant précis. Celle-ci lui tournait le dos et jetait des regards furtifs

1. Compositeur et pianiste américain (1860-1908). (*N.d.T.*)

dans la pièce, comme si les notes avaient été des éclats de lumière qu'elle cherchait à saisir.

Tandis qu'il jouait, elle se rapprocha. Une petite main se posa sur son avant-bras. Il la regarda. Elle n'avait pas l'air de vouloir continuer son exploration, juste lui tenir le bras pendant qu'il jouait. Il eut du mal à rester concentré, mais continua. La main de Nathalie tressaillait chaque fois que son bras montait ou descendait le long du clavier et, quand il eut fini, elle garda la main posée sur son bras. Saisi d'une impulsion subite, il passa le bras autour de ses épaules. Alors qu'il s'attendait qu'elle le repousse ou s'enfuie, elle se blottit contre lui.

— C'est une petite fille très confiante, lança Mme Petit.

Il sentit l'inquiétude qui perçait à travers ses paroles.

— Je ne lui ferai pas de mal, ne vous inquiétez pas.

Il se demanda ce qu'elle pensait, et si c'était là ce qu'elle avait voulu, mais l'expression de son visage ne permettait pas de le dire. Au bout d'un moment, elle s'approcha et caressa les cheveux de sa petite-fille.

— Tu aimes ça, Nathalie ? Tu aimes ?

La fillette ne répondit pas, mais se rapprocha encore de Luc. Il baissa les yeux vers elle.

— Tu ne connais même pas mon nom, Nathalie. Tu veux que je te le dise ?

Elle releva la tête et, pour la première fois, parla :

— Oreilles bizarres.

18

Allongé sur le plancher de sa cabane, Luc regardait les nuages immobiles se détacher sur le bleu profond du ciel. Ses pensées, elles, partaient dans tous les sens. Ainsi, elle trouvait ses oreilles bizarres... ou alors, c'était le nom qu'elle voulait lui donner. C'était assez bien trouvé, pour un garçon qui ne cessait d'entendre des sons étranges. Sauf qu'à cet instant précis, ce n'étaient pas des bruits qui l'habitaient, mais la présence qu'il avait sentie tout à l'heure, derrière son épaule. Elle était encore là. Elle ne restait pas toujours à la même place, mais ne s'éloignait pas. Il avait envie de penser que c'était son père. Ça le rassurait de le sentir là, même si, au fond de lui, il était persuadé que son père était loin, très loin, et qu'il était bien incapable de penser à son fils à cet instant précis. Il tourna la tête à droite, puis à gauche, mais, comme toujours, il ne vit rien.

— Pourquoi je ne te vois pas ? murmura-t-il. Hé ! Pourquoi je ne te vois pas ?

Il visualisa le visage de son père, là, tout près.

— Tu n'as pas peur de moi, quand même ?

Seul le murmure des feuilles lui répondit.

— Mais tu n'es peut-être pas papa, continua-t-il. Tu es peut-être quelqu'un d'autre. Ou personne. Peut-être est-ce juste mon imagination.

Il fronça les sourcils.

— Je parle peut-être dans le vide.

Il sentit que ce n'était pas le cas.

Au moins, cette présence – qui que ce fût – n'était pas menaçante. Il consulta sa montre : trois heures. Déjà deux heures qu'il était là. Il était temps de partir. Miranda l'attendait pour répéter et il valait mieux qu'il soit là à son retour du collège. Il ne fallait surtout pas qu'elle téléphone chez lui et que sa mère découvre qu'il avait menti. Il descendit de l'arbre et traversa la forêt. L'étrange présence ne le quittait pas. En revanche, il ne vit aucune trace de Nathalie, ni de Mme Petit, en longeant *Le Manoir*.

Arrivé en haut de la piste, il prit le chemin des Noisetiers en direction du village. Trois heures et demie. Tout était une question de timing. S'il se montrait sur la place trop tôt, cette fouine de Mlle Grubb comprendrait tout de suite qu'il n'était pas allé au collège. S'il arrivait en même temps que le bus, il lui faudrait affronter Skin et les autres. Et s'il était en retard chez Miranda, celle-ci téléphonerait chez lui. Il décida de se cacher au cimetière, d'attendre que le bus soit reparti et que Skin ait disparu, puis de filer à *La Chope percée* aussi vite que possible. Il coupa par *Les Bruyères* et reprit le même chemin qu'à l'aller. À cette heure, il ne risquait pas de croiser qui que ce soit. La seule difficulté serait de passer devant chez Roger Gilmore sans se faire voir. Mais une fois aux *Bruyères*, il se retrouva confronté à une situation qu'il n'avait pas imaginée...

La voiture de sa mère était là. Il fronça les sourcils. Alors, comme ça, dix minutes à pied, c'était trop long pour elle ! Elle était tellement pressée de le voir qu'elle prenait la voiture ! Il se demanda depuis combien de temps elle était là. Peut-être des heures. Peut-être depuis le matin même. Il fixait la maison avec dégoût quand il surprit du mouvement dans la cuisine. Quelqu'un tournait le dos à la fenêtre. Non, deux personnes, l'une à côté de l'autre, très proches. Un frisson le parcourut. Une voix lui murmura de faire demi-tour et de retourner au village par le chemin des Noisetiers, mais il approchait déjà. Il sentit plus fort la présence au-dessus de son épaule et entendit de nouveau la voix dans sa tête : « Pars, disait-elle. Pars, pars ! » Mais il continua d'avancer, tenaillé par l'envie de crier, de jeter des cailloux contre la vitre. Il s'arrêta contre la barrière, le souffle court, et attendit que les deux silhouettes se tournent vers lui.

Mais elles ne se retournèrent pas.

Miranda le découvrit au cimetière, affalé contre la tombe de son père.

— Luc ?

Elle s'assit près de lui.

— Ça va ?

Il ne répondit pas. Obsédé par cette image qu'il voulait chasser de son esprit, il s'était à peine rendu compte de sa présence.

— Luc ?

Elle passa le bras autour de ses épaules.

— Tu es malade ? Tu n'étais pas au collège aujourd'hui...

— Je ne suis pas malade.

— Et tu n'es pas venu à *La Chope percée* non plus. J'ai cru...

— Tu as cru que je t'avais encore posé un lapin.

— Mais tu ne m'as pas posé un lapin, la dernière fois, protesta-t-elle. Tu as fini par venir.

Elle l'observa en silence.

— J'ai pensé que quelque chose n'allait pas et je suis partie te chercher. Je voulais te téléphoner, mais j'ai eu peur que... au cas où ta mère ne soit pas au courant que tu n'étais pas allé au collège... enfin, je ne veux pas dire...

Il se mit à pleurer, et il se sentit encore plus mal. Il pleurait devant Miranda. Elle allait penser qu'il était faible. Et il l'était. Il était même pathétique. C'était si délicat, de sa part, d'avoir pris la précaution de ne pas alerter sa mère ! Et lui, tout ce qu'il était fichu de faire, c'était de pleurer comme un veau ! Elle allait le rejeter, forcément. Il ne pouvait pas le lui reprocher.

À sa grande surprise, elle le serra contre lui. Et quand il eut fini de pleurer, elle retira son bras.

— C'est à cause de Julien Skinner et de la bande ? s'enquit-elle. Ils t'ont fait quelque chose ?

— Pas encore.

— Comment ça ?

— Aucune importance. Ce n'est pas eux le problème, de toute façon.

— C’est quoi, alors ?

Il lui jeta un regard brouillé de larmes.

— Je suis en train de la perdre...

— Qui ?

— Maman. À cause de ce type. J’ai déjà perdu papa, et maintenant, je suis en train de la perdre, elle.

— Que s’est-il passé ?

— Je les ai vus. Je sais, je n’aurais pas dû. Je ne suis pas allé au collège aujourd’hui. Je ne peux pas te dire pourquoi, mais il ne faut pas en parler, à personne.

Il s’attendait qu’elle lui fasse sentir sa désapprobation, mais elle se contentait d’écouter.

— Je les ai vus. J’étais à côté des *Bruyères* et j’ai regardé par la fenêtre de la cuisine. Ils s’embrassaient. Ce n’était pas juste une bise, tu vois ? C’était...

L’image l’envahit à nouveau. Il se détourna. Elle passa le bras autour de ses épaules.

— Ils t’ont vu ?

— Non. Ils étaient bien trop occupés.

— Combien de temps tu es resté ? À les regarder, je veux dire ?

— Assez longtemps. Ils n’arrêtaient pas de s’embrasser. Après, ils sont sortis de la cuisine. Mais je sais où ils sont allés. Je les ai vus tirer les rideaux.

— Qu’est-ce que tu as fait, alors ?

— Je suis parti en courant.

Il sentit les larmes affluer.

— Je sais que ça a l’air stupide, mais je les avais jamais vus s’embrasser. Pas comme ça. Bien sûr... je le savais, mais... tu sais... quand j’étais là... ou si j’arrivais, ils s'arrêtaient, ou je tournais la tête. Mais cette fois, ils ignoraient que j'étais là et...

Il se tut. Miranda le serra fort contre elle.

— C'est si grave que ça ?

— Non.

Il plongea le visage entre ses mains.

— C'est ça, le problème. Tu ne comprends pas ? Ça n'a rien de grave. Il était... il était tendre. Il était... tellement... tendre...

Il avala péniblement sa salive.

— Je n'ai pas pu supporter de voir ça.

— Luc ?

— Ouais ?

— Roger est un type bien.

— Mon père était un type bien.

— Je sais.

Il écarta les mains et regarda la tombe de son père. Miranda poursuivit :

— Si ton père était là... si tu pouvais lever les yeux et lui demander ce qu'il en pense... que crois-tu qu'il dirait ?

Luc leva les yeux mais, à nouveau, ne vit rien. Il ne sentait même plus sa présence.

— Il n'est pas là, répliqua-t-il d'un ton brusque. Ça ne sert à rien !

— Oui, mais imagine...

— Il n'est pas là ! aboya-t-il. C'est clair ? Il n'est pas là. Il n'est nulle part. Il est parti. C'est comme ça, quand on meurt. On disparaît. Salut, les copains !

Il vit la détresse sur le visage de Miranda et se radoucit.

— Excuse-moi.

— C'est pas grave.

— Je ne voulais pas t'envoyer balader.

— C'est pas grave, je te dis.

— Si, c'est grave. Je suis odieux.

Il jeta un regard au-delà du cimetière, puis se tourna de nouveau vers elle :

— Excuse-moi.

— Arrête de t'excuser, il n'y a pas de problème !

Il prit une inspiration profonde et essaya de se calmer.

— Tu veux qu'on aille répéter à *La Chope percée* ?

— Tu es sûr ? Tu ne veux pas rentrer chez toi, plutôt ?

— Chez moi ?

Il se leva, ôta l'herbe de son pantalon et lui tendit la main pour l'aider à se relever.

— Qu'est-ce que tu veux que j'aille faire là-bas ?

19

À son retour, il trouva sa mère assise sur le vieux rocking-chair de son père, devant la télévision allumée, mais le son éteint. Elle regardait le mur droit devant elle, les yeux dans le vague. Elle tourna la tête en l'entendant approcher.

— Il est six heures et demie, Luc.

— J'étais chez Miranda. On a répété.

Il s'assit sur le bord du canapé.

— Je t'avais dit que j'irais à *La Chope percée* après le collège...

— Je sais.

Elle fixa encore le mur, comme pour lui signifier qu'elle n'avait pas envie d'en discuter. Il l'observa en silence, désorienté. Il ne parvenait pas à relier les deux images d'elle : la femme des *Bruyères* et celle assise devant lui. Mais ce n'était pas dû à son trouble. Sa mère était réellement bizarre.

— Quelqu'un a téléphoné, ajouta-t-elle.

Luc pensa immédiatement à Mme Simon.

— Trois fois, en fait, précisa-t-elle. Entre cinq et six heures. Exactement comme les autres fois : ça sonne, je décroche, je dis « bonjour », il y a un silence, puis la personne raccroche.

Il essaya de ne pas montrer son soulagement. Ni son inquiétude.

— Tu as essayé de retrouver son numéro ?

— Ça n'a rien donné. Le numéro n'est pas attribué.

— C'est sûrement un cinglé qui n'a rien de mieux à faire...

— Julien Skinner ou un désaxé dans son genre...

Il prit sur lui pour ne pas réagir. Ses pensées l'entraînaient au *Manoir*. Que se passait-il là-bas ? Si Mme Petit avait cherché à le joindre, c'est que Nathalie avait un problème. La voix de sa mère s'éleva, aussi dénuée de vie que son regard :

— Qu'est-ce qui se passe, Luc ?

— Rien.

— Ne me mens pas. S'il te plaît. Je ne suis pas idiote.

— Je ne mens pas, il ne se passe rien.

— Tous ces appels bizarres...

— Je n'ai rien à voir là-dedans.

— Tu en es bien sûr ?

— Ouais.

Elle fronça les sourcils.

— Tu es tout le temps sorti. Tu ne me dis jamais où tu vas...

— Je t'ai dit que j'étais chez Miranda.

— Oui.

Elle poussa un soupir.

— C'est vrai pour cette fois. Mais la plupart du temps, tu ne me dis rien. En général, je n'ai pas la moindre idée de l'endroit où tu es, ni de l'heure à laquelle tu vas rentrer.

Il marcha jusqu'à la fenêtre et regarda dehors. Cette conversation ne ressemblait pas à leurs disputes habituelles. Quelque chose n'allait pas et, pour une fois, ça ne venait pas seulement de lui. Il jeta un regard à l'écran vacillant.

— Pourquoi tu as enlevé le son ?

— J'avais allumé pour regarder les nouvelles, et puis ça ne m'a plus intéressée.

— Pourquoi tu ne l'éteins pas, alors ?

Elle lui jeta un regard sombre, puis prit la télécommande et appuya sur le bouton.

— Voilà. Tu es content ?

Sa voix reflétait une profonde tristesse. Après la scène qu'il avait surprise quelques heures plus tôt, ça n'avait pas de sens.

— J'ai rompu avec Roger, déclara-t-elle soudain.

Il tressaillit.

— Quand ?

— Cet après-midi. Pendant que tu étais au collège.

Elle lui sourit d'un air fatigué.

— Donc, c'est fini. Terminé.

Il la regardait, stupéfait, incapable de réagir. Il n'arrivait pas à la croire. Comment était-ce possible ? Il avait dû se passer quelque chose après son départ. Quelque chose de terrible.

Elle laissa échapper un bâillement.

— Tu ne veux pas faire un petit tour ?

— Pas spécialement...

— Moi, si.
Elle se leva.
— Je ferai le repas à mon retour. Je ne serai pas longue. Si tu as faim, tu n'as qu'à prendre du pain.
— Maman...
Il la regarda. Il ne savait pas vraiment ce qu'il voulait dire. Elle tourna vers lui un visage lugubre. Il se rappela qu'elle avait fredonné Grieg, le matin même, dans sa douche. Elle avait l'air heureuse.
— Maman, il n'a pas... je veux dire... il ne t'a rien fait ? Il ne t'a pas frappée ou...
Elle fit entendre un rire fatigué.
— Non, il ne m'a pas frappée. Il n'a rien dit de méchant, ni n'a rien fait de désagréable...
— Alors ? Qu'est-ce qui s'est passé ?
— Rien, Luc.
Elle lui effleura la joue.
— Rien qui doive t'inquiéter, rien que tu puisses lui reprocher. Il a été formidable. Tu peux arrêter de le détester, maintenant.
Elle se pencha vers lui et l'embrassa.
— Je ne serai pas longue.
— Je viens avec toi.
— Je croyais que tu n'avais pas envie ?
— J'ai changé d'avis.
À son soulagement, ils prirent la direction opposée au village, ce qui évitait de passer devant la maison de Skin. C'était une promenade qu'ils avaient faite souvent, en famille, du vivant de son père. L'air était doux et, au-dessus des champs de Guy Foley, une buse planait

dans le ciel rougeoyant. Sa mère marchait d'un pas lent, peu pressée de parler. Luc laissa ses pensées vagabonder. Nathalie et Mme Petit, Skin, son père, Roger Gilmore... Où qu'il se tourne, il se heurtait à un mur. Pour ajouter à sa confusion, le grondement l'avait envahi dès qu'il avait franchi le seuil. Puis le murmure sourd avait monté en puissance jusqu'à le submerger d'un véritable flot sonore. Il croisa le regard interrogateur de sa mère.

— Qu'est-ce qu'il y a ?

— C'est drôle...

— Qu'est-ce qui est drôle ?

— Ton père faisait comme toi. Il plissait légèrement les yeux quand il entendait quelque chose d'inhabituel.

Luc, absorbé par l'étrange grondement, ne répondit pas. Ce dernier semblait venir de partout, aussi bien de l'intérieur de lui-même que de l'extérieur. Sa mère le prit par le bras.

— Tu lui ressembles tellement. Tu entends les mêmes choses que lui.

— Comment le sais-tu ?

— Comme ça. Moi, je n'entends rien, parce que je n'ai pas votre sensibilité, mais toi, tu es comme lui. Et puis... il me l'avait dit.

— Je ne lui en ai jamais parlé.

— Il s'en est aperçu tout seul.

Ils arrivèrent à une intersection en T.

— À droite ou à gauche ? fit-elle.

— Ni l'un ni l'autre, répondit-il, désignant la barrière du pré.

Elle sourit.

— D'accord.

Ils s'appuyèrent à la barrière. À l'autre bout du pré, les vaches interrompirent leur mastication pour les observer, puis reprirent leur paisible activité.

— Je sais pourquoi tu aimes ce coin, déclara sa mère.

— Papa.

— Oui.

Elle fit entendre un petit rire.

— Il aimait s'appuyer à cette barrière, pas vrai ?

Elle passa le bras autour de ses épaules.

— Tu lui ressembles tellement, Luc. Il entendait tout le temps des sons étranges. La nuit, quand je me réveillais, je le trouvais parfois allongé, les yeux fermés, immobile. Je savais qu'il écoutait. Je le prenais dans mes bras et lui demandais ce qu'il entendait.

— Et alors ?

— Ça dépendait. Parfois, c'étaient des cloches ou des gongs, parfois des instruments à vent ou des cordes pincées, comme la harpe... ou bien un murmure, un ruissellement d'eau... Il arrivait aussi qu'il entende des morceaux entiers, certains pour la première fois. Mais, le plus souvent, c'était un vrombissement profond, comme un grondement. Il disait que ce son, le plus puissant de tous, était une combinaison de tous les autres. Il l'appelait le moteur.

— Le moteur ? demanda Luc en écoutant le son en lui.

— Oui, ça lui faisait penser à un moteur. Et il disait aussi... une chose un peu étrange...

Elle le regarda.

— Il disait que ce moteur était à l'origine du monde. Qu'il était là tout le temps, même quand on ne l'entendait pas, et qu'il ne s'arrêterait jamais. Je sais que ça a l'air bizarre... Personnellement, je n'ai pas d'idée sur la question. Je n'entends rien. Mais ton père, si. Et je sais que toi aussi.

Le ronflement continuait. Il ressemblait effectivement à un moteur, Luc y avait déjà pensé, et le fait que son père ait choisi la même image le rassurait.

— Il n'en parlait pas souvent, continua sa mère, seulement à moi ou à M. Harding.

— M. Harding ?

— Oh oui, ils discutaient beaucoup, tous les deux. Ils étaient plus proches que tu ne le penses... Mais il avait l'impression que ces sons étaient sacrés et que, s'il en parlait trop, ils le quitteraient. Il m'avait demandé de ne pas lui poser trop de questions, et de te laisser tranquille, toi aussi...

Luc imagina son père, là, tout près, appuyé à la barrière avec eux.

— Je... je n'en parle pas non plus, dit-il. Mais pas pour la même raison. Je n'ai pas envie de passer pour un fou.

Elle se mit à rire.

— Il y avait sûrement de ça aussi. Il pensait qu'on ne le prendrait pas au sérieux. Mais au fond de lui, je sais qu'il considérait ces sons comme quelque chose de très précieux. Et...

Elle s'interrompit un instant.

— Il avait dit autre chose. Je m'en souviens parce que ça te concerne, en quelque sorte.

Elle s'interrompit à nouveau. Elle semblait hésiter.

— Vas-y, insista-t-il.

Elle fronça les sourcils.

— C'était quand on vivait à Strawberry Hill. Tu avais dix-huit mois. Une nuit, je me suis réveillée à l'aube et j'ai trouvé ton père en bas, assis à la table de la cuisine, en robe de chambre. Il avait des feuilles blanches disposées devant lui et des crayons de couleur. Il te tenait de son bras gauche et dessinait de sa main droite.

— Je ne m'en souviens pas.

— Tu ne peux pas, tu étais trop petit. Et de toute façon, tu dormais profondément. Il t'avait pris dans ses bras comme ça, parce qu'il en avait envie. Mais ce n'est pas l'important. Ce qui m'a marquée, c'est qu'il pleurait.

— Il pleurait ?

— Oui. Les larmes ruisselaient sur ses joues. J'ai passé mon bras autour de ses épaules et je lui ai demandé ce qui n'allait pas. Il m'a dit qu'au contraire, il avait rarement été aussi heureux. Puis il a levé les yeux vers moi et tu sais ce qu'il m'a dit ? Je m'en souviens encore... *Le firmament chante.*

— Le firmament ? s'étonna Luc. Qu'est-ce que c'est ?

Elle tendit la main vers le ciel.

— Ce que tu vois au-dessus de ta tête. Le ciel, le soleil, la lune, les étoiles... tous les corps célestes. Mais ça peut avoir un autre sens.

— Lequel ?

— Le paradis.

Il leva les yeux vers le ciel, où la buse continuait à tournoyer.

— Si le paradis est là-haut, dans le... comment tu as dit ?... le firmament, il ne doit plus chanter. C'est un endroit misérable, parce qu'il y a plein de gens comme papa, qui ont été séparés de ceux qu'ils aiment.

— Peut-être, dit-elle en le serrant contre elle. Mais ton père ne voyait pas les choses comme ça. Pour lui, le firmament était beau. Il disait qu'il n'était pas seulement au-dessus de notre tête, mais à l'intérieur de nous... Qu'on le portait en nous... Qu'il était à la fois physique et métaphysique... Il pensait que certains des sons qu'il entendait, et que tu entends aussi, étaient trop subtils pour être mesurés ou enregistrés, et que seule l'âme humaine était capable de les percevoir...

Elle ébouriffa ses cheveux.

— Ça devient un peu trop sérieux, pas vrai ? Allez, viens marcher !

Ils prirent la direction de l'atelier de poterie de Frank Meldrum. D'étranges pensées assaillaient Luc. Au moins, sa colère avait fondu, et sa mère avait perdu son apathie. Il n'entendait plus le grondement, mais il le sentait toujours là, sous la surface. Et si son père avait raison ? Si le son était là tout le temps ? Mais était-ce vraiment le moteur du monde ? Il se rappela un détail de l'histoire de sa mère et demanda :

— Qu'est-ce qu'il avait dessiné ?

— Ce qu'il entendait. Il disait que les sons avaient des formes et des couleurs... Mais je suppose que tu le sais aussi bien que lui.

Il ne répondit pas.

— Il en parlait très peu. Pour lui, c'était quelque chose de sacré. Et comme ce n'était pas un scientifique, il ne cherchait pas à l'analyser. Il était trop envahi par ses sensations.

— Mais qu'avait-il dessiné ?

— Un pentagramme.

— Un quoi ?

— Une étoile à cinq branches. Il l'a coloriée quand j'étais là. Je me souviens que j'ai dû tenir le papier pour l'empêcher de glisser, parce que ton père n'avait qu'une main de disponible. C'était un très beau dessin, avec un fond bleu et un contour doré. Mais l'étoile elle-même était...

— ... blanche, coupa-t-il.

Elle le regarda.

— Comment le sais-tu ?

Il haussa les épaules et se détourna. Comme autrefois son père, il n'avait pas envie qu'on l'assaille de questions. Sa mère lui toucha le bras.

— Ne t'inquiète pas, je sais que tu n'as pas envie d'en parler. Tu n'es pas pour rien le fils de ton père !

— Où est passé ce dessin ?

— Je ne sais pas. Il a dû se perdre.

Ils dépassèrent l'atelier et continuèrent vers le ruisseau. Le soleil brillait encore, mais l'air commençait à fraîchir. Ils atteignirent l'échalier qui menait au pré – celui-là même où Luc avait tenté en vain de fuir Skin – et s'arrêtèrent.

— Ton père aimait bien ce coin, déclara sa mère en fixant l'eau vive.

— Je sais.

— C'est comme ce chêne, que tu adores... continua-t-elle, avant de préciser, légèrement ironique : Celui que tu n'as pas le droit d'escalader.

Il resta silencieux. Mais elle ne semblait pas attendre de réponse.

— On a vu un cerf, ici, une fois, ajouta-t-elle. Je t'avais raconté ?

— Non.

— C'était l'année où on a emménagé. Le premier automne. Tu venais de prendre le bus et, avec ton père, on était allés se promener. Il y avait beaucoup de brouillard, ce jour-là. On était sur le point de passer l'échalier, quand on a aperçu un cerf immense sur le chemin. Il se tenait de trois quarts, la tête dressée, l'air fier et farouche... Je crois que je m'en souviendrai toujours.

— Et ensuite ?

— Il a juste jeté un regard dans notre direction, puis il a trotté jusqu'à la barrière et s'est enfoncé dans le brouillard. Ton père m'a dit qu'il avait entendu sa chanson.

— Sa chanson ?

— Oui.

— Qu'est-ce que ça veut dire ?

— Je pense que tu comprends, au fond de toi, mais que tu n'y as jamais pensé jusque-là...

Elle resta un instant silencieuse, puis reprit :

— Ton père y croyait très fort. Il pensait que toute

chose – que ce soit un être humain, un animal, une fleur, un arbre, un brin d'herbe ou un grain de sable – a sa chanson. Et qu'on peut l'entendre si on fait assez attention.

Elle fronça les sourcils.

— Je ne sais pas si c'est vrai. Je n'entends rien de spécial quand je vois des gens, des cerfs ou des arbres. Mais lui, si. Et je sais que toi aussi. Ton père m'avait dit que ça viendrait, un jour ou l'autre...

— On peut changer de sujet ?

Il baissa les yeux.

— Je me sens un peu...

— Je comprends, Luc.

— Merci.

Il hésita.

— Maman... cette histoire avec Roger...

— ... est finie, compléta-t-elle.

Leurs regards se croisèrent. Il comprit qu'elle n'avait aucune envie d'en parler. Les images de l'après-midi lui revinrent en mémoire.

— Complètement finie ?

— Oui.

Elle l'embrassa.

— Il n'y a plus que toi et moi, maintenant. Toi, moi, et personne d'autre.

À part papa, pensa-t-il.

20

Cette nuit-là, il ressentit avec une acuité particulière la présence de son père. Il fit à nouveau le drôle de rêve. Comme les autres fois, il était allongé sur son lit et regardait le plafond puis, soudain, il se retrouva dans la forêt, en train de voler vers le vieux chêne. Les racines s'écartèrent devant lui, il plongea, remonta à l'intérieur du tronc et déboucha en plein ciel. Son père était là. Il ne le voyait pas plus qu'il ne l'entendait ou ne pouvait le toucher. C'était une simple présence, proche, familière. D'autres présences surgirent, aussi proches et aussi familières, même s'il ne les reconnaissait pas. Ils volèrent ensemble vers l'étoile lumineuse, puis le rêve prit brutalement fin. Clac !

Il fut à la fois surpris et désolé de se retrouver dans son lit. La maison était silencieuse. Il était parfaitement réveillé et il avait peur.

Clac !

Il sursauta. Quelque chose avait heurté la vitre. Un caillou. Il glissa à bas de son lit et, par l'échancrure du rideau, aperçut une ombre qu'il n'eut aucune peine à identifier. Scrutant l'obscurité, il découvrit Damien, sur la droite, tapi derrière le mur. En revanche, nulle trace de Benoît. Soudain, le bras de Skin fendit l'air.

Clac !

Un autre caillou cogna la fenêtre. Il espéra que sa mère, qui dormait de l'autre côté de la maison, n'entendrait rien. C'était son combat, pas le sien. Il jeta un regard au réveil : minuit et demi. Avec un peu de chance, s'il ne se montrait pas, les deux autres se lasseraient et rentreraient chez eux. Ils ne pouvaient pas continuer toute la nuit.

Clac !

Un caillou de plus. Les deux garçons se mirent à escalader le muret. Luc serra les poings. Là, c'était différent. Ça devenait sérieux.

Ils sautèrent à terre et levèrent les yeux vers la fenêtre, comme s'ils avaient deviné qu'il était là, à les regarder. Luc restait sur le côté, essayant de ne pas se faire voir, puis il se rappela son geste de la veille et, pris d'une impulsion subite, ouvrit grand le rideau. Les garçons se raidirent. Leurs regards se rivèrent au sien. Luc chercha en lui tout ce qu'il put trouver d'audace, mais sa résolution faiblissait déjà. Même en sécurité derrière la fenêtre, la menace de Skin le terrifiait. Il aurait aimé courir, réveiller sa mère, appeler la police... n'importe quoi plutôt que d'affronter ça. Il se demanda comment il avait pu se leurrer au point de croire qu'ils étaient amis. Les garçons s'approchèrent sans le quitter des yeux et s'arrêtèrent juste sous sa fenêtre. Aucun des deux ne bougeait, ils se contentaient de le fixer d'un air menaçant. Puis Skin se baissa, ramassa une motte de terre dans le parterre et la lança contre la vitre. Elle fit un bruit sourd, puis retomba en pluie dans l'allée. Skin, le regard vissé à la fenêtre, ne tourna même pas la tête. Il le menaça du poing, puis partit. Damien le suivit comme un chien obéissant et, quelques instants plus tard, il n'y avait plus personne.

Luc referma le rideau et s'assit sur le lit. Il respirait mal. Dans son cœur, la peur le disputait à l'indécision. Il essaya de rappeler la présence de son père, mais rien ne vint. Juste un peu plus de peur, un peu plus d'indécision. Il pensa alors à Nathalie, enfermée dans sa propre souffrance, et il fredonna la petite mélodie triste. Peu à peu, il se détendit. Il se mit à réfléchir : si cette mélodie lui évoquait Nathalie, c'était peut-être parce qu'elle était aussi enfantine et aussi innocente qu'elle. Mais d'où venait-elle ? Et pourquoi lui semblait-elle si familière ? Il était certain de l'avoir entendue quelque part. Mais où ? Peut-être ne le saurait-il jamais.

Alors qu'il était assis sur son lit et qu'il chantonnait pour chasser sa peur, la réponse lui parvint, comme portée par la musique elle-même. Il vit leur maison à Strawberry Hill. En ce jour d'été étouffant, toutes les fenêtres étaient ouvertes. Lui-même avait quatre ans. Il revenait des courses avec sa mère. Celle-ci s'était arrêtée pour parler à un voisin et il avait couru pour retrouver son père. Mais une fois dans l'entrée, il s'était figé, fasciné. Son père, qui les croyait toujours absents, jouait du piano sans savoir qu'on l'écoutait. Luc s'était approché lentement de la porte entrouverte. Il se souvenait très précisément qu'il ne voulait pas entrer car il savait, malgré son jeune âge, que si son père l'apercevait, il lui tendrait les bras et le soulèverait de terre. Or, il ne voulait pas que la musique se taise. Alors il était resté devant la porte, à écouter discrètement, comme cette nuit où, assis sur son lit, il se chantait à lui-même la petite mélodie. Replongeant dans ses souvenirs, il se revit en train d'attendre la dernière note, puis se précipiter dans la pièce. Comme prévu, son père l'avait pris dans les bras.

— Tu aimes, Luc ?

Il avait hoché la tête, et son père avait souri.

— Alors, elle est pour toi.

L'espace d'un instant, la musique redevint la sienne, et il fut à nouveau ce petit garçon, sur le seuil de cette pièce, qui écoutait les rêveries musicales de son papa.

Le réveil sonna bien plus tôt qu'il ne l'aurait voulu, à six heures, mais après l'épisode de la veille, il ne voulait pas courir le moindre risque. Il se glissa hors de son lit, enfila sa robe de chambre et se précipita dans le bureau de sa mère. Vaine inquiétude, elle n'était pas là. Il alluma l'ordinateur et, tandis que l'appareil se mettait en route, il guetta les bruits en provenance de la chambre de sa mère. Tout était silencieux. Sans doute avait-elle passé une meilleure nuit que la veille. Maintenant que Roger Gilmore était sorti de sa vie, les choses allaient retrouver leur cours normal.

Cependant, le souvenir de ce qu'il avait surpris le taraudait. Il savait que sa mère lui mentait : on ne rompt pas après une scène pareille. Il s'était passé quelque chose. Même si Luc se méprisait de fourrer le nez dans les affaires de sa mère, il se sentait obligé de consulter ses mails.

L'ordinateur avait fini de s'allumer. Luc tapa le mot de passe, parcourut la boîte de réception et trouva un message de Roger Gilmore, très bref, qui datait de la veille au soir.

Sa mère avait écrit :

Merci d'avoir compris pour Luc.

Et il avait répondu :

Merci pour ton cadeau d'adieu.

Luc se sentit submergé par des émotions contradictoires. Alors qu'il avait été ravi d'apprendre leur rupture, il se sentait à présent coupable. Il relut le message, les sourcils froncés. « Merci d'avoir compris pour Luc. » Compris quoi ? Mais il connaissait la réponse, ça ne rimait à rien de prétendre le contraire. « Merci pour ton cadeau d'adieu. » Il savait ce qu'avait été ce cadeau.

Il pressa le clavier entre ses mains. Était-ce vraiment à cause de lui s'ils s'étaient séparés ? Certes, il l'avait désiré plus d'une fois. Mais il ne voulait pas pour autant que sa mère sacrifie son bonheur. Elle avait été heureuse, profondément heureuse. Et par sa faute, elle ne l'était plus. Il repensa à tout ce qu'il avait dit et fait depuis la mort de son père. Il réalisa que tous ses efforts n'étaient tendus que vers un seul but : aimer son père.

Mais par une sorte de contradiction absurde, il n'avait réussi qu'à se détester lui-même.

Il inspira profondément et regarda de nouveau l'écran. À défaut de sa mère, il y avait une personne à qui il pouvait venir en aide. Il passa sur sa propre boîte et écrivit :

Chère madame Jay,

Je suis désolée, mais Luc n'est toujours pas bien et je préfère le garder un jour de plus.

Amicalement,

Mme Kirsti Stanton

21

Mme Petit accueillit Luc d'un regard hostile.

— Tu sèches encore l'école, c'est ça ?

Il lui retourna son regard.

— Vous êtes gonflée ! C'est vous qui avez appelé trois fois, hier, pour que je vienne vous voir...

— Voir Nathalie, pas moi. Je te l'ai déjà dit : personnellement, je n'ai aucune envie de te voir. Et c'était hier qu'elle avait besoin de toi.

— J'étais là, hier.

— Hier après-midi. Même le soir, ça aurait fait l'affaire. Après ton départ, elle a été bien pendant quelques heures. Elle avait même l'air heureuse. Puis elle a recommencé à pleurer et s'est mise à taper sur les touches du piano, comme si elle voulait reproduire ce qu'elle avait entendu. Ça n'a fait qu'empirer les choses. Elle s'est réfugiée dans sa chambre et n'en est pas sortie depuis. Je ne peux même pas la convaincre de descendre.

— Donc, vous n'avez pas besoin de moi aujourd'hui, déclara-t-il avec froideur.

Mais il connaissait la réponse avant même qu'elle n'ouvre la bouche.

— Si, rétorqua-t-elle en s'écartant pour le laisser passer. Nathalie a besoin de toi. Entre et joue. Je suis sûre qu'elle va descendre.

Il passa devant elle et se dirigea vers le salon. Malgré la fine couche de poussière qui le recouvrait, le grand piano à queue brillait dans la lumière du matin. Il guetta les bruits à l'étage, mais n'entendit rien. Pas même les pleurs.

— Elle est tellement silencieuse. On dirait qu'il n'y a personne !

— Elle est là, affirma Mme Petit. Quand elle est vraiment très perturbée, elle s'emmure dans son silence. Essayons de voir ce qu'on peut faire pour elle...

Luc fut frappé de constater à quel point elle s'adoucissait au fur et à mesure qu'elle parlait de Nathalie. Il chercha par quel morceau commencer, puis se décida pour *La Danse des esprits bienheureux*, qu'il avait travaillée avec Miranda, en y ajoutant l'air de la flûte à la main droite. Mme Petit le laissa seul. Il se demanda si Nathalie viendrait.

Vaine inquiétude. À peine était-il arrivé à la fin de l'ouverture qu'il entendit des bruits de pas à l'étage. Une voix appela :

— Mémé ! Mémé !

La musique coulait à flots. Il regretta que Miranda ne soit pas là : Nathalie aurait sûrement aimé le son de la flûte. Il entendit bientôt des pas dans l'escalier, des murmures, une sorte d'agitation silencieuse. La petite fille apparut sur le seuil, la main dans celle de Mme Petit.

— Bonjour, Nathalie, déclara-t-il, tout en continuant à jouer.

Elle ne répondit pas, mais entraîna sa grand-mère vers le piano, cherchant à tâtons son chemin de sa main libre. La vieille femme se laissa faire. En un instant, elle fut à côté de lui. Elle lâcha alors Mme Petit et caressa le bois du piano, puis sa main glissa sur les touches et remonta sur le corps de Luc jusqu'à son visage.

— Je sais, dit-il. Oreilles bizarres.

Elle joua un instant avec ses lobes, puis fit courir ses doigts le long de son bras gauche.

— Comment veux-tu que je joue si tu me fais des guilis ? s'enquit-il avec douceur, espérant qu'elle ne le prendrait pas au sérieux.

Mais elle n'avait plus du tout peur de lui. Son sourire était si confiant qu'il se sentit troublé. Ses doigts trébuchèrent. Il continua malgré tout, la main de l'enfant posée sur la sienne.

— C'est drôle, hein, Nathalie ? Ça monte et ça descend...

Il s'arrêta soudain et prit sa main :

— À toi de jouer, maintenant !

Elle leva la tête vers lui.

— Ne t'en fais pas, je te promets que ça va être amusant. Regarde, on va jouer *Brille, brille, petite étoile*[1]...

1. Comptine anglaise, sur le même air que « Ah ! vous dirai-je, maman », pour laquelle Mozart a composé des *Variations*. (*N.d.t.*)

Il déplia son index et pressa doucement les touches. Elle ne retira pas sa main, mais éclata d'un rire nerveux.

— *Brile, brille, petite étoile. Dis-moi, dis-moi ton secret.* Tu la connais, Nathalie ? Tu peux chanter avec moi ?

Elle se contenta de le regarder de ses yeux d'aveugle. Il réfléchit.

— Nathalie, sais-tu ce qu'est une étoile ?

Son visage n'exprimait rien. Il jeta un regard à l'étoile multicolore punaisée au mur.

— Nathalie ? Tu peux me dessiner une étoile avec ton doigt ? Sur le piano, si tu veux...

Elle resta immobile, silencieuse. Il n'était pas sûr qu'elle ait compris et il se tourna vers Mme Petit. Le visage de la vieille femme était impassible. Soudain, sans crier gare, Nathalie tendit la main et, avec le doigt qui avait joué la mélodie, se mit à dessiner sur le couvercle du piano. C'était très maladroit, mais il n'y avait pas de doute possible. C'était bien une étoile à cinq branches, gravée dans la poussière.

— Superbe, Nathalie ! C'est une très belle étoile !

Il se tourna de nouveau vers Mme Petit et baissa la voix :

— Elle se souvient des choses qu'elle voyait avant.

— Certaines, admit la vieille femme. Mais je ne sais pas combien. C'est difficile à dire.

— Et moi ? Est-ce qu'elle connaît mon nom ?

— Je le lui ai dit, mais je ne crois pas qu'elle l'ait retenu. Pas encore, en tout cas.

— Nathalie ?

Il lui toucha le bras.

— Comment je m'appelle ?

Les doigts de la petite fille remontèrent le long du bras de Luc.

— Comment je m'appelle ? Tu le sais ?

Ils atteignirent ses oreilles et jouèrent encore avec elles. Il se mit à rire.

— Oreilles bizarres, je sais. Comment je m'appelle, Nathalie ?

— Oreilles bizarres.

— C'est mon nom ? Ou tu veux juste dire que j'ai des oreilles bizarres ?

— Oreilles bizarres.

Nathalie se tourna vers le piano, les sourcils froncés. À sa légère agitation, il comprit qu'elle voulait qu'il joue. Il réfléchit, puis pensa à *Paix des bois*. Bien qu'il n'eût pas joué ce morceau depuis longtemps, ses doigts retrouvèrent sans hésitation les deux accords d'ouverture, qui évoquaient des cloches lointaines. La musique se mit à couler en lui comme de l'eau vive. Nathalie s'approcha encore et pressa son corps contre le sien. Elle se tenait si près qu'il devenait difficile de jouer. Au bout d'un moment, elle murmura, d'une voix rêveuse :

— Arbres...

— Des arbres ? demanda-t-il, lui jetant un regard sans s'arrêter.

— Arbres.

— Tu les vois dans la musique ?

Il n'en revenait pas. Il ne lui avait pas dit le titre du morceau et il n'était pas possible qu'elle le connaisse.

— Grands arbres verts.

— Avec des feuilles ? Tu vois les feuilles ?
— Plein.
— Plein de feuilles ?
— Plein, plein.
— Et quoi d'autre ? s'enquit-il, pensant à la lumière du soleil.
— Soleil.
À cet instant, le soleil pénétra à flots par la fenêtre et éclaboussa ses mains de lumière. Il joua jusqu'à la reprise des accords qui imitaient les cloches. Il craignait de ne pas se souvenir de la suite, mais ses mains, elles, connaissaient le chemin. Nathalie se blottit contre lui en se contorsionnant et heurta une fois de plus son bras gauche. Il continua de jouer tant bien que mal, malgré sa présence toute proche, malgré le regard que Mme Petit, crispée, portait sur eux. La musique, sur la fin, se faisait murmure. Les cloches résonnèrent doucement et les derniers accords s'ouvrirent comme des pétales. Il sentait le bruissement des feuilles, le balancement des cimes, l'immobilité des clairières. Puis ce fut le silence. La forêt dormait. Nathalie se tortillait.
Il la regarda. Elle se tenait les yeux fermés, la tête blottie dans le creux de son épaule. Il libéra son bras gauche, le passa autour de sa taille et la serra contre lui. Mme Petit les observait d'un regard sombre et distant. Impossible de savoir si elle était jalouse, fâchée, triste ou contente.
— Je vais faire du thé, marmonna-t-elle.
Luc la suivit des yeux. Il ne savait que penser. Certes, le laisser seul avec Nathalie était une preuve de

confiance. Mais il était difficile de percer ses sentiments. C'était une femme étrange, solitaire, pleine de contradictions, capable de se montrer brusque, grossière, méprisante. Elle ne cachait pas son aversion pour les gens, lui compris. Mais elle s'occupait de Nathalie avec tendresse et Nathalie, c'était évident, l'aimait. Luc n'arrivait plus à croire qu'il avait eu peur d'elle. Il baissa les yeux vers la petite fille, qui s'accrochait à lui comme si elle craignait de le voir disparaître.

— Nathalie ? murmura-t-il doucement.

Elle ne répondit pas.

— Nathalie ?

Il se pencha vers elle pour que son visage fût à la hauteur du sien.

— Tu vois encore les arbres ?

Silence. Il réfléchit un moment.

— Nathalie ? Tu te rappelles où tu vivais, avant ?

Silence.

— Tu connais ton nom ? Ton nom de famille ?

Silence.

— Et le nom de ton village ?

Silence.

— Tu as des frères et sœurs ?

Toujours aucune réponse, pas même un mouvement de la tête. Il voulut se remettre à jouer et retira le bras de sa taille, mais elle poussa un cri perçant et s'agrippa encore plus fort.

— Tout va bien, dit-il, la serrant de nouveau contre lui. Je ne te laisserai pas partir.

Il posa sur elle un regard pensif.

— Tu te souviens des arbres, murmura-t-il. Des feuilles. Et aussi des étoiles.

Gardant le bras autour de sa taille, il tendit la main droite et rejoua le début de *Paix des bois*. À sa grande surprise, Nathalie se mit à fredonner. Il s'arrêta pour la regarder, mais elle continua. Le son qu'elle produisait était étrange, décousu et faux, et ce qu'elle chantait ne ressemblait pas à *Paix des bois*. C'était un autre air. Soudain, il le reconnut.

Do, ré, mi, mi, la, la. Elle s'arrêta, les sourcils froncés, peinant à se souvenir de la suite. Il attendait, tendu de tout son être. C'étaient les premières notes de la musique triste qu'avait jouée son père il y a si longtemps, cette musique que Luc avait toujours associée à Nathalie. D'où la connaissait-elle ? Il entendait déjà la suite dans sa tête, mais Nathalie ne fit que répéter la phrase qu'elle venait de chanter : *do, ré, mi, mi, la, la*. Elle recommença plusieurs fois, comme si elle cherchait à s'assurer que c'était bien ça. Sa voix se stabilisait peu à peu, les notes se faisaient plus précises. Il pensa que c'était une coïncidence. La mélodie était des plus ordinaires et, en outre, Nathalie ne chantait que des noires, ce qui n'était pas le cas dans la mélodie de son père. Puis, soudain, elle chanta : *ré, mi, fa, fa, si, si*. Un frisson le parcourut. C'était la même suite, il n'y avait pas d'erreur possible. Mais d'où la tenait-elle ? Il se força à prendre sa voix la plus douce :

— C'est très joli, Nathalie. Comment ça s'appelle ?

Pas de réponse. Il se demanda s'il devait jouer la suite au piano. Il s'en souvenait parfaitement et cela inciterait peut-être la fillette à continuer. Elle aurait peut-être envie de lui raconter d'où elle la connaissait. Mais elle se mit à pleurer. Il lui caressa la tête.

— C'est très joli, déclara-t-il d'une voix calme. Est-ce que tu vois quelque chose ? Comme tout à l'heure ?

— Capucine.

— Des capucines ?

Elle enfouit sa tête contre sa poitrine. Il effleura encore ses cheveux.

— Oui, mentit-il, c'est exactement ce que je vois. Un beau parterre de capucines qui frémit au contact du vent. Et peut-être des pâquerettes, aussi, des clochettes, des herbes hautes. Tu vois les grandes herbes ?

— Capucine, murmura-t-elle en pleurant.

Il entendait la mélodie dans sa tête, aussi nettement que si elle avait continué à chanter.

22

En apercevant Luc sur le seuil de sa porte, M. Harding haussa les sourcils d'un air interrogateur.

— Bonjour, Luc. On dirait que tu as grimpé aux arbres toute la journée. Mais je sais que tu ne raterais jamais l'école pour une raison pareille... Quelle heure est-il ?

— Quatre heures moins le quart.

— On n'a pas de leçon, n'est-ce pas ?

— Non.

— Il me semblait bien. Je suis peut-être vieux, mais pas à ce point. Encore que ce n'est qu'une question de temps.

— Vous avez quelqu'un chez vous ?

— Non, je faisais une petite sieste. Miranda vient à cinq heures et demie, mais c'est tout.

Le vieil homme se gratta la tête.

— Au fait... je croyais t'avoir dit que je n'avais plus rien à t'apprendre...

— Je pense que vous vous trompez.

Ils se regardèrent en silence, puis M. Harding s'écarta.

— Entre, Luc.

Ils gagnèrent le studio de musique. M. Harding s'enfonça dans l'un des fauteuils près de la fenêtre et lui désigna l'autre. Luc s'assit, plus gêné que jamais.

— Que se passe-t-il ?

Luc prit une profonde inspiration. Il ne savait par où commencer. Les sons jouaient une étourdissante symphonie sous son crâne. Ils s'étaient manifestés dès qu'il avait posé le pied hors de chez Mme Petit et ne l'avaient pas laissé en paix depuis. Il s'était réfugié dans sa cabane pour attendre le retour du car, puis s'était rendu chez M. Harding.

Ils étaient tous là : le bourdonnement, la flûte, la harpe, les cloches ; le rugissement profond de l'océan qui roulait en lui et autour de lui ; la voix de Nathalie qui fredonnait l'étrange mélodie ; et en plus, la cacophonie du monde extérieur, des bruits que, il le savait, il n'aurait jamais dû entendre.

— Des sons, dit-il. Partout. Tout autour de moi et aussi à l'intérieur.

— Je sais.

— Vous les entendez aussi ?

— Non, répondit le vieil homme. Pour moi, nous sommes entourés de silence. Le village est silence, cette maison est silence, ma tête est silence. C'est plutôt agréable. On entend assez de bêtises comme ça...

— Comment le savez-vous, alors ?

— Parce que je te connais, Luc. Parce que j'ai connu ton père et que j'ai rencontré d'autres personnes qui vivent ce genre de choses. Je sais que les sons existent, même si je ne les entends pas moi-même.

— Ce n'est pas désagréable, c'est juste...

— Perturbant.

— Oui, reconnut-il, les sourcils froncés. Ça ne m'arrive pas tout le temps mais, parfois, j'ai l'impression d'être entouré, et rempli, de sons. Ça peut être un air que je connais, mais aussi des instruments qui jouent ensemble : une flûte, une harpe, des cloches, de l'eau qui coule... et puis, surtout, une sorte de...

— ... de rugissement profond, compléta M. Harding.

Luc le regarda, à la fois stupéfait et soulagé.

— Oui.

— Selon les moments, poursuivit le vieil homme, c'est un léger vrombissement, un grondement, ou encore la houle de l'océan... Oui, je sais. Ça n'a rien d'inquiétant, Luc. C'est un phénomène connu depuis des temps immémoriaux. Tu es un garçon sensible, très fin, très doué... Comme ton père. Tu lui ressembles d'ailleurs tellement que j'ai l'impression que c'est avec lui que je suis en train de parler...

Luc repensa à la conversation qu'il avait eue avec sa mère lors de leur promenade.

— Maman m'a dit qu'il entendait tous ces sons, lui aussi, et qu'il vous en parlait.

— Oui. Il disait que le rugissement était à l'origine du monde... qu'il l'avait créé et qu'il le perpétuait.

— Perpétuait ?

— L'entretenait. C'est pour ça qu'il l'appelait le moteur. Il le voyait comme la force motrice qui régit le cosmos et tout ce qui vit.

— Comment est-ce possible ?

— Par les vibrations. Toute matière, si je ne me trompe pas, vibre en permanence. J'ai lu un article sur le sujet l'autre jour : chaque atome, chaque molécule, aurait sa propre empreinte vibratoire. C'est aussi ce que disait ton père. Il disait souvent que chaque chose, que ce soit un bout de bois, un caillou, un nuage, un animal ou un humain, avait sa chanson. Que la création bourdonnait de toutes ces énergies vibratoires et qu'il les entendait... Il disait que même les pensées émettaient des vibrations, et aussi les émotions, les désirs... qu'il pouvait entendre l'amour, la colère, la peur. Il allait plus loin encore. Il pensait qu'il y avait un univers subtil sous l'univers physique, des corps subtils sous nos corps physiques, et que tous ces corps émettaient des vibrations, et donc des sons. S'il était avec nous, là, maintenant, il te dirait que ce vrombissement que tu perçois est à l'origine de tout. C'est le père de tous les sons, de toutes les vibrations, de tout ce qui existe.

— Ça me dépasse un peu...

— Je ne suis pas non plus un spécialiste.

— Je ne suis pas sûr d'y croire. Mais dans ce cas, pourquoi je les entends ?

— Tu n'as pas besoin de croire pour entendre, rétorqua M. Harding. Il suffit d'être très sensible. Très peu d'entre nous peuvent capter ces vibrations. Toi, oui, et ton père aussi. Mais moi, non. Je ne peux avoir qu'une approche théorique, et ça ne suffit pas pour comprendre les choses en profondeur. La théorie sans l'expérimentation ne mène jamais très loin. Certes, les scientifiques peuvent mesurer les sons, mais la plupart sont trop ténus. Ton père disait qu'ils étaient plus subtils que l'éther... plus subtils que la pensée ! Alors pour moi qui ne peux ni les percevoir ni les mesurer... Imagine... C'est encore moins facile d'y croire !

— Mais vous y croyez quand même.

— Oui, en grande partie grâce à ton père. À force de le côtoyer, ma curiosité intellectuelle s'est muée en certitude.

Il se tut un moment, puis reprit :

— Ton père était un homme remarquable... sûrement la personne la plus extraordinaire que j'aie jamais rencontrée. Il percevait des choses absolument stupéfiantes !

— Comme quoi ?

M. Harding jeta un coup d'œil au jardin par la fenêtre.

— Il m'a raconté qu'une fois, alors qu'il se trouvait dans le métro à Hammersmith[1], il t'avait entendu pleurer à des kilomètres de là, à Strawberry Hill. Et quand il est rentré, ta mère lui a dit que tu étais tombé, que tu t'étais fait mal et que tu avais hurlé... au moment exact où tes pleurs avaient résonné en lui. Il t'avait entendu, Luc ! Comment expliques-tu cela ?

— Je ne peux pas.

— Moi non plus. Et lui non plus. Personne, sans doute.

Luc pensa aux pleurs de Nathalie, qu'il entendait, lui aussi, à une très grande distance.

— Des sons inouïs étaient audibles pour lui ! pour-

1. Quartier de Londres. (*N.d.T.*)

suivit le vieil homme. Mais pas tout le temps. C'était comme si, à certains moments, son degré de conscience s'élargissait, et il entendait alors des choses que lui seul pouvait capter : des insectes rampant sur le sol, des bruits de pas, des voix de gens éloignés de plusieurs kilomètres... Il m'a même dit une fois que le bruit des planètes dans l'espace parvenait juqu'à lui. Il pensait qu'il y avait une harmonie dans le cosmos et que, si on écoutait avec attention, on pouvait l'entendre.

M. Harding se tourna à nouveau vers lui.

— Soit il mentait, soit il se trompait, soit il disait la vérité. À toi de choisir.

Il sourit soudain.

— Ne t'en fais pas, Luc. Tu n'es pas obligé de choisir, et moi non plus. Tu as ta propre expérience pour toi. Moi, j'ai les paroles de ton père.

Ils se turent. Luc écouta. Mais il ne discernait plus qu'un léger murmure.

— Ces sons, déclara-t-il au bout d'un moment, je continue à les trouver dérangeants.

— Bien sûr, répondit M. Harding en se penchant en avant. Mais tu sais, Luc, ils ne peuvent pas te faire de mal. Ton père te l'aurait dit : il n'y a aucune raison d'avoir peur. Sans doute même qu'un jour tu les trouveras réconfortants. Je sais que c'était le cas, pour lui.

— Il vous en parlait souvent ?

— Non, pas tellement. On discutait d'un tas de choses, et surtout de musique, mais pas particulièrement de ça. Il n'aimait pas en parler, ce que je respectais. Et lorsqu'il se confiait à moi, je le prenais comme un grand privilège. Comme quand je t'écoute, toi. Il te ressemblait beaucoup, Luc. Il était aussi sensible, aussi écorché, aussi musicien...

— Plus musicien.

— Non, Luc, pas plus. Et il serait le premier à le reconnaître s'il était avec nous aujourd'hui... et bizarrement, j'ai l'impression qu'il est là...

Luc se raidit. D'une part à cause de l'étrangeté de ce que M. Harding venait de dire, mais surtout parce qu'il ressentait lui aussi la présence de son père, à quelques centimètres de lui. Et pourtant, il n'y avait là que M. Harding, qui l'observait sous ses paupières mi-closes.

— Oui, Luc, il te ressemblait vraiment. À part le fait qu'il n'était pas aussi déboussolé. Mais il ne venait pas de perdre son père, lui.

Luc, concentré sur la présence de son père, ne répondit pas. Il était là, Luc le sentait. Pourquoi ne pouvait-il pas le voir ? Il se rappela qu'il avait d'autres questions à poser à son professeur et se força à se tourner vers lui.

— Monsieur Harding ?

— Oui, Luc.

— Il n'y a pas... que les sons qui m'inquiètent...

— Je sais. Il y a aussi les visions. Les couleurs, les formes.

Luc le regarda fixement.

— Mais qu'est-ce que vous avez ? Comment pouvez-vous savoir tout ça ? Vous vivez à l'intérieur de ma tête ou quoi ?

— Heureusement, non. Bien trop chaotique pour moi. Sûrement passionnant d'un point de vue musical, mais trop éprouvant. C'est comme ça, les génies frôlent toujours les extrêmes.

— Je ne suis pas un génie, protesta Luc. Mon père oui, mais pas moi.

— Ah, tu recommences ! Bon, je ne vais pas pinailler pour un mot...

Il lui sourit.

— Je sais que tu vois des couleurs et des formes quand tu entends de la musique, parce que ton père aussi en voyait. Comme d'autres, d'ailleurs.

Luc repensa aux paroles de sa mère. Il revit la scène dans la cuisine de Strawberry Hill : le pentagramme sur la page blanche, l'enfant endormi dans les bras de son père. M. Harding ouvrit soudain la bouche et, sans crier gare, sortit un son d'une voix vacillante.

— Oui, Luc, je sais, gloussa-t-il, je fais des notes plus justes en pétant qu'en chantant, mais c'est ce qui arrive quand on vieillit. Quelle note ai-je essayé de chanter ?

— Entre un *ré* et un *mi* bémol. Plus proche du *ré*.

— Mmm, fit M. Harding en le regardant, un demi-sourire aux lèvres. Et quelle couleur as-tu vue ?

— Le vert.

— Tu n'as pas hésité une seconde...

— Je l'ai tout de suite vue.

— D'accord. Chante-moi une note, toi.

— Laquelle ?

— Un *si*.

Luc chanta. M. Harding se hissa sur ses pieds, boitilla jusqu'au piano et joua un *si*.

— En plein dans le mille. Mais je n'en attendais pas moins.

Il se tourna et regarda Luc.

— De quelle couleur vois-tu le *si* ?

— Ça dépend. Le *si* majeur me donne un rouge vif, mais le *si* bémol majeur, plusieurs couleurs. Souvent du bleu et du jaune.

— Fascinant, commenta M. Harding en retournant à son fauteuil. Exactement comme ton père.

— Il voyait les mêmes couleurs ?

— Je ne sais pas si c'étaient les mêmes, mais il voyait des couleurs. En vois-tu pour tous les sons ?

— Non, pas toujours. Parfois, ce sont des formes. Ou des images.

Il pensa aux visions d'arbres, de feuilles et de lumière qui l'avaient traversé quand il avait joué *Paix des bois*, puis à Nathalie qui, blottie contre lui, avait vu les mêmes images que lui. M. Harding se caressa le menton.

— Étrange, n'est-ce pas, murmura le vieil homme. Mais peut-être pas tant que ça. Sais-tu que si l'on répand du sable sur des disques de métal et que l'on joue différentes notes, le sable forme des motifs ? Ils ont fait des expériences de ce genre.

— Qui ?

— Oh, je ne sais pas. Des gens intelligents qui comprennent ces choses-là. Des scientifiques. Ils ont mis des poudres, des liquides, de la limaille, et ils ont découvert que, lorsque la hauteur des notes change, il se forme des motifs géométriques différents : des cercles parfaits, des triangles concentriques, des carrés... J'ai vu des photos, c'est magnifique. Ils ont même inventé un logiciel qui transforme les sons en images. Fou, non ? On m'a dit que l'accord final du *Messie* de Haendel produisait une étoile à cinq branches.

Luc repensa au pentagramme de son père, au dessin de Nathalie sur le piano, à l'affiche dans le salon de Mme Petit, aux visions qu'il avait parfois, et à l'étoile lumineuse vers laquelle il volait dans ses rêves. Il baissa les yeux, plus troublé que jamais.

— Je... je ne comprends pas ce qui m'arrive. Tous ces sons, toutes ces formes, ces couleurs...

À cet instant, il entendit un bruit de marteau qui provenait du garage de M. Tyson.

— Pourquoi est-ce que j'entends ce marteau jouer un *sol* ? Pourquoi tout le monde ne l'entend pas ?

— Tout le monde n'a pas l'oreille absolue. Moi, par exemple, je ne l'ai pas.

— Ce n'est pas exactement un *sol*, précisa Luc. C'est un quart de ton plus haut.

M. Harding fit entendre un rire léger.

— Mais pourquoi ? insista Luc. Je ne comprends pas.

— C'est ainsi, voilà tout. Ce n'est ni mieux ni moins bien. Tu es comme ça, et ton père l'était aussi. Il percevait des choses que les autres ne pouvaient pas percevoir. Je te l'ai dit, il entendait les chansons des gens, des animaux, des arbres. Et toi aussi, je pense.

Luc pensa à Nathalie, à sa mère, à Roger Gilmore, à Skin, à M. Harding, à Miranda, à son père. C'était vrai. Chacun d'entre eux avait sa chanson, son empreinte, pour reprendre les mots de M. Harding, qu'il discernait s'il écoutait avec attention. Il les entendait depuis toujours sans l'avoir jamais vraiment réalisé. Peut-être que s'il avait vu le cerf, ce jour-là, il aurait entendu sa chanson.

— À quoi ressemble ma chanson, Luc ? demanda soudain le vieil homme.

— Elle est très jolie.

— Menteur, protesta M. Harding en lui donnant un petit coup. Arrête d'être poli et dis-moi la vérité.

Ils firent silence. Luc écouta attentivement, puis secoua la tête.

— Je n'entends rien. Sur ce point, je ne suis pas aussi doué que mon père.

M. Harding l'observa un instant, puis sourit.

— Si ma chanson est pareille à ce que je ressens dans mon cœur, je sais à quoi elle ressemble, je n'ai pas besoin de l'entendre. Mais toi, tu l'as perçue. Je le sais. Tu ne veux pas me le dire, c'est tout. Ce n'est pas grave, Luc. Je comprends. Tu penses que ça va me rendre triste de t'entendre dire à quel point je suis seul.

— Je...

— Ce n'est pas grave. On a assez parlé pour aujourd'hui.

Le vieil homme jeta un regard à la pendule.

— Il faut que je me prépare pour Miranda.

— Très bien, fit Luc.

Il allait se lever quand il se rappela soudain pourquoi il était venu.

— Monsieur Harding ? ajouta-t-il précipitamment.

— Oui, Luc.

— Il y a un morceau qui me trotte dans la tête. Je l'ai entendu il y a plusieurs années... joué par mon père... enfin, peu importe. Je me demandais si vous le connaissiez...

— Joue-le-moi.

Luc se précipita vers le piano et joua les notes que Nathalie avait fredonnées, *do, ré, mi, mi, la, la*, puis la suite *ré, mi, fa, fa, si, si*, cette fois avec le vrai rythme. M. Harding lui fit signe de s'arrêter.

— *Rêverie*, de Tchaïkovski, déclara-t-il. J'en suis presque sûr. Joue-moi les mesures suivantes...

Luc reprit, et M. Harding hocha la tête.

— Oui, c'est dans *L'Album pour enfants*. Attends.

Il se leva avec difficulté, gagna les étagères, puis sortit un recueil à la couverture verte, sur laquelle il porta un regard plein d'amour.

— Ça m'étonne que tu ne les connaisses pas, c'est très joli. Le tien, c'est *Rêverie*, ou plutôt *Douce Rêverie*, comme l'a appelé Tchaïkovski. Attends, je vais le trouver...

Il feuilleta le livret, puis l'ouvrit en grand et le posa sur le pupitre.

— Tiens, joue.

Tandis que Luc égrenait les notes, la présence de son père semblait se matérialiser à travers ses doigts, à travers la musique, à travers ses émotions. Il devait lutter pour garder son calme : la beauté poignante de la musique, ainsi que l'image de son père en train de jouer, le paralysait. Il s'interrompit en plein milieu, incapable de continuer. M. Harding posa la main sur son épaule.

— Lève-toi, Luc. Laisse le vieil homme essayer...

Il lui céda la place. M. Harding reprit là où Luc s'était arrêté. Celui-ci, fermant les yeux, laissa la musique l'envahir.

— Oui, c'est assez joli, n'est-ce pas ? commenta M. Harding tout en jouant. C'est plus une berceuse qu'une rêverie, finalement. C'est parfait pour endormir un enfant...

Luc sentait à nouveau la présence de son père et, à côté de lui, celle de la petite fille aveugle ; cette petite fille qui avait tenté, d'une voix aussi faible que les doigts arthritiques et noueux du vieil homme, de fredonner ce morceau joué par son père des années plus tôt. La dernière note s'éteignit, et le silence les enveloppa. M. Harding attendit sans bouger. Lorsque Luc ouvrit les yeux, il vit qu'il le regardait.

— Quelle couleur, cette fois, Luc ? s'enquit-il d'une voix douce.

— Bleu. Un bleu profond, comme la mer.

— Et ?

— Du doré. Tout autour.

— Autre chose ?

— Une touche de blanc au milieu... Je ne sais pas ce que c'était...

En réalité, il ne le savait que trop. Ce qu'il ignorait, en revanche, c'est pourquoi il avait besoin de le cacher à M. Harding. Mais celui-ci ne fut pas dupe.

— C'était une étoile, Luc.

— Comment le savez-vous ?

— Juste une intuition.

— C'était plus qu'une intuition ! Vous en étiez sûr !

— Peut-être.

Luc le regarda fixement. Que le vieil homme devine si facilement ce qui se passait dans sa tête le troublait.

— Je la vois tout le temps... cette... cette étoile.

— Ton père aussi.

— J'ai même commencé à... la chercher.

— La chercher ?

— Oui.

— Est-ce bien la peine ?

— Que voulez-vous dire ?

— Tu n'as peut-être pas besoin de la chercher. J'ai l'impression, moi, que c'est elle qui te cherche. Et elle a l'air de te trouver assez facilement.

— C'est bizarre.

— Je veux bien le croire.

— Mais c'est quoi... cette étoile ?

Le vieil homme sourit.

— J'avais posé la même question à ton père, autrefois.

— Et alors ?

— Il pensait que c'était un symbole du premier son...

Il fit une pause.

— ... et la porte vers un autre monde.

Il y eut un long silence. Luc regarda ailleurs.

— Je ne comprends rien à tout ça.

— Je ne suis pas sûr de comprendre non plus, déclara M. Harding. Mais on n'a pas besoin de comprendre tout ce qui nous arrive pour vivre heureux. C'est comme les motifs de sable sur les disques en métal. Les sons créent des formes, qu'on y croie ou non. Ça n'a peut-être pas d'importance que tu comprennes ou pas. La seule chose qui compte, c'est que tu saches que ces sons, ces couleurs et ces images ne sont pas dangereux. Fais-leur confiance, comme ton père. Il est même possible qu'un jour tu y trouves du réconfort.

Luc fronça les sourcils.

— Mais pourquoi moi ? Pourquoi j'entends et je vois tout ça ?

M. Harding, sans répondre à sa question, prit la partition et la tendit à Luc :

— Tiens. Je t'en fais cadeau. J'aimerais que ce soit toi qui l'aies.

— Je ne peux pas, protesta Luc. Je veux dire, je peux l'acheter. Je l'ai sûrement à la maison, d'ailleurs, je ne l'ai pas vue, c'est tout...

— Prends-la, insista M. Harding. Ça me fait plaisir. Juste une seconde...

Il prit un stylo et écrivit à l'intérieur de la couverture :

À mon ami Luc,
À qui je souhaite un paisible et heureux voyage.
Amicalement,
Graham Harding

— Un voyage ? s'étonna Luc, qui l'avait regardé écrire. Quel voyage ?

— Tu comprendras un jour. Et sinon, ce n'est pas grave. Ne me demande pas ce que j'ai derrière la tête, je ne le sais souvent pas moi-même...

Il lui tendit la partition et passa le bras autour de ses épaules.

— Je crains de devoir te jeter dehors, maintenant, Luc. J'ai quelques petites choses à faire avant l'arrivée de Miranda, et elle est généralement en avance. Elle sait que je suis un grand bavard et, comme c'est un amour, elle vient plus tôt pour me faire plaisir. J'ai beaucoup de chance d'être si bien entouré...

Il fronça soudain les sourcils.

— Tu me demandes pourquoi toi. Je l'ignore, Luc. Mais je sais une chose : quand on frappe un diapason, cela fait vibrer, à la même fréquence, tous les diapasons qui se trouvent dans son champ de fréquence.

Luc attendit la suite, mais le vieil homme, visiblement, pensait avoir été clair.

— Je ne comprends pas, finit par dire Luc.

M. Harding l'accompagna jusqu'à la porte et, une fois dans l'entrée, s'arrêta.

— Eh bien, à considérer que nous sommes tous des diapasons, certains sont peut-être plus sensibles que d'autres. Quelques-uns, comme ton père ou toi, réagissent aux vibrations émises par d'autres gens, d'autres créatures... peut-être par la création elle-même.

— Le chant du firmament, murmura Luc, se souvenant des paroles de sa mère.

— Oui, acquiesça M. Harding d'une voix calme. Ton père aurait dit ça. Le chant du firmament, tout là-haut et ici-bas.

— Ici-bas ? répéta Luc.

— Oui. Ne t'imagine pas que le firmament n'est que dans le ciel. Mais laissons-le là-haut. On finit par tout compliquer, à force de philosopher.

Il ouvrit la porte d'entrée.

— Et les choses sont peut-être bien plus simples qu'on ne le croit...

Il désigna d'un signe de tête la partition que Luc tenait sous son bras.

— ... Peut-être qu'en fin de compte notre vie n'est qu'une suite de petites rêveries, comme celle de Tchaïkovski. Puis, on se réveille et on s'aperçoit qu'on n'a fait que rêver...

Luc s'engagea dans l'allée, puis se retourna.

— Si la vie n'est qu'un rêve, pourquoi fait-elle autant souffrir ?

Le vieil homme sourit.

— Je ne sais pas, Luc.

23

Sa mère l'attendait, assise à la table de la cuisine, les lèvres serrées. À son seul regard, Luc comprit.

— J'ai eu un appel de Mme Simon, annonça-t-elle.

Elle ne criait pas, ne hurlait pas. Elle se contrôlait.

— Je me sens trahie, Luc. Tu vois, j'ai essayé de ne pas t'embêter, de ne pas te faire de remarques, de te laisser du temps, d'être là pour toi. J'ai essayé de... te faire confiance. Et toi, tu te moques de moi.

— Je ne me moque pas de toi !

— Tu traînes avec des voyous, tu mens, tu deviens malpoli, et maintenant, tu sèches l'école ! As-tu vraiment cru que Mme Simon allait prendre au sérieux un e-mail venant de cette maison ? Surtout que tu ne l'as pas envoyé avec mon adresse ! Elle voulait me prévenir hier, mais comme tes copains, eux, étaient là, elle a décidé d'attendre. Mais ce matin, elle n'a plus eu le moindre doute et elle m'a appelée.

— Je suis désolé.

— Je me sens minable, Luc.

Elle leva les yeux vers lui.

— Minable, parce que j'ai commis l'impardonnable faute d'apprécier la compagnie d'un homme bien, qui n'est pas ton père... comme si cela voulait dire que j'ai moins souffert ou que je souffre moins que toi ! Minable, parce que d'autres personnes, comme Mme Simon et la moitié de ce village, vont penser que je suis aussi peu digne de confiance que toi, parce que je n'arrive pas à te tenir.

— Maman...

— Minable, enfin, d'en être réduite à mentir pour toi. À essayer de convaincre les autres qu'au fond de toi, tu as un cœur en or et qu'il suffit de creuser un peu...

— Maman...

— Va-t'en, s'il te plaît !

— Maman.

— Va-t'en !!

Elle mit la main sur ses yeux.

— Non... ne t'en va pas. Juste... je ne sais pas...

Il la regarda.

— Je suis désolé.

— Pourquoi ?

— Pourquoi je suis désolé ?

— Pourquoi tu as séché l'école ?

Il pensa à Nathalie et à son monde d'ombres, à la vieille femme bourrue qui lui avait fait promettre le silence, aux garçons qui voulaient sa peau... Il ne pouvait pas parler.

— Comme ça.

— Comme ça...

— J'avais besoin d'être seul.

Il y eut un long silence tendu.

— J'irai demain.

— Je sais.

Elle retira la main de ses yeux et le regarda.

— C'est moi qui t'emmène. On a rendez-vous avec Mme Simon à neuf heures.

Le rendez-vous avec Mme Simon était le cadet de ses soucis. Tout se déroula exactement comme il l'avait prévu : elle posa des questions, il répondit par des mensonges. « Où étais-tu ? — Dans la forêt. — Les deux jours ? — Oui. — Tu as passé toute la journée dans la forêt ? — Oui. — À quoi faire ? — À grimper aux arbres. — Pourquoi as-tu séché l'école ? — J'avais besoin d'être seul. » Ce qui était vrai, d'ailleurs, et vrai, aussi, qu'il avait passé les deux jours dans la forêt. Mais il n'écoutait pas vraiment, son esprit était ailleurs. Tandis que les réponses sortaient toutes seules de sa bouche, il ne pensait qu'à une chose.

À la bande.

Il était sûr qu'ils allaient le traquer toute la journée.

Le rendez-vous touchait à sa fin. Il y eut des réprimandes d'un côté, des regrets de l'autre. D'autres réprimandes, d'autres regrets. Puis Mme Simon, dans un effort de conciliation, déclara qu'elle lui laissait une dernière chance. Il fit semblant de lui en être reconnaissant. Il tourna alors les yeux vers sa mère et, pour la première fois, se sentit coupable. Mais le rendez-vous était fini et, quelques minutes plus tard, elle était partie. Les vrais ennuis pouvaient commencer.

Au moins, il n'avait qu'un cours en commun avec Skin et les autres, celui d'anglais, et le rendez-vous avec Mme Simon l'en avait officiellement dispensé. Mais restaient la récréation et l'heure du déjeuner. À dix heures, il se réfugia en salle de musique, où il trouva Mme Parry en train d'écouter deux sixièmes au clavier. Lorsqu'elle le vit approcher, elle haussa un sourcil.

— Mon Dieu, s'exclama-t-elle de sa voix mélodieuse, mais c'est notre maestro !

Les filles s'arrêtèrent de jouer et levèrent la tête. Luc se sentit gêné.

— Miranda Davis te cherchait, reprit Mme Parry. Je lui ai dit que tu ne venais plus, parce qu'on était bien trop nuls pour toi...

Habitué à ses plaisanteries, il ne répondit pas. Elle se tourna alors vers les filles :

— C'est simple, je n'ai jamais rencontré quelqu'un d'aussi doué. Mais alors, impossible de le faire jouer au concert du collège ! Fou, non ? C'est Achille qui refuse de se battre !

— Qui ? demanda l'une des filles.

— Je vous expliquerai plus tard.

Elle revint à Luc.

— Pourquoi es-tu venu ? Pas pour une leçon de piano, je suppose...

— C'est que... commença-t-il en haussant les épaules. Je passais... j'ai entendu la musique...

— C'est bien, n'est-ce pas ?

Elle sourit aux filles.

— Elles sont formidables, ces deux petites. Elles ont composé ce morceau seules. On fait juste quelques retouches, au cas où on pourrait encore l'améliorer. Allez, les filles, un dernier petit coup pour l'expert !

Les filles jetèrent un regard alarmé à leur professeur, qui leur sourit.

— Ne vous en faites pas ! Je sais, tout n'est pas encore au point... Mais ce n'est pas grave ! Luc ne vous en voudra pas. C'est un gentil petit gars, sous ses allures de macho...

Les filles se mirent à jouer. Il s'assit et écouta jusqu'à la fin de la récréation, obsédé par l'idée de la bande.

Ils le coincèrent à l'heure du déjeuner. Il se croyait en sécurité à la cantine, protégé par les cris des gamins et le personnel de service. Il s'installa à une table d'élèves plus jeunes, où il ne restait qu'une place de libre. Mais ils eurent fini assez vite. Ils furent remplacés par d'autres, et pas n'importe lesquels... Benoît et Damien s'assirent face à lui, Skin à côté. Juste à côté. Au début, ils n'échangèrent pas un mot, ils se contentèrent de se haïr du regard. Puis Skin se pencha vers lui et siffla :

— T'es fichu.

— Qu'est-ce que ça veut dire ? croassa Luc dans un vain effort pour avoir l'air sûr de lui.

La réponse de Skin fusa, claire et nette :

— Tu vas mourir.

Un frisson le parcourut et ses muscles se contractèrent. Soudain, quelqu'un lui donna une tape sur l'épaule. Il sursauta, puis se retourna et reconnut Miranda.

— Bonjour !

— Bonjour...

Il était gêné, car il sentait les regards des autres braqués sur lui. Mais Miranda ne semblait même pas les avoir remarqués.

— Tu as une minute, là, tout de suite ? Mme Parry voudrait te voir. Si tu as fini, bien sûr.

Il venait à peine de commencer, mais il ramassa son assiette et se leva.

— Pas de problème, allons-y. J'ai fini.

— Miranda ? dit Skin.

Elle le regarda enfin.

— Bonjour, ajouta-t-il, un sourire mielleux aux lèvres.

— Bonjour, répondit-elle.

— Comment vas-tu ?

— Bien, merci.

Skin tendit la main et prit une frite dans l'assiette de Luc.

— Vu que Luc ne mange pas son miam-miam... commenta-t-il en la fourrant dans sa bouche. Tu continues à monter ?

— Quoi ?

— Tu montes toujours à cheval ?

— Oui.

— Ça fait longtemps que t'es pas passée devant chez moi. D'habitude, je te voyais par la fenêtre.

Elle resta silencieuse.

— Ben aussi s'intéresse aux chevaux, déclara Damien en attrapant l'une des frites de Luc. Le problème, c'est qu'il n'a pas réussi à trouver un cheval assez costaud pour le porter...

Benoît lui jeta un regard furieux, mais ni Skin ni Damien n'y prêtèrent attention. Ils examinaient à présent Miranda avec intérêt. Luc remua les pieds, cherchant désespérément un prétexte pour la sortir de là, mais ce fut elle qui parla la première :

— Écoutez, je suis désolée, mais...

Elle se tourna vers Luc.

— Mme Parry a dit tout de suite, si tu peux.

— Bon, d'accord.

Ils se frayèrent un passage jusqu'à la sortie, puis s'engagèrent dans le couloir. À son grand soulagement, les autres n'essayèrent pas de les suivre. Mais dès qu'ils furent hors de portée de vue, Miranda le prit par le bras et l'obligea à s'arrêter. Il lui jeta un regard surpris.

— Qu'y a-t-il ? On ne va pas en salle de musique ?

— Ce qu'il y a ? C'est toi qui devrais me le dire ! Mme Parry ne veut pas te voir, c'est moi qui ai inventé ça. Qu'est-ce qui se passe, Luc ? Ils te regardaient d'une façon... Surtout Julien.

— C'est une longue histoire.

— Raconte-moi !

— Je ne peux pas.

— Bon, alors parles-en à quelqu'un d'autre. À ta mère. À Mme Simon. Je ne sais pas, moi...

— Je ne peux pas. Personne ne peut m'aider.

— Mais Julien te regardait comme s'il voulait te tuer !

— Ce n'est pas l'envie qui lui manque.

— Luc ! Il *faut* que t'en parles à quelqu'un ! Quel que soit le problème !

Il fronça les sourcils et se détourna.

— Je ne peux pas. C'est juste que... je ne peux pas.

Ils se tenaient au milieu du couloir et d'autres élèves les effleuraient au passage, dans un sens et dans l'autre.

— Viens dehors, dit-elle. Il y a trop de monde, ici.

Ils passèrent par l'entrée principale, contournèrent le terrain de sport et se dirigèrent vers le collège.

— Tu n'étais pas à l'appel, ce matin, remarqua Miranda.

— J'avais rendez-vous.

— Avec quelqu'un du collège ?

— Ouais.

— Mme Simon ?

— Ouais.

Il lui jeta un regard rapide.

— Je ne suis pas allé en cours hier. Et avant-hier non plus.

Ils marchèrent un moment en silence, puis Miranda reprit :

— Donc tu as des ennuis avec Mme Simon, et maintenant avec Julien Skinner.

— Ouais.

— Super.

Il baissa les yeux. Il ne voulait pas en dire plus. S'il commençait à parler, il finirait par tout lâcher, y compris les effractions et Nathalie. C'était impossible. Même s'il éprouvait pour Miranda des sentiments de plus en plus forts, il ne pouvait l'impliquer, ni elle ni sa mère. Elle baissa la voix :

— Écoute, Luc, tu n'es pas obligé de m'en parler. Mais si un jour, tu en as envie, tu n'hésites pas. D'acc ?

— Merci.

Ils continuèrent à marcher en silence et atteignirent enfin le mur du lycée. Miranda s'y adossa, et Luc fit comme elle. Ils regardaient le terrain de sport. Soudain, une pensée le traversa.

— Miranda ?

— Oui ?

— Est-ce que tu peux t'asseoir à côté de moi dans le car ? Je n'ai pas envie que Skin s'y mette.

— Merci, dit-elle. C'est très flatteur.

— Excuse-moi, protesta-t-il, embarrassé. Ce n'est pas ce que je voulais dire...

— Je suis vexée, maintenant, déclara-t-elle d'un air guindé.

— Je sais que ce n'est pas vrai.

Il l'entendit qui riait. Il insista :

— J'ai envie d'être assis à côté de toi, de toute façon.

— Ce n'est pas possible, rétorqua-t-elle. Je ne rentre pas en car, maman vient me chercher. Elle fait des courses en ville et elle passe me prendre sur le chemin du retour.

Elle posa soudain la main sur son bras.

— Tu n'as qu'à venir avec nous ! On te dépose, comme ça, tu évites Julien, et tu es quand même assis à côté de moi...

— Tu crois que ça ne dérangera pas ta mère ?

— Tu veux rire ? Elle t'adore. Ne me demande pas pourquoi !

— La dernière fois que je l'ai vue, elle était très remontée...

— Elle savait que j'étais dans tous mes états. Mais elle ne t'en a pas voulu longtemps. Viens, ce n'est pas un problème.

— D'accord. Merci beaucoup.

Il lui sourit. Elle lui sourit en retour puis, très vite, se détourna. Il la regarda un moment, heureux de sa présence, puis se tourna vers le terrain de sport. Ses pensées s'envolèrent vers *Le Manoir* et la petite fille qui avait tellement besoin de lui.

24

Nathalie était en détresse. Il le savait. Il l'entendait pleurer, comme son père autrefois l'avait entendu, lui, à des kilomètres de distance. Les pleurs l'accompagnèrent tout l'après-midi, heure après heure, puis lors du retour en voiture avec Miranda et Mme Davis. À peine était-il rentré que sa mère annonça :

— J'ai encore reçu un appel anonyme.

— Quand ? s'enquit-il, feignant l'indifférence.

— Il y a quelques minutes.

— Tu as essayé de parler ?

— Je n'en ai pas eu le temps. J'ai juste dit « bonjour » et on a raccroché. Je n'ai pas pu retrouver le numéro.

Elle lui jeta un regard dur.

— Tu es sûr que tu ne sais rien ? Tu ne crois pas que c'est un des garçons de la bande ?

— Ça m'étonnerait. Pourquoi ils appelleraient ?

— Parce qu'ils savent que je ne les aime pas. Ils veulent te parler, mais ils ne supportent pas de devoir passer par moi.

— Je doute que tu leur fasses peur à ce point, maman.

Il essayait de plaisanter, mais son cerveau tournait à cent à l'heure. Il fallait qu'il aille voir Nathalie le plus vite possible. Mais s'il partait tout de suite, juste après avoir entendu parler du coup de fil anonyme, sa mère allait se douter de quelque chose. Il chercha désespérément une excuse valable et saisit la première qui se présenta à lui :

— Je suis certain que tu t'inquiètes pour rien. C'est sûrement un fou qui n'a rien d'autre à faire de ses journées. Il doit embêter plein d'autres gens. Bon...

Il jeta un regard à sa montre.

— Je ferais mieux d'y aller ou je vais être en retard. Il faut que je prenne la partition...

— Quelle partition ?

— Tchaïkovski.

— Quel Tchaïkovski ?

Il alla chercher *L'Album pour enfants* dans le studio.

— C'est M. Harding qui me l'a donnée. Regarde, il me l'a dédicacée...

Il ouvrit la brochure et fit lire l'inscription à sa mère.

— C'est si gentil de sa part, dit-elle. Et ça lui ressemble tellement...

Elle sourit.

— Ton père l'avait joué en concert, il y a longtemps... au moins dix ans. On doit avoir la partition quelque part, mais je ne crois pas l'avoir revue depuis... Ce n'était pas la même édition, la couverture était bleue.

— Je pensais jouer l'un des morceaux au concert, expliqua-t-il. Mais il faut que j'y aille...

— Où ça ?

— Chez M. Harding. Je lui ai promis qu'on les regarderait ensemble. Je croyais te l'avoir dit.

— Non, mais ce n'est pas grave.

Sa mère lui prit le livret des mains et le feuilleta.

— C'est un peu facile, pour toi, Luc. Tu ne veux pas jouer quelque chose de plus stimulant, comme le Liszt que tu as commencé à travailler ?

— Tu viens de dire que papa les avait donnés en concert.

— Oui, mais il avait joué tout le cycle. Et ce n'était qu'une petite partie du programme. Il avait joué du Chopin, il me semble, du Debussy... d'autres choses encore.

— C'est une idée comme ça. Je n'ai pas encore décidé.

— C'est que...

Surprenant l'expression de son visage, elle se dépêcha de lui rendre la partition.

— Très bien, excuse-moi. Ça ne me regarde pas. Et pour être franche, Luc, je suis ravie que tu aies accepté de jouer, vu le mal que j'ai eu à te convaincre l'année dernière. Donne le bonjour à M. Harding de ma part.

— D'accord.

— Et dis-lui que personne n'a envie qu'il prenne sa retraite. On espère tous qu'il plaisante quand il parle de déménager à Norwich !

— Je ne pense pas.

— Quoi ? Qu'il plaisante ou qu'il déménage ?

— Qu'il plaisante.

— Mmm... Tu as sans doute raison.

Elle l'observa un instant, puis elle tendit les bras et le serra contre lui. Ils se blottirent l'un contre l'autre.

— Ça s'est bien passé, aujourd'hui ?

— Ouais.

— Tu n'as pas été trop secoué par l'entretien avec Mme Simon ?

— Non.

— Tout va aller mieux, tu sais, Luc. Tout va aller beaucoup mieux...

— Ouais, je sais.

Elle le relâcha et se redressa.

— Le dîner sera prêt à six heures et demie.

— D'acc.

— Tu seras là ?

— Promis.

Elle l'embrassa.

— À tout à l'heure.

— D'acc.

Il se dirigea vers la porte d'entrée en prenant soin de ne pas paraître trop pressé. Mais à peine eut-il posé le pied sur la route qu'il se mit à courir.

Luc s'arrêta sur le perron pour écouter. Nathalie hurlait. C'était pire que tout ce qu'il avait imaginé : elle était hystérique. Serrant la partition contre lui, il sonna. Mme Petit apparut, blême, hagarde, les yeux troubles, les mains tremblantes. Sans un mot, elle s'écarta pour le laisser entrer.

— Que se passe-t-il ?

La vieille femme, qui respirait difficilement, semblait sur le point de s'effondrer.

— Nathalie va très mal. Jamais je ne l'ai vue dans un état pareil. Après ton départ, elle est restée calme une petite heure, et depuis, elle n'a fait que pleurer. Impossible de la faire manger, ni même de la faire monter dans sa chambre. Elle ne veut pas quitter le piano. Elle n'arrête pas de taper sur les touches, comme si elle voulait faire revenir la musique, et ça la rend folle de ne pas y arriver. Elle n'a pas dormi de la nuit, et moi non plus. Elle n'a pas cessé de gémir de la journée et depuis une heure, elle hurle. C'est la première fois. Je ne sais pas quoi faire. J'ai téléphoné en pensant que tu étais rentré du collège, mais je suis tombée sur ta mère, alors j'ai raccroché.

— J'avais deviné que c'était vous.

Il fronça les sourcils.

— Allons-y. Voyons si le piano peut l'aider...

Ils gagnèrent le salon. Nathalie, en chemise de nuit, était assise sur le canapé, le corps désarticulé. Des torrents de larmes inondaient ses joues. Elle ne tourna pas la tête en les entendant arriver et ne s'arrêta de pleurer que pour reprendre son souffle. Mme Petit attendit la pause suivante pour annoncer :

— Nathalie, devine qui est là...

La petite fille se mit à hurler.

— C'est moi, appela Luc, forçant sa voix pour se faire entendre. Nathalie, c'est moi ! Le garçon aux oreilles bizarres !

Elle continua à hurler. Mme Petit se tourna vers Luc et lui montra le piano d'un geste désespéré. Il n'avait pas attendu son autorisation et se dirigeait déjà vers l'instrument d'un pas maladroit. Il feuilleta la partition de M. Harding pour trouver *Rêverie*. Nathalie s'interrompit pour reprendre son souffle, puis se remit à crier.

— Qu'est-ce que c'est ? demanda Mme Petit.

— Je pense que ça devrait lui plaire...

Il trouva enfin ce qu'il cherchait. L'effet fut aussi immédiat que s'il avait tourné un bouton : Nathalie se tut. Il jouait, happé par l'indicible beauté d'un air qui l'avait si longtemps hanté. Quel que fût son lien avec Nathalie, la magie opérait. Il jeta un regard par-dessus son épaule. La petite fille, pétrifiée, se tenait toute droite. Il essaya d'insuffler à son jeu le plus d'émotion possible. Et le piano chanta doucement jusqu'au final.

Le silence tomba. Il n'osait bouger de crainte de rompre l'enchantement. Du coin de l'œil, il apercevait Mme Petit effondrée dans un fauteuil, épuisée. Nathalie devait l'être aussi. Elles avaient toutes deux besoin de sommeil. Mais le répit fut de courte durée. Un reniflement se fit entendre, puis se transforma en râle, et enfin en hurlement.

— Nathalie, non... murmura Mme Petit.

Luc se mit à jouer *Paix des bois* mais, cette fois, sans effet. Il s'interrompit et entama, sans plus de résultat, *La Danse des esprits bienheureux*. Il essaya ensuite *Vive le vent*, puis *Brille, brille, petite étoile*, et *Bridge Over Troubled Water*[1]. En désespoir de cause, il rejoua *Rêverie*. Le hurlement s'arrêta net.

1. Chanson de Simon & Garfunkel, chanteurs américains de musique pop dans les années 1960-1970. (*N.d.T.*)

Qu'avait donc ce morceau de si particulier ? De toute évidence, il avait un statut à part. Luc se demanda avec inquiétude ce qu'il ferait une fois le morceau fini. Il ne pouvait le rejouer indéfiniment ! Lorsqu'il atteignit la fin, il attendit, tendu. Le silence s'éternisa. Il se tourna vers le canapé. Nathalie, les yeux mi-clos, la tête renversée contre un coussin, ne bougeait pas. Puis il vit sa bouche se crisper...

Il rejoua *Rêverie* et quand il eut fini, il recommença, et recommença, et recommença. Comme il n'avait plus besoin de lire la partition, il pouvait se concentrer pleinement sur la musique. Il découvrit qu'au lieu de se lasser il éprouvait pour le morceau un intérêt grandissant. Ou peut-être était-ce la musique qui grandissait en lui. Plus il jouait, plus le silence devenait profond, plus il sentait le calme l'envahir. Il allait reprendre une fois de plus quand il prit conscience que c'était inutile.

Nathalie dormait.

Il la regarda. Elle suçait son pouce, roulée en boule, la respiration douce et régulière. Il leva les yeux vers Mme Petit, affalée dans son fauteuil, qui luttait pour ne pas s'endormir. Il se demanda si une autre nuit de hurlements l'attendait, et si elle pourrait le supporter. Mais pour l'heure, Nathalie dormait. Il croisa alors le regard de la vieille femme et murmura :

— Qu'est-ce qui vaut mieux, à votre avis ? La laisser là où elle est ?

Elle secoua la tête.

— Elle dort mieux dans son lit. Mais je n'ose pas la quitter, pour l'instant. On va la mettre dans le mien.

C'est là qu'elle se sent le plus en sécurité. Enfin, jusqu'à hier. On ne peut pas savoir comment elle va réagir, ce soir.

Elle laissa échapper un bâillement.

— La seule chose que je sais, c'est que je ne pourrai pas tenir une deuxième nuit comme celle-là...

— Elle va peut-être dormir d'une traite jusqu'à demain.

— Peut-être. J'espère. En tout cas, on ferait mieux de la porter à l'étage.

Elle essaya de se hisser hors du fauteuil, mais Luc l'arrêta d'un geste.

— Ne vous levez pas, je vais le faire. Vous êtes épuisée.

Mme Petit s'affaissa sans opposer la moindre résistance.

— Elle est déjà en chemise de nuit, ajouta-t-elle d'une voix fatiguée. Mets-la juste dans mon lit, borde-la, et assure-toi qu'elle dort bien. Je...

Elle appuya sa tête contre le dossier.

— Restez ici, dit-il. Je peux me débrouiller tout seul.

— Il faut la porter en haut.

— Je sais.

— Elle est très légère. Ce ne sera pas difficile pour toi.

— Ça va aller, ne vous inquiétez pas.

— Très bien.

Il croisa son regard où, pour la première fois, brillait une lueur amicale.

— Merci, murmura-t-elle.

Elle n'eut pas un sourire mais, il le savait, les sourires ne faisaient pas partie de la vie de cette femme. Autrefois, oui, peut-être. Mais plus maintenant. Il se demanda malgré lui ce qui avait pu se passer.

Nathalie dormait profondément. Elle laissa échapper un très léger gémissement lorsqu'il la souleva, mais elle resta roulée en boule, le pouce dans la bouche, les yeux fermés. Elle était si légère qu'il eut l'impression de porter un bébé. Il la serra contre sa poitrine et se dirigea vers la porte. Mme Petit se frotta les yeux.

— Tu es sûr que tu n'as pas besoin d'aide ?

— Sûr. Reposez-vous.

— Je vais m'endormir.

— Tant mieux...

— Peux-tu rester près d'elle un moment ? Juste pour vérifier que tout va bien. Pendant que je me repose un peu...

— Je peux rester jusqu'à six heures moins le quart. Après, il faudra que j'y aille.

— C'est parfait. Si je dors, réveille-moi en partant. Et réveille-moi s'il y a un problème avec Nathalie.

— D'accord.

La vieille femme ferma les yeux. Luc regarda Nathalie, changea légèrement de position pour mieux la tenir, puis quitta la pièce, longea le couloir et monta l'escalier. Tout était si différent de la première fois ! Il s'était passé tant de choses !

Une fois à l'étage, Luc se dirigea vers la chambre de Mme Petit. Le lit était déjà fait. Il tira l'édredon et déposa doucement Nathalie, qui se roula en boule, le pouce toujours dans la bouche, profondément endormie. Il la recouvrit, puis la borda et, pris d'une impulsion subite, l'embrassa sur la tempe. Elle murmura dans son sommeil, mais ne bougea pas. Alors qu'il s'asseyait devant la coiffeuse pour la veiller, ses yeux tombèrent sur la boîte.

Elle était là, exactement au même endroit que la première fois qu'il l'avait vue. Il se rappela le rêve fou de Skin. Comment avait-il pu se laisser entraîner ? Il n'avait plus aucune envie de voler Mme Petit. Mais elle était si étonnante, cette boîte, avec son velours noir et ses broderies de perles argentées, que la curiosité fut plus forte. La seule chose qu'il n'aimait pas, c'était le gland, sur le devant, qu'il jugeait ostentatoire et ridicule. Il tira la boîte jusqu'à lui, puis tendit l'oreille : seule lui parvint la respiration lente et régulière de Nathalie. En revanche, aucun bruit en provenance du salon. Il fixa la boîte du regard. La tentation se fit encore plus forte. Il voulait regarder à l'intérieur, juste regarder. Histoire de savoir si Skin avait vu juste.

Skin s'était trompé. La boîte ne contenait pas le moindre bijou mais, à première vue, des photographies en noir et blanc. Il en prit une, un jeune homme en tenue d'aviateur, debout devant un Spitfire[1]. Le visage enfantin et jovial, il souriait, légèrement gêné d'être pris en photo. Luc observa son visage et, l'espace d'un instant, il eut l'impression d'avoir le même âge que lui. Il retourna le cliché. Une écriture de jeune fille indiquait : *Guy à Biggin Hill, août 1940.*

Il en prit une autre. C'était encore Guy, mais cette fois dans un aérodrome, en compagnie d'autres hommes, tous

1. Avion de chasse britannique utilisé pendant la Seconde Guerre mondiale. (*N.d.T.*)

jeunes, tous en tenue de vol, qui jouaient aux cartes. À l'arrière-plan, on apercevait plusieurs avions. Beaucoup d'aviateurs fumaient, et le dénommé Guy fumait, lui aussi. En retournant la photo, il retrouva la même écriture juvénile : *Guy et les copains de l'escadrille, Biggin Hill, août 1940.* Il parcourut rapidement les autres photographies. C'était toujours Guy. Toutes les photos avaient été prises à Biggin Hill en août 1940. Sur la plupart, les hommes jouaient aux cartes et fumaient. Sur l'une d'elles, ils jouaient au football et, sur une autre, Guy taillait un bâton. Puis il en trouva une très différente.

C'était encore Guy, mais cette fois en uniforme, avec une jeune femme en robe de soirée. Ils se tenaient par la taille devant l'entrée de ce qui paraissait un café-restaurant. Elle avait le même âge que Guy et il sut qui c'était avant même de lire, au dos : *Moi et Guy devant* Le Cheval noir, *août 1940.* Il regarda à nouveau la jeune femme souriante et pensa à la vieille femme qui se trouvait en bas. Ainsi, elle avait su sourire. En 1940, elle savait encore. Était-ce à la même époque qu'elle avait cessé à jamais ? La boîte ne contenait plus qu'une feuille de papier pliée et une mèche de cheveux nouée. Il savait à qui appartenaient ces cheveux et se garda bien d'y toucher, mais la feuille de papier...

Il hésita, seul dans cette chambre, à éclaircir le dernier mystère que recelait la boîte. Peut-être était-ce sa conscience mais, tandis qu'il regardait la feuille pliée, il eut l'impression qu'elle lui jetait en retour un regard de reproche, pour avoir eu l'idée de parcourir ces lignes qui ne lui étaient pas destinées. Il savait qu'il ne devait pas. C'était l'histoire de Mme Petit, pas la sienne. Pourtant, et même s'il était conscient que c'était mal, il éprouvait un besoin viscéral de savoir. Il prit une profonde inspiration, puis déplia lentement la feuille. La lettre, datée du 18 septembre 1940, avait été envoyée de Biggin Hill. L'écriture énergique était très différente de celle des photographies. Il se mit à lire.

Chère madame Petit,

J'ai le grand regret de vous annoncer que Guy a été abattu par un avion ennemi lors d'un combat au-dessus de Beachy Head. Son avion s'est abîmé en mer vers 9 h 30 ce matin. Il n'a pas eu le temps de s'éjecter et, malheureusement, il n'y a aucun espoir.

Je ressens une profonde tristesse à l'idée d'être le porteur d'une si terrible nouvelle et j'imagine quelle doit être votre douleur de perdre votre mari si peu de temps après votre mariage. Guy était un homme formidable, très respecté de tous, et il va cruellement nous manquer.

Je joins des photographies de Guy que nous avons trouvées dans ses affaires, ainsi que vos lettres. Le reste de ses affaires vous sera bientôt envoyé.

Laissez-moi vous redire à quel point je suis désolé de devoir vous annoncer une nouvelle si cruelle. Si vous avez des questions ou avez besoin d'une quelconque aide, n'hésitez pas à me contacter, moi, ou le groupe du capitaine Hugues Philippe, à Biggin Hill.

Avec mes plus sincères salutations,
James P. Hutchinson
Commandant

Luc ressentit une douleur mêlée de culpabilité. Elle avait perdu son mari en 1940 et ne s'était jamais remariée. Il relut les mots qu'elle avait tracés, de son écriture juvénile, au dos des photographies. Si c'étaient celles qu'évoquait le commandant, elle avait dû les écrire après avoir appris la mort de son mari. Il essaya d'imaginer cette jeune femme, seule dans sa chambre, en train d'écrire le nom de celui qu'elle ne reverrait jamais. C'était une vision insupportable. Il serra les poings. Il n'avait pas le droit de s'immiscer dans sa vie. Il replia la feuille et rangea les photographies dans l'ordre dans lequel il les avait sorties. Il allait les reposer dans la boîte quand son attention fut attirée par quelque chose de petit et de brillant, à moitié caché par les cheveux. Il s'était trompé : la lettre n'était pas le dernier mystère de la boîte. Il y en avait un autre. Il tendit la main et l'attrapa.

C'était un bracelet de naissance en argent, au nom de *Capucine Robert*.

À sa grande surprise, il découvrit, sous le nom, un numéro de téléphone. Comme il ne connaissait pas l'indicatif, il en conclut que ce n'était pas un numéro local. Mais c'était étrange. Personne n'inscrivait un numéro de téléphone sur un bracelet de naissance, c'était en général réservé aux chiens ou aux chats. Et le nom, Capucine Robert ? Ce devait être celui de Mme Petit. Après tout, Luc ne connaissait pas son prénom, et Robert pouvait être son nom de jeune fille. Pourtant, ce nom lui était familier, il avait le sentiment de l'avoir déjà entendu. Il perçut soudain du bruit au rez-de-chassée et se raidit. Mme Petit traversait l'entrée et gagnait l'escalier. Il se dépêcha de tout ranger et remit la boîte à sa place, sur la coiffeuse.

Puis il s'aperçut qu'il tenait encore le bracelet à la main.

Il ne savait pas pourquoi il l'avait gardé, ni pourquoi, la seconde d'après, il le glissa rapidement dans sa poche ; ni pourquoi il quitta précipitamment la coiffeuse et s'assit par terre, à côté de Nathalie ; ni, enfin, pourquoi, une fois sa mère couchée, il quitta son lit, alla sur Internet, lança son moteur de recherche préféré et tapa : Capucine Robert.

25

Plusieurs réponses s'affichèrent à l'écran que Luc ne quittait pas des yeux, tremblant d'excitation.

— Capucine Robert, murmura-t-il. Alors, tu existes pour de vrai.

Soudain, il se raidit. Il sentait une présence derrière son épaule, comme si on l'observait. Il pivota sur lui-même, s'attendant à découvrir sa mère. Mais la pièce était déserte. Il scruta l'espace devant lui, puis fronça les sourcils.

— C'est toi, papa, déclara-t-il à voix basse. Je le sais, je sens que tu es là. Ce n'est pas la première fois. Mais pourquoi ne puis-je te voir ?

La pièce resta déserte et silencieuse. Et pourtant, il savait que son père était toujours là. Il éleva de nouveau la voix :

— Tu m'observes, je le sais !

Il se laissa aller à sourire.

— Toi aussi, tu as envie de savoir qui est Capucine Robert... Très bien !

Il se tourna vers l'écran.

— On va chercher ensemble.

Il parcourut les réponses du regard. La première indiquait :

Capucine Robert. Site officiel.

De toute évidence, c'était par là qu'il fallait commencer. Retenant son souffle, il cliqua sur le lien et attendit. Il eut l'impression que le site mettait des heures à charger. Puis, soudain, il se retrouva face à une photographie de Nathalie. Même visage menu, même chevelure noire, même sourire confiant : il n'y avait pas de doute possible, c'était bien elle. La seule chose qui clochait, c'était son nom. Elle ne s'appelait pas Nathalie, mais Capucine Robert. C'était écrit sous la photo. Et si c'était une jumelle ? D'instinct, il sut qu'il n'en était rien. C'était bien la petite fille du *Manoir*. Il fit défiler la page et continua à lire :

Capucine a 10 ans, mais un âge mental de 4. Elle a disparu depuis deux ans. La dernière fois qu'elle a été vue, c'était...

Il poursuivit sa lecture en tremblant. L'histoire de la petite se résumait à peu de chose. Elle ne s'appelait pas Nathalie, mais Capucine. Son nom de famille était Robert. Elle habitait Hastings, elle était affectueuse et confiante. Elle aimait les animaux, la musique, elle souriait facilement. Elle allait dans une école spéciale pour handicapés mentaux. Un jour, elle avait échappé à la vigilance de ses parents et était partie se promener. On ne l'avait jamais revue.

Capucine Robert. Il se souvenait à présent qu'il avait entendu ce nom aux infos, au moment où la police la recherchait. Il y avait prêté peu d'attention, parce que son père était malade et qu'il était mort peu de temps après. Pour Luc, plus rien d'autre ne comptait à l'époque.

Le site ne signalait pas que Capucine était aveugle, ni que ses parents étaient morts. Au contraire, il trouva une photo d'eux à la fin du site, suivie d'un message d'appel angoissé, d'une adresse mail et d'un numéro de police.

Il sortit le bracelet de sa poche. Ce n'était pas le même numéro. Ce devait être celui de M. et Mme Robert. Il saisit l'annuaire et chercha l'indicatif de Hastings. C'était le même que celui du bracelet. Ses parents avaient dû penser que, si la fillette se perdait, les gens qui la trouveraient les contacteraient. Mais ça n'avait pas marché. Luc s'appuya au dossier de la chaise et chercha, en vain, à comprendre ce qui s'était passé. La seule chose claire, c'est que Mme Petit lui avait menti.

— Capucine, murmura-t-il, les yeux rivés sur la photographie. Capucine, Capucine, Capucine.

Il se rappela soudain que, la première fois où elle avait fredonné *Rêverie*, il lui avait demandé ce qu'elle voyait. Elle avait répondu « capucine ». Il avait cru qu'elle voyait un parterre de capucines ondulant sous la brise, alors qu'elle essayait simplement de lui dire son nom.

Il repensa à Mme Petit. Jusqu'à quel point lui avait-elle menti ? Et quelle était sa part de responsabilité dans l'histoire ?

Il quitta le site et cliqua sur les autres liens, mais n'apprit rien de nouveau. C'étaient juste des reprises du message d'appel. Il retourna sur le site officiel et regarda la photo de Capucine. Il savait ce qu'il devait faire : téléphoner à ses parents. Oui, il devait trouver le courage de le faire. Ce n'était pas forcément difficile. Il suffisait de donner l'adresse de Mme Petit, d'expliquer que Capucine se trouvait là-bas et de raccrocher. Il jeta un regard vers l'horloge. Minuit et demi. Ce n'était pas une heure décente pour appeler mais, vu les circonstances, M. et Mme Robert comprendraient. Il suffisait de décrocher le combiné.

Une heure plus tard, il hésitait toujours. Et si les choses ne se passaient pas comme prévu ? Si les parents de Capucine se montraient méfiants, agressifs ? Sur la photo, ils avaient l'air sympathique, mais cela ne signifiait rien, ils pouvaient mal réagir. Une fois qu'il serait impliqué, ce serait fichu. Même s'il en disait le moins possible sur lui-même, ils préviendraient la police, qui se rendrait au *Manoir*, trouverait Capucine, arrêterait Mme Petit... et celle-ci le dénoncerait. Pourquoi le couvrirait-elle ? Elle saurait tout de suite qui l'avait trahie. Elle leur raconterait qu'il s'était introduit chez elle et le noircirait autant que possible. Il pouvait se retrouver au poste dès le lendemain. Tout le monde serait au courant. Sa mère, Miranda, M. Harding, le village entier, et le collège. Il ne pouvait pas prendre un risque pareil.

L'image de la petite fille brisa le fil de ses pensées. Il regarda son visage sur l'écran et prit son sourire pour un reproche. Il sentit que son père se rapprochait de lui.

— Je sais, papa, je sais.

Il relut le numéro sur le bracelet et décrocha le téléphone d'une main moite. Son cœur battait à coups redoublés. Il essaya de se calmer, de garder l'esprit clair et de réfléchir à ce qu'il allait dire. L'attente lui parut interminable. Il patienta pourtant, avec le secret espoir que personne ne décroche. Soudain, une voix de femme résonna contre son oreille :

— Allô ?

C'était une voix basse et fatiguée, pas désagréable. Il voulut parler, mais sa gorge resta nouée.

— Allô ? répéta la voix.

Il essaya encore. Il devait parler. Il le fallait.

— Désolée, déclara la voix avec lassitude. Je n'ai pas de temps à perdre avec des appels anonymes. J'en reçois assez comme ça, merci. Bonne nuit.

— Attendez !

Il y eut un silence. Un silence profond, tendu. Puis la femme éleva de nouveau la voix :

— Qui est à l'appareil ?

Il respira lentement, incapable de parler. La femme poussa un soupir.

— Si vous avez quelque chose à dire, dites-le. Sinon, je raccroche. Il est une heure et demie du matin, je ne suis pas d'humeur à jouer.

Mais il n'y arrivait toujours pas. Il essaya de se ressaisir, sans effet. Il sentit que son père se rapprochait de lui.

— Bonne nuit, dit la femme.

— Attendez ! S'il vous plaît, ne raccrochez pas !

Il y eut un nouveau silence, mais pas de déclic. Il prit une grande inspiration :

— Êtes-vous madame Robert ?

— Qu'est-ce que ça peut vous faire ?

— S'il vous plaît...

— Ça ne vous regarde pas. Dites-moi ce que vous avez à dire.

— C'est au sujet de Capucine.

Il y eut un nouveau silence, puis la femme parla de nouveau, d'une voix qui n'était plus impatiente, mais hésitante :

— Quoi... ?

— Je sais où elle est.

À nouveau, le silence. Il comprit qu'elle se demandait comment réagir. Il comprit aussi sa méfiance. Elle avait dû recevoir d'innombrables faux appels, endurer d'insupportables déceptions. Même s'il était décidé à en dire le moins possible, il sentit qu'il fallait absolument la rassurer :

— Écoutez, ce n'est pas une blague. Je sais vraiment où elle est. Je vous demande seulement de ne pas chercher à retrouver mon numéro. J'ai fait ce qu'il fallait pour ça, mais c'est juste pour me protéger. Je peux vous aider, mais je ne veux pas que la police s'en mêle.

— Où est-elle ? s'enquit la femme d'une voix tendue et angoissée.

— Elle est en sécurité. Je vous le promets.

— Mais où ?
— Elle est... avec quelqu'un qui l'aime beaucoup.
— Qui ?
Il essaya d'ordonner les pensées qui se bousculaient dans sa tête. Il fallait qu'il reste calme. Chaque mot était crucial. Il commençait à entrevoir un moyen de rendre Capucine à ses parents sans se compromettre, mais il n'avait pas le droit à l'erreur. Et d'abord, il devait trouver la réponse à la question qui le taraudait :
— Madame Robert... je vais considérer que vous êtes madame Robert... est-ce que Capucine a de la famille ?
— Quoi ?
— A-t-elle de la famille, à part vous ?
— Quel est le rapport ?
— Répondez-moi. S'il vous plaît !
— Elle a un oncle à Broadstairs, et une tante ici, à Hastings. Pourquoi ?
— Personne d'autre ?
— Non.
— Pas de grands-parents ?
— Non, ils sont morts avant sa naissance. S'il vous plaît... qui que vous soyez... c'est notre fille. Elle...
— Ne vous inquiétez pas, je vais vous aider, je vous le promets. Je suis un ami. C'est juste...
À l'autre bout du fil, la femme l'écoutait avec attention.
— C'est un peu compliqué.
— Pourquoi ? Comment ça ? Capucine est à nous, elle n'est à personne d'autre. C'est notre fille.

— Je sais. Je comprends. Et...

Il sentait la situation lui échapper. Il fit son possible pour retrouver son calme et tenta de réfléchir à ce qu'il devait dire.

— Je vais vous aider, mais vous devez m'écouter. S'il vous plaît, écoutez-moi jusqu'au bout...

Il entendit alors, en arrière-plan, une voix d'homme.

— C'est au sujet de Capucine, murmura la femme.

Il l'entendit qui retenait son souffle.

— Madame Robert ? Je veux vous aider. Je veux aider...

Il pensa à la petite fille qu'il avait connue sous le nom de Nathalie.

— ... je veux aider Capucine. Mais vous devez faire exactement ce que je vais vous dire. Et il y a autre chose...

Il s'attendait qu'ils réagissent, mais rien ne se produisit. Il prit alors une profonde inspiration et ajouta :

— Elle est aveugle.

— Quoi ? cria la femme.

Il n'eut pas le temps de répondre. L'homme s'empara du combiné et se mit à beugler :

— Qu'est-ce que vous lui avez fait ?

— Rien du tout !

— Et qui êtes-vous, bon sang !

— Peu importe. Écoutez...

— Que s'est-il passé ? Où est-elle ? Qu'avez-vous... ?

Les paroles de l'homme étaient entrecoupées des interventions de la femme, qui le suppliait de se calmer et de lui rendre le téléphone. Mais l'homme continuait à tempêter :

— Je ne sais pas qui vous êtes, ni ce que vous avez fait, ou ce que vous savez, mais je peux vous le dire : le mot châtiment n'est pas fait pour les chiens, et si vous avez le moindre atome de décence ou de conscience...

— Arrêtez !

Luc aurait aimé pouvoir crier en retour, mais il avait peur de réveiller sa mère.

— S'il vous plaît, ajouta-t-il précipitamment, vous devez me faire confiance. J'essaie de vous aider.

Il entendit la femme presser son mari de lui rendre le combiné et, quelques secondes plus tard, sa voix anxieuse résonnait de nouveau contre son oreille :

— Vous êtes toujours là ?

— Oui.

La colère de l'homme l'avait bouleversé. Avait-il raison de confier Capucine à quelqu'un d'aussi violent ?

— S'il vous plaît... reprit la femme. Vous devez comprendre... c'est très éprouvant pour nous. Je ne sais pas si vous êtes sincère. Peut-être, mais peut-être pas. Qui me dit que vous n'êtes pas un de ces rigolos qui aiment jouer avec la souffrance des gens ?

— Non.

— Et en plus, vous nous dites qu'elle est aveugle. Mon Dieu...

Sa voix s'effilocha, elle se mit à pleurer. Luc pensa à Capucine, à sa détresse, à ses cris, à ses larmes, à sa solitude, à ses souvenirs embrouillés ; au monde aveugle dans lequel elle vivait maintenant. Il écoutait la femme pleurer à l'autre bout du fil et, au bout d'un moment, il entendit que l'homme pleurait aussi. Ses doutes s'effacèrent, mais sa méfiance resta. Il attendit qu'ils soient plus calmes, puis appela :

— Madame Robert ?

— Oui.

— Ce n'est pas une blague, je vous le promets. Faites-moi confiance, et tout ira bien

— Comment vous faire confiance ? Comment être sûrs que vous l'avez rencontrée ? Vous pouvez avoir tout inventé... Sa photo est sur le site. Même si vous nous la décrivez, on ne peut pas savoir si vous nous mentez ou pas.

Il ferma les yeux et écouta le murmure de la nuit puis, sans réfléchir, il se mit à fredonner cet air que Capucine aimait tant. Avait-il un sens pour cette femme ? Il ne pouvait pas savoir. Mais à peine avait-il commencé à chantonner qu'elle se mit à pleurer.

— Oh, mon Dieu, c'est une torture...

Il s'interrompit.

— Vous connaissez cet air ?

— Vous le savez très bien !

— Non. Je sais que Capucine l'aime, c'est tout.

Il hésita, troublé par ses propres souvenirs :

— Pouvez-vous me dire... pourquoi il a pour elle une importance si particulière ?

— Je le lui jouais quand elle était dans mon ventre, expliqua la femme, qui pleurait encore. Mon mari et moi étions allés à un récital, au tout début de ma grossesse. Le pianiste... je ne me souviens plus de son nom...

Elle fit une pause.

— Stanton, dit l'homme à l'arrière-plan.

Luc sentit un déchirement de tout son être. La présence de son père se fit aussi forte qu'une étreinte.

— Oui, confirma la femme, c'est ça. Matthieu Stanton. Il avait joué tout *L'Album pour enfants*, mais c'était *Rêverie* qu'on avait préféré. Comme on ne connaissait pas le titre, on...

Elle renifla et se moucha.

— ... on était allés le voir à la fin du concert. Je me souviens qu'on lui avait chanté l'air... Il avait tout de suite compris de quelle pièce il s'agissait.

Elle se moucha de nouveau, puis continua à parler, tout en reniflant :

— Il avait été adorable. Il voulait nous envoyer une photocopie, alors on lui avait donné notre adresse. Finalement, il avait envoyé tout le volume, avec une très jolie dédicace. C'était si gentil !

Elle laissa échapper un soupir.

— Enceinte, j'ai joué ce morceau à Capucine des dizaines et des dizaines de fois, et j'ai continué après. Je lui jouais d'autres choses, bien sûr, car elle adorait le son du piano, mais *Rêverie* était son préféré. Je ne sais pas pourquoi. Il lui correspondait, d'une certaine manière. Il l'aidait à se calmer quand elle n'arrivait pas à dormir.

Il y eut un long silence.

— Continuez à le lui jouer, murmura Luc, quand vous serez à nouveau avec elle.

La femme s'effondra. Il l'écouta sangloter puis, au bout d'un moment, l'homme parla à sa place. Mais il ne hurlait plus. À présent, sa voix était calme et grave.

— Dites-nous ce qu'on doit faire.

26

Luc guettait le car de ramassage de sa cachette, derrière le mur du cimetière. Les enfants montaient à bord, mais Skin et Damien restaient près de la porte et scrutaient les environs. Ils le cherchaient. Il baissa la tête le plus possible, mais continua à les observer. Benoît apparut à l'autre bout de la place, trébuchant, les restes de son petit déjeuner à la main. Il rejoignit les autres, avec lesquels il échangea quelques paroles, puis ils se mirent tous à regarder autour d'eux.

Luc plongea. Il ne fallait absolument pas qu'ils le voient, aujourd'hui particulièrement. Il décida de patienter jusqu'au départ du car, se laissa glisser jusqu'au sol, le dos contre le mur, et attendit, les yeux fixés sur les tombes. Le soleil matinal était déjà chaud et il n'y avait pas un nuage à l'horizon. La journée promettait d'être étouffante. Au bout d'un moment, il entendit le car démarrer, traverser la place et dépasser l'épicerie. Il écouta le ronronnement du moteur s'éloigner, l'oreille aux aguets. Mais rien, le silence. Il attendit encore quelques minutes, toujours à l'affût, puis se leva et jeta un regard par-dessus le mur. La place était déserte. Skin et les deux autres étaient partis au collège, il ne risquait pas de les croiser aujourd'hui. C'était toujours un problème de réglé. Ce qu'il dirait à sa mère et à Mme Simon en était un autre, mais il n'avait nul besoin d'y penser pour l'instant.

Il évita la place, trop dangereuse avec la porte de Mlle Grubb grande ouverte, et emprunta le même chemin que la veille. Quand il passa devant *Les Bruyères*, l'atelier de Roger Gilmore retentissait de coups de marteau, mais la porte était fermée et il lui fut facile de se faufiler sans se faire voir. Il se retrouva au bout du chemin des Noisetiers. Il descendit sur le bas-côté de la piste, hors de vue des fenêtres et hors de portée des oreilles de quiconque, puis sortit de sa poche le portable de sa mère et un petit bout de papier avec le numéro de la femme. Ce fut son mari qui répondit, dès la première sonnerie :

— Oui ?

— Monsieur Robert ?

— Oui.

— C'est moi.

— Je m'en doute.

— Où êtes-vous ?

— À la station-service de l'autoroute, comme vous nous l'avez dit. Maintenant, qu'est-ce qu'on fait ?

— Combien êtes-vous ?

— Juste ma femme et moi.

— La police n'est pas avec vous ? Je veux dire, vous n'avez pas...

— Écoutez, coupa l'homme, on a roulé toute la nuit, on est à bout. On n'est pas là pour faire mumuse. On a fait tout ce que vous aviez dit : on n'a pas prévenu la police, on n'a parlé à personne, on n'a pas essayé de retrouver votre numéro. On ne connaît pas votre nom et on ne veut pas le connaître. On n'a pas plus envie de vous voir que vous n'avez envie de nous voir. Tout ce qu'on veut, c'est Capucine. Vous avez compris ? On fera tout ce que vous nous demanderez, mais ne jouez pas avec nos nerfs. Qu'est-ce qu'on fait, maintenant ?

— Vous avez une carte du coin ?

— Je viens de vous le dire ! aboya l'homme. On a fait tout ce que vous nous aviez demandé !

Son ton agressif le hérissa. Il entendit la femme qui murmurait d'un ton insistant :

— Ne t'énerve pas. Reste calme. Ne le brusque pas.

Il y eut un silence, puis l'homme reprit, d'une voix moins coléreuse :

— On a une carte.

— Bien, dit Luc, de nouveau mal à l'aise à l'idée de confier Capucine à cet homme. Écoutez, la suite peut demander un peu de temps. Je vais vous expliquer où je vais la laisser. Ce n'est pas à côté de l'endroit où elle a été gardée, alors ce n'est pas la peine d'essayer de chercher...

— Ça suffit, avec ça ! Bon sang, ça suffit !

— D'accord, d'accord...

Luc respira lentement.

— Je veux que vous trouviez un endroit qui s'appelle Bramblebury. C'est un tout petit hameau, il n'est peut-être pas sur votre carte, mais c'est à trois kilomètres de Sedgecombe, que vous devriez pouvoir trouver...

— Où ça ?

— À une vingtaine de kilomètres de là où vous êtes.

— D'accord, mais vers où ? coupa l'homme sèchement. Au nord, au sud, à l'est, à l'ouest ? Où faut-il que je regarde ?

Il écouta les explications de Luc dans un silence tendu.

— Et ensuite ? demanda-t-il une fois qu'il eut fini.

— Vous attendez. Je vous appellerai quand je serai prêt pour l'étape suivante.

— Dans combien de temps ?

— Je ne sais pas.

— Bon, écoutez...

— Non, c'est vous qui m'écoutez ! cria Luc, hors de lui.

Il tenta de retrouver le contrôle de lui-même en inspirant profondément, mais sans effet.

— J'essaie de vous aider, vous ne comprenez pas ? Je ne suis pas un ennemi. Arrêtez de faire comme si j'en étais un !... C'est... C'est...

Il entendit la voix de la femme qui lui parlait doucement :

— Merci, qui que vous soyez.

— Je ne suis pas un ennemi !

— Je sais.

— Pas du tout !

— Je sais. Ne vous inquiétez pas.

Sa voix était calme, presque maternelle. Il eut même l'impression qu'elle se faisait du souci pour lui. Elle continua :

— Ne vous fâchez pas, s'il vous plaît. On a compris que vous vouliez du bien à Capucine. Mais on est bouleversés, fatigués, et on a peur. C'est pour ça qu'on ne dit peut-être pas toujours ce qu'il faut.

Il respira lentement. Elle reprit :

— On va là où vous nous avez dit, et on attend votre appel. On fera tout ce que vous nous direz.

Elle fit une pause, puis ajouta :

— Soyez prudent.

Ces derniers mots le prirent par surprise. La tension, la méfiance, et même la colère, il s'y était préparé. Mais jamais il n'avait imaginé qu'ils puissent s'inquiéter pour sa propre sécurité. Désemparé, il ne trouva rien d'autre à dire que :

— Je vais raccrocher.

— Très bien, dit la femme d'une voix vacillante. À tout à l'heure.

Quand Mme Petit l'aperçut sur le pas de la porte, son soulagement fut évident.

— Grâce à Dieu, te voilà ! Je ne t'espérais pas avant ce soir et elle va de nouveau très mal. Tu sèches encore l'école ?

Elle lui tourna le dos sans attendre sa réponse et se dirigea vers le salon. Il la suivit, crispé. Il découvrit la petite fille, toujours en chemise de nuit, roulée en boule sur le canapé. Elle ne pleurait pas, mais marmonnait d'une voix nasillarde, le visage ravagé par les larmes. Luc s'arrêta sur le seuil de la pièce et la regarda, puis se souvint qu'il devait l'appeler Nathalie et jeta un regard à la vieille femme. Elle avait l'air dévastée. Si l'enfant souffrait, elle n'était pas en reste. Il se demanda quel rôle elle avait joué et comment elle réagirait à la perte de Capucine. Mais ce n'était pas le moment de se poser ce genre de questions. Seule l'enfant comptait. Il devait se concentrer, il n'avait pas le droit à l'erreur. Si la vieille femme avait le moindre doute, nul ne savait ce qui pouvait arriver.

— Bonjour, Nathalie ! s'exclama-t-il d'un air jovial.

Instantanément, la petite fille s'interrompit et tourna la tête vers la porte.

— Salut, ma grande, ajouta-t-il.

Il avança jusqu'à elle, se pencha et prit sa main dans la sienne. Il savait que Mme Petit, du pas de la porte, ne le quittait pas des yeux. Il continua.

— Nathalie ? murmura-t-il doucement. Tu te souviens de moi ?

Elle renifla, puis tendit la main vers son visage et, du bout des doigts, en suivit le contour jusqu'à l'oreille gauche. Elle éclata d'un rire nerveux, et il rit avec elle.

— Oreilles bizarres, confirma-t-il. Comme toi.

Il effleura lentement le lobe de son oreille, et elle rit de nouveau. Puis il se mit à murmurer *Rêverie* et elle changea d'expression. De joueuse, elle devint calme. Parfaitement calme. Des larmes silencieuses coulèrent sur ses joues. Il lui serra la main, tout doucement, et sentit une très légère pression en retour. Alors qu'il la regardait, roulée en boule devant lui, il pensa à sa vue perdue et à sa mémoire saccagée ; à Mme Petit, qui seule détenait la clef ; aux deux personnes inquiètes qui venaient de quitter l'autoroute, animées par l'espoir de voir leur cauchemar prendre fin.

Il passa les bras autour de Capucine et la serra tendrement contre lui. Elle n'opposa aucune résistance. Elle se tourna même vers lui, comme si elle avait besoin d'être tenue. Toujours fredonnant, il l'attira contre lui jusqu'à ce qu'elle touche sa poitrine et, non sans précaution, la souleva. Une fois de plus, il fut frappé par son extrême légèreté. Il avait l'impression de porter un pur esprit. Elle se mit alors à chantonner. Même si c'était aussi faux que la dernière fois, il était clair qu'elle n'avait pas oublié la musique que sa mère lui jouait lorsqu'elle était dans son ventre. Tout en chantant avec elle, il la porta jusqu'à la fenêtre. Devant lui s'étendait le jardin et, au-delà, la forêt. Il la contempla un moment, puis se tourna vers Mme Petit, qui continuait à l'observer avec un mélange de soulagement et d'envie.

— Tu as un don avec elle, déclara-t-elle à contrecœur.

Elle laissa échapper un soupir.

— Je ne comprends pas. Nathalie a été calme une bonne partie de la nuit. Quand tu es parti, elle a continué à dormir. Mais dès qu'elle s'est réveillée, vers cinq heures et demie, elle a recommencé à marmonner et à pleurer. Impossible de l'arrêter. Je ne sais pas ce qu'elle a.

« Elle a qu'elle n'a rien à faire avec vous, avait-il envie de crier. Que ses parents lui manquent, et ses amis aussi.

Qu'elle est aveugle. Que sa vie n'est pas ici. Qu'elle est malheureuse et perturbée. Qu'elle se souvient de la musique que sa mère lui jouait. Et qu'elle ne peut pas s'exprimer et vous le dire. »

Mais tout ce qu'il répondit fut :

— Madame Petit, pourriez-vous nous donner à boire ? Je pense que ça ferait du bien à Nathalie, et à moi aussi.

— Je vais chercher du jus d'orange.

— Quelque chose de chaud, ce serait mieux.

Elle le regarda avec méfiance. Il essaya de ne pas ciller.

— Un chocolat ou un thé, ça ira très bien...

C'était une demande tout à fait recevable. Rien de louche, ni d'inquiétant. Pourquoi la vieille femme continuait-elle à le fixer d'un air suspicieux ? Sa voix ou ses gestes l'auraient-ils trahi ?

Elle finit par hausser les épaules.

— Je vais faire un chocolat. Nathalie aime beaucoup ça.

— Super... Avec du sucre, pour moi, s'il vous plaît.

Elle lui jeta à nouveau un regard méfiant et il craignit un instant que ses efforts pour paraître naturel ne produisent exactement l'effet contraire. Fuyant son regard, il se tourna vers Capucine, approcha la tête de la sienne et lui toucha le bout du nez. Elle fit entendre un petit rire. Il recommença, puis se mit à chantonner.

Mme Petit ne bougeait pas.

Il sentait la tension grandir en lui. Pourquoi ne quittait-elle pas la pièce ? Pourquoi l'observait-elle ?

— Combien de cuillerées ? demanda-t-elle.

— Quoi ?

— Je te l'ai déjà dit, s'exclama-t-elle sèchement, je n'aime pas qu'on dise *quoi* !

— Désolé... Pardon ?

— Combien de cuillerées de sucre veux-tu ?

— Ah... Deux, s'il vous plaît. Merci beaucoup.

Il continua de murmurer en promenant Capucine d'un bout à l'autre de la pièce. Mme Petit l'observa encore un moment puis, à son grand soulagement, gagna le couloir. Il la suivit des yeux, puis attendit qu'elle referme la porte de la cuisine. De là où elle était, elle pouvait l'apercevoir sans peine. Mais elle venait de prendre la bouilloire [1] et, d'un instant à l'autre, allait lui tourner le dos pour la remplir. Il regarda Capucine, qui s'accrochait à lui comme si elle ne voulait plus jamais le quitter ; il pensa à ses parents, à quelques kilomètres de là ; à son propre père ; à la place de la musique dans leur vie. Par chance, Capucine était silencieuse. Le moment était venu. La vieille femme se trouvait face à l'évier, penchée sur le robinet : c'était maintenant ou jamais. Serrant Capucine contre lui, il traversa le salon sur la pointe des pieds, puis se dirigea vers la porte d'entrée. Aucune voix ne l'appela, aucun bruit de pas ne retentit dans le couloir. Il tira la porte, soulagé de la trouver ouverte. Sans la refermer, il porta l'enfant à travers le jardin et prit le chemin qui s'enfonçait dans la

1. En Angleterre, on prépare le chocolat chaud avec de l'eau bouillante et une poudre de lait chocolatée. (*N.d.T.*)

forêt. Alors qu'il pénétrait sous les arbres, Capucine écarquilla les yeux. Elle regardait avec une telle intensité qu'il eut l'impression qu'elle avait recouvré la vue. Un puits de lumière perçait à travers les arbres et illuminait son visage. Il sortit le bracelet de sa poche, le passa autour de son poignet, puis se pencha vers elle et l'embrassa sur le front.

— Je te ramène chez toi, Capucine.

27

Il s'enfonça profondément dans la forêt, priant pour ne pas rencontrer de promeneur. Mais ils ne croisèrent personne, à croire que la forêt leur appartenait. Capucine ne disait rien. La tête contre son épaule, elle observait, les yeux grands ouverts, comme pour boire à même le soleil. Il était stupéfait de la trouver si légère. Il avait presque l'impression qu'elle flottait dans ses bras. Soudain, elle leva le visage vers le ciel et plissa les yeux.

— Ça va ?

Elle ne répondit pas. Il se demanda quel sens avait pour elle tout ce qu'elle avait vécu, et ce qu'elle était en train de vivre. Il repensa à ce qu'il avait lu sur le site : Capucine a 10 ans, mais un âge mental de 4. Elle a disparu depuis deux ans. Que ressentait-elle, à cet instant précis ? De quoi se souvenait-elle ? Se rappelait-elle le jour où elle avait été enlevée ? Elle parla soudain, d'une voix si faible que c'était à peine un murmure :

— Arbres.

— Que dis-tu, Capucine ?

— Arbres.

Elle tournait la tête à droite, à gauche, comme pour regarder la forêt qui l'entourait. Il hésita, puis plaça la main devant ses yeux. À son absence totale de réaction, il fut certain qu'elle ne voyait pas. Pourtant, elle répéta :

— Arbres.

— Tu les vois ?

— J'entends.

— Tu les entends ?

— J'entends arbres.

Il s'arrêta et écouta. La forêt était silencieuse, on n'entendait pas même un oiseau. Comment pouvait-elle savoir qu'ils ne marchaient pas dans un pré, une église ou une rue déserte ? Peut-être avait-elle reconnu l'odeur de la forêt.

— J'entends arbres, répéta-t-elle. J'entends arbres.

Il se pencha vers elle et fredonna *Paix des bois*.

— Tu te souviens, Capucine ? s'enquit-il en recommençant à marcher. Je te l'ai joué...

Sans répondre, elle appuya de nouveau sa tête contre sa poitrine. Il marcha jusqu'au vieux chêne, qu'il tenait à présenter à Capucine. Il voulait lui faire partager ce lieu si spécial pour lui. Il s'assit, Capucine toujours blottie dans ses bras, et s'adossa contre le tronc. Tout là-haut, les branchages oscillaient doucement sous le vent. Il cessa de chantonner et regarda son visage. Les yeux fermés, elle semblait dormir.

— Capucine, murmura-t-elle. Capucine.

— C'est ton nom, répondit-il en caressant ses cheveux. C'est toi, Capucine. Capucine Robert.

— Où Mémé ?

Il se demanda ce que la vieille femme était en train de faire, à quoi elle pensait, ce qu'elle ressentait. Difficile à dire. Elle avait sûrement compris qu'il avait deviné l'identité de la petite fille. Elle s'imaginait peut-être qu'il l'avait emmenée à la police et que celle-ci allait bientôt se présenter au *Manoir*. Il espérait qu'elle ne ferait rien d'imprudent. Mais le sort de Mme Petit n'était pas sa préoccupation première. Avec d'infinies précautions, il posa Capucine à côté de lui, dos au tronc, et lui prit la main.

— Mémé n'est pas très loin, dit-il. Mémé t'aime beaucoup. Moi aussi, je t'aime beaucoup. D'accord, Capucine ?

Elle tourna la tête à droite et à gauche, les yeux toujours fermés.

— Tu entends encore les arbres ?

— J'entends arbres.

— Tu vas rester là à les écouter.

Elle parut satisfaite et appuya sa tête contre le tronc. Il l'observa un instant puis, aussi discrètement que possible, se leva. Elle ne bougea pas. Elle ne semblait pas s'être rendu compte de son départ. Il l'observa un moment puis, sans la quitter des yeux, traversa la clairière. Une fois de l'autre côté, il sortit le portable de sa poche et composa le numéro. Cette fois encore, la réponse fut immédiate. Sauf que c'était Mme Robert.

— Oui ?

— C'est moi. Avez-vous trouvé Bramblebury ?

— Oui.

Elle paraissait calme, mais il sentait la nervosité poindre dans sa voix.

— Où êtes-vous ? Dans le hameau, je veux dire....

— Devant une chaumière avec un portail blanc, à côté d'un enclos à chevaux...

— Je vois. Dans quel sens êtes-vous ?

— Je vous demande pardon ?

— Dans quelle direction ?

— Ah oui...

À nouveau, il perçut son anxiété derrière le calme forcé de sa voix.

— Attendez, je vais regarder sur la carte.

Il y eut un silence, puis :

— On est dans la direction de Wedburn.

— Bien. Il faut que vous fassiez demi-tour et que vous partiez dans l'autre sens.

— Vers Upper Dinton ?

Il se raidit à l'évocation de son propre village. Il aurait préféré éviter de le mentionner, mais c'était trop tard.

— Oui. Roulez dans cette direction pendant un bon kilomètre. Vous allez atteindre la lisière d'une forêt.

— La forêt de Buckland ?

— Oui, répondit-il, mal à l'aise. Roulez jusqu'à une petite aire de stationnement, sur votre gauche. C'est juste à côté d'un pré couvert de boutons-d'or. Vous ne pouvez pas les rater, ils sont d'une couleur éclatante. Il y a une barrière avec des orties et des fougères, et un marronnier. De l'autre côté de la route, cent mètres plus loin, une piste s'enfonce dans la forêt. D'accord ?

— Que doit-on faire ?

— Vous garer sur cette aire et attendre.

— Vous allez nous rappeler ?

— Oui.

— Vous allez nous rappeler ? répéta-t-elle, perdant soudain tout son calme. Ce n'est pas une plaisanterie ? Je vous en prie, dites-moi que vous ne nous avez pas donné des espoirs pour rien, et que...

— Promis, se dépêcha-t-il de répondre. Je vais vous rappeler.

Il l'entendit qui respirait avec peine. Il jeta un regard à Capucine, assise contre le tronc de l'autre côté de la clairière, qui ne semblait pas avoir réalisé qu'il n'était plus à ses côtés.

— Ce n'est pas une plaisanterie, madame Robert. Je vous le jure. Vous allez retrouver Capucine très bientôt.

— Merci, dit-elle, d'une voix si fluette qu'on aurait dit celle de sa fille. Qui que vous soyez. Merci.

Elle raccrocha.

Il revint vers Capucine et s'agenouilla près d'elle. Elle était toujours adossée à l'arbre, les yeux fermés. Il lui toucha très doucement la main. Elle eut un premier réflexe de défense, puis se détendit.

— C'est moi, Capucine, annonça-t-il calmement. C'est moi.

Elle se tourna vers lui.

— Chantent.

— Chantent ? répéta-t-il, tout en la prenant dans ses bras. Qui chante ? Les oiseaux ?

— Arbres.

— Les arbres ?

— Arbres chante.

Elle ouvrit les yeux et tendit les mains pour toucher le chêne. Il s'approcha pour qu'elle puisse l'atteindre. Ses doigts palpèrent l'écorce.

— Arbres chante.

Il écouta et, au bout d'un moment, il entendit, lui aussi, un long murmure mélodieux, plus léger qu'un souffle. Il l'embrassa sur la tête.

— Arbres chantent, dit-il.

Il repartit dans la direction de Bramblebury. Tout en marchant, il entendait le doux murmure des arbres autour d'eux.

— Il y a beaucoup d'arbres qui chantent, maintenant, Capucine. Tu les entends ?

— Tous chante.

— Oui, tous. Et il y en a beaucoup : des chênes, des épicéas, des bouleaux, des mélèzes... continua-t-il en la serrant contre lui. Et là, c'est un noisetier.

Il avança jusqu'à l'arbre.

— Tu le sens ?

Il prit sa main et lui fit toucher l'arbre, puis promena lentement ses doigts sur le tronc.

— Tu sens ? Il y a du lierre sur l'arbre.

— Chante, déclara-t-elle, tâtonnant du bout des doigts.

— Oui, il chante, lui aussi. Tout chante.

Il recommença de marcher, et se mit à fredonner *Rêverie*. Capucine se joignit à lui, et leurs deux voix se fondirent, entremêlées à celles des arbres.

Quand il atteignit la lisière de la forêt, il s'arrêta en retrait de la route, au niveau de la piste. Devant eux s'étendait un parterre de campanules au parfum enivrant. Il regarda Capucine, toujours blottie contre lui, qui continuait à chanter. Tout en se demandant comment lui dire au revoir, il la porta jusqu'à un jeune sapin et la déposa sur le sol, le dos contre le tronc, puis il s'assit près d'elle et lui prit la main. Elle se tourna vers lui et, de la main, suivit le contour de son visage. Il se mit à rire.

— Je sais ce que tu fais...

Elle rit à son tour et effleura son oreille.

— Oreilles bizarres, dit-elle.

— Oreilles bizarres, confirma-t-il.

Il la considéra en silence. Quelque chose, dans son attitude, lui laissait penser qu'elle avait compris qu'il allait la quitter. Il la serra contre lui.

— Je ne t'oublierai jamais, murmura-t-il. Je t'aimerai toujours.

Il réfléchit, puis ajouta :

— Et Mémé t'aimera toujours, elle aussi.

Elle leva vers lui un visage confiant. Il aurait aimé qu'elle pût voir le sourire sur son visage. Il l'embrassa une dernière fois, puis reprit :

— Ton papa et ta maman t'aimeront toujours, eux aussi.

— Papa et maman, répéta-t-elle, le regard fixé sur lui.

— Tu vas bientôt les retrouver...

Il lui caressa la joue.

— Ce sont eux qui vont s'occuper de toi, maintenant.

Il retira doucement son bras, plaça les mains de la petite fille sur ses genoux, puis s'écarta de quelques centimètres. Elle ne bougea pas. Son visage était aussi figé qu'une statue. Il fredonna *Rêverie*, et elle se mit à l'accompagner, de sa voix bizarre et fausse.

— Continue à chanter, Capucine, murmura-t-il. Continue. J'aime beaucoup ta voix...

Elle chanta doucement.

— Je vais m'asseoir à côté, ajouta-t-il. Je me sens fatigué, je vais peut-être m'endormir. Tu veux bien chanter pour moi ?

Tandis qu'il s'éloignait discrètement, il pensa qu'il ne l'avait jamais vue aussi heureuse. Elle ne semblait pas s'être rendu compte de son absence et chantait toujours. Sa voix se détachait clairement sur le murmure des arbres. Il téléphona à ses parents, puis s'enfonça plus profondément dans l'ombre de la forêt et se cacha derrière un vieux sycomore.

Ils suivirent strictement ses consignes : ils ne se précipitèrent pas, ne prirent pas la piste en voiture, ne crièrent pas son nom. Ils avancèrent lentement. Grâce aux photos du site, Luc reconnut d'emblée leurs deux silhouettes : un homme grand avec une barbe grise, une femme petite aux cheveux noirs et courts. Il retrouva sur chacun les traits de Capucine, et les quelques doutes qu'il avait pu conserver s'évanouirent. Mais il ne ressentit pas le besoin de les connaître, et eux non plus. Toute leur attention était tournée vers la petite fille adossée contre l'arbre. Elle fredonnait toujours, mais elle suçait son pouce, les yeux fermés, comme le jour où elle s'était endormie sur le canapé. Peut-être était-elle en train de s'assoupir. Luc se mordillait les lèvres en les regardant. Les deux silhouettes atteignirent enfin l'arbre, puis se penchèrent vers l'enfant, sans la toucher.

Luc entendit la femme murmurer d'une voix douce et aimante. Il n'entendait pas ce qu'elle disait et, de toute façon, ne le souhaitait pas. Ce moment leur appartenait, et il n'appartenait qu'à eux. Capucine remua, mais sans peur. Elle ouvrit les yeux et tendit les mains pour palper l'air. Sa mère la souleva alors de terre. Son mari s'approcha et passa un bras autour d'elles deux. Ils restèrent sans bouger pendant plusieurs minutes, ensemble, dans une sorte de bulle d'amour. Luc sentit alors la présence de son propre père. Il ferma les yeux et murmura :

— Merci.

Puis il baissa la tête et pleura en silence, longtemps. Quand il la releva, Capucine et ses parents n'étaient plus là.

Il retraversa la forêt. Il marchait tête basse, accompagné par le murmure des arbres et, plus étonnant, par la voix de Capucine qui chantonnait. Il se demanda ce qu'elle ressentait, à ce moment précis, dans cette voiture qui regagnait l'autoroute. De la confusion, sans doute, devant ces gens qui l'aimaient, qui débarquaient sans crier gare et qui disposaient d'elle. Mais ses parents allaient remettre de l'ordre dans sa vie. Depuis qu'il les avait vus avec Capucine dans les bras, il avait retrouvé la confiance dont il avait besoin. Il savait qu'elle ne souffrirait pas longtemps de la perte de cette Mémé qui n'était pas sa mémé et du garçon aux oreilles bizarres. Elle perdrait même peut-être jusqu'à leur souvenir et, d'une certaine façon, c'était ce qu'il lui souhaitait. Même si lui, en revanche, ne l'oublierait jamais.

Le soleil brillait au-dessus de sa tête, il faisait de plus en plus chaud. Il jeta un coup d'œil à sa montre. Midi cinq. La matinée avait filé sans qu'il s'en aperçoive. Il n'était plus très loin du vieux chêne, à présent, et il avait hâte de grimper là-haut, de se réfugier dans sa cabane et de réfléchir. Soudain, il s'arrêta. Il scruta les environs, cherchant ce qui avait attiré son attention. Puis il comprit. Son père était là, tout près. Tellement près. Il ne pouvait pas s'y tromper. Il s'adossa à un frêne et contempla le chemin.

— Où es-tu ? murmura-t-il. S'il te plaît, papa, où es-tu ?

Rien n'apparut.

— S'il te plaît, papa. S'il te plaît, montre-toi. Juste une fois !

Toujours rien. Mais la présence était plus proche que jamais. Luc fut traversé par un sentiment d'urgence, comme si son père cherchait à communiquer avec lui. Puis il sentit une autre présence et se raidit. Quelqu'un se rapprochait. Quelqu'un qu'il connaissait. Alors qu'il parcourait le chemin du regard, une main s'abattit sur lui.

28

Il voulut se retourner mais, avant qu'il ait pu faire quoi que ce soit, il se retrouva par terre. Le choc l'étourdit et sa vision se troubla. La silhouette de Skin surgit au milieu du brouillard.

— Salaud ! marmonna celui-ci. Espèce de salaud !

Damien apparut derrière son épaule, puis Benoît. Les trois garçons l'observèrent un moment, le visage sombre ; puis Skin s'avança et lui donna un coup dans les côtes.

— A-ah !

Luc laissa échapper un cri de douleur et se roula en boule pour se protéger. Le pied de Damien l'atteignit dans le creux des reins. Puis les coups s'abattirent en rafales, tandis que les deux garçons vidaient leur rage. Luc, pleurant et râlant, se contorsionna sous la douleur ; puis Skin l'attrapa par les cheveux et lui tordit le cou.

— Ne crois pas qu'on ait fini, siffla-t-il. C'est juste le début !

Il l'obligea à se lever et le poussa contre le frêne.

— Attachez-lui les mains ! cria-t-il.

Damien et Benoît lui attrapèrent les poignets et les tirèrent en arrière. Il voulut se débattre, mais en vain : les garçons resserrèrent leur étreinte. Skin le dévisagea avec mépris.

— Tu nous croyais au collège, hein ?

Luc ne répondit pas.

— Ho, tu nous croyais au collège ?

Il enfonça son poing dans son estomac. Luc se plia en deux, mais Damien et Benoît le forcèrent à se redresser.

— On dirait que tu t'es planté, pas vrai ? continua Skin en l'observant.

Luc le regarda sans le voir, désespérant de retrouver son souffle. Il se souvint de la scène du car. Il les avait vus sur la place, mais pas monter à bord. Ils avaient dû l'attendre puis, quand ils avaient compris qu'il ne viendrait pas, avaient décidé de sécher l'école eux aussi. Ils l'avaient peut-être cherché dans la forêt toute la matinée. Il frissonna à l'idée de ce qui aurait pu se passer s'ils avaient trouvé Capucine. Mais ce n'était pas le moment d'y penser. Le poing de Skin s'enfonça de nouveau dans son estomac. Il se plia en deux, le souffle coupé. Un uppercut l'atteignit au menton. Sa tête cogna contre l'arbre. Sa vision se brouilla, mais il resta conscient.

— Skin, intervint Benoît d'une voix nerveuse, on arrête, d'accord ? Il a eu son compte.

— Nan, il a pas eu son compte.

— Skin...

— Tais-toi !

Benoît se tut. Luc lut la peur dans ses yeux : peur de ce qui se passait, mais surtout de désobéir à Skin. Il ne pouvait compter sur son aide, et pas davantage sur celle de Damien, pressé de faire ses preuves. Skin s'approcha et, à l'expression de son visage, Luc comprit que les choses sérieuses allaient commencer.

— Si t'avais tenu ta promesse... rien de tout ça ne serait arrivé. Il suffisait de faire ton job. Comme les autres. Même Ben fait le boulot quand on le pousse un peu. T'as voulu faire partie de la bande : on t'a donné une chance. Tu nous as lâchés. Et t'as plus montré de respect. T'aurais pas dû, Luc.

Skin sortit un briquet de sa poche, puis fit jaillir une flamme jaune et vive. Il la leva à la hauteur des yeux de Luc et la promena de gauche à droite. Luc s'aplatit contre l'arbre. La flamme se rapprocha.

— Je ne te le pardonne pas, ça, murmura Skin.

— Skin, protesta Benoît. Skin...

— Tais-toi et tiens-le !

— Skin...

— Fais ce que je te dis ! aboya-t-il.

Luc jeta un regard désespéré à ses tortionnaires. Damien affichait un visage figé, sombre et impatient. Mais Benoît semblait déchiré entre des émotions contradictoires. Luc s'adressa à lui d'une voix pressante :

— Ben, le laisse pas faire ça !

Incapable de le regarder en face, Benoît se détourna.

— Ben, aide-moi !

Il reçut une gifle. Quand il rouvrit les yeux, la flamme n'était plus qu'à quelques centimètres de son visage. Skin, tout proche, le scrutait avec insistance.

— Ben ne t'aidera pas. Parce qu'il sait qu'il subirait le même sort que toi.

Il observa un instant la flamme qui dansait entre eux.

— Je t'avais dit ce qui se passerait si tu te frottais à moi...

Il promena la flamme le long de son bras, si près que la flamme lui chatouilla la peau. Luc sentit son bras se contracter. Il fit un effort pour le dégager, mais Damien le serra plus fort. Skin l'observa un moment, puis arracha sa main à l'étreinte de Damien : il tenait le briquet dans une main et le poignet de Luc dans l'autre.

— Je t'avais prévenu, Luc. Tu ne peux pas dire le contraire.

Luc tira frénétiquement sur ses deux mains.

— Tenez-le ! rugit Skin. Tenez-le bien !

Damien lui enserra le cou et le plaqua contre l'arbre. Benoît se cramponnait toujours à son autre main, mais Luc le sentait gagné par la peur.

Skin reprit, de cette voix calme qui annonçait les plus grands dangers :

— Pour un pianiste, c'est important, les mains. J'imagine que c'est pour ça que certains les font assurer...

Il fit une pause, les yeux braqués sur Luc, puis ajouta :

— T'as assuré les tiennes ?

Luc tira de nouveau violemment sur ses mains ; les autres le maîtrisèrent de plus belle. Skin attendit qu'il ait fini de se débattre, puis poussa un soupir moqueur :

— Vu ta réaction, c'est clair que non. Dommage, parce que à partir de maintenant, tu ne pourras plus jamais jouer. Plus *jamais*.

Un frisson d'angoisse parcourut Luc.

— Skin, écoute, insista Benoît d'une voix fébrile. On...

— Tais-toi, Ben.

— Skin, on...

— Tais-toi, j'ai dit !

Il lui jeta un regard furieux.

— On s'est mis d'accord. Dam en est, j'en suis, t'en es. On en est tous.

Il glissa un regard vers Luc.

— Tous, sauf cette poule mouillée, qui n'en sera jamais...

Skin projeta sa mâchoire en avant.

— ... parce que avant ce soir il sera mort.

Il tira sur la main de Luc et fit courir la flamme sur sa paume. Luc eut un haut-le-corps, puis poussa un cri et tenta de se libérer. Skin approcha le briquet plus près encore. La flamme se mua en lame brûlante. Une douleur indescriptible le transperça. Il ouvrit la bouche et hurla.

Skin se mit à rire.

— T'aurais vraiment dû assurer tes mains, se moqua-t-il. Je suis sûr que ton vieux chnoque de père l'avait fait !

Rien n'aurait pu faire autant d'effet à Luc. Dans un cri de fureur qui le surprit lui-même, il arracha son bras gauche à l'emprise faiblissante de Benoît, fit tomber le briquet par terre et, dans la confusion qui suivit, parvint à s'enfuir.

— Attrapez-le ! brailla Skin.

Ils se lancèrent à sa poursuite, hurlant des insultes. Luc dévala le chemin. Malgré sa légère avance, ils le talonnaient. Il fit un effort désespéré pour les distancer. En temps normal, cela lui aurait été facile, mais là, la partie était loin d'être gagnée. Sérieusement blessé, il ne pourrait atteindre le village : ils l'auraient attrapé avant. Mais il lui restait un refuge. Si seulement il arrivait jusque-là ! Il jeta un regard derrière lui. Il avait encore pris un peu d'avance, mais la fatigue le gagnait et il souffrait le martyre. Il trouva pourtant la force d'accélérer et, soudain, il fut au pied du vieux chêne. Il se jeta sur le tronc. Jamais il n'avait grimpé avec autant de frénésie ni d'imprudence. Il savait qu'il ne disposait que d'une poignée de secondes. Ils allaient arriver d'un instant à l'autre et le tirer par les pieds...

Il était temps. Ils eurent beau tendre les bras, Luc les surplombait de quelques centimètres. Ils sautèrent, puis comprirent que c'était inutile et arrêtèrent.

— Ne crois pas que tu vas t'en sortir comme ça ! rugit Skin. Je te l'ai dit, tu vas mourir !

Luc, à bout de souffle, se hissa sur la première branche. Benoît arriva à son tour dans la clairière, le visage trempé de sueur. Skin se tourna vers lui.

— Bien. Vous savez ce qui vous reste à faire. Alors, allez-y !

Damien partit en courant, mais Benoît resta figé sur place.

— Vas-y, Ben ! cria Skin. Ne me fais pas perdre mon temps !

— Dépêche, Ben, cria Damien. Gros plein de soupe !

Benoît leva vers l'arbre un visage angoissé, mais fila quand même. Skin ricana d'un air méprisant :

— On avait bien pensé que tu ferais un truc comme ça. On a tout prévu.

Il se laissa tomber par terre, s'allongea sur le dos et appuya confortablement la nuque sur ses bras.

— J'ai plus qu'à attendre tranquillement que les autres reviennent. À ta place, je ferais pareil. Je profiterais de mes derniers instants sur Terre.

Luc reprit son escalade. Quels que fussent les plans de Skin, il n'avait aucune envie de rester sur les branches les plus basses, à subir ses railleries. Il souffrait dans tout son corps. Sa tête cognait, sa main le brûlait. Grimper était la dernière des choses dont il avait envie, mais la cabane lui tendait les bras et il savait que, là-haut, il se sentirait en sécurité. Skin continuait à l'arroser de ses insultes mais il tint bon et, enfin, atteignit son but. Il escalada les planches et s'allongea sur le dos, hors de portée de vue, protégé. Il n'entendait plus que le doux bruissement des feuilles. Il sortit le téléphone portable de sa poche et composa un numéro.

— Allez, maman, murmura-t-il. Décroche, décroche !

Mais ça ne répondait pas. Elle était sans doute sortie le chercher. Mme Simon avait dû la prévenir de son absence. Le répondeur se déclencha. Il attendit le bip, puis balbutia :

— Maman, c'est moi. J'ai des ennuis. Je suis dans la forêt, dans la cabane du vieux chêne, et Skin est en bas. La bande en a après moi. Ils veulent me tuer. Ils ne peuvent pas monter, mais ils ont un plan. Je ne sais pas quoi. Une échelle, ou quelque chose comme ça. S'il te plaît, aide-moi. Je ne peux pas m'enfuir.

Il réfléchit un instant.

— Juste un truc, maman, ne viens pas seule, ça peut être dangereux. Demande à Roger de venir avec toi, ou à Guy Foley, n'importe qui. Ne viens pas seule, d'accord ?

Il fit une pause.

— Je t'aime, maman.

Il raccrocha, puis essaya de se souvenir d'un autre numéro, qu'il n'avait fait qu'une fois. À son grand soulagement, il tomba juste dès le premier essai. « Bonjour, chanta le répondeur. Vous êtes bien chez Roger Gilmore. Je ne suis pas là pour le moment, mais laissez-moi un message et je vous rappellerai. »

Il attendit le signal :

— Roger, c'est moi... Luc. Je suis dans la forêt, dans la cabane du vieux chêne. S'il vous plaît, aidez-moi. Je suis en danger.

Il raccrocha, puis resta immobile, l'oreille aux aguets. Mais rien : pas un bruit, pas un mouvement. Sûr d'entendre s'ils posaient une échelle ou tentaient de grimper, il décida de ne pas chercher à voir ce que mijotait Skin. Il préférait ne pas prendre le risque de relancer leurs railleries. Il se demanda s'il devait appeler la police mais, assez vite, renonça. Une fois les policiers impliqués, nul ne savait jusqu'où les choses iraient. Ils interrogeraient tout le monde, découvriraient les effractions, Capucine et le rôle qu'avait joué Mme Petit. Même si elle était dans son tort, il n'avait pas envie que, par sa faute, elle soit poursuivie. Du moins, pas avant qu'il ait pu lui parler lui-même. Avec un peu de chance, sa mère allait arriver avec Roger Gilmore ou Guy Foley, et il s'en sortirait sans mêler les autorités à tout ça. Ça ne réglerait pas le problème avec Skin et la bande, mais si des adultes étaient au courant, ça les calmerait et, avec le temps, toute l'histoire retomberait.

Mais rien n'était encore joué.

Chaque partie de son corps le faisait souffrir. Il essaya de penser à autre chose pour oublier la douleur. Où était Capucine, à cet instant ? Sur l'autoroute, en direction de Hastings ? En repensant à son visage, il se demanda si elle avait essayé d'imaginer le sien. Sans doute pas. Par contre, elle se souviendrait de sa voix, ou encore de la musique qu'il avait réveillée en elle. Elle ne saurait jamais tout ce qu'elle avait réveillé en lui.

Il ferma les yeux et chercha, sous son front, l'image familière, le cercle bleu au bord brillant et doré, avec l'étoile blanche au milieu. Mais il ne vit rien que du noir, du vide. Il resta un moment à le fixer, comme dans un drôle de rêve. Les paroles de Skin surgirent alors des ténèbres de son esprit : « Tu vas mourir ! »

Soudain, il sentit l'odeur de fumée.

C'était une fumée épaisse, âcre. Il ouvrit les yeux, horrifié, et se traîna jusqu'au bord de la cabane. Tout en bas, Skin et Damien le regardaient en souriant. Ils avaient assemblé, au pied de l'arbre, un tas de brindilles, de branchages et de feuilles, recouvert de vieux pneus de voiture. Skin leva un bidon dans sa direction.

— Du diesel ! cria-t-il en éclatant d'un rire de dément. Tout pour toi !

Saisi de panique, Luc essaya de redescendre. Il n'y avait pas un instant à perdre. Avec l'essence et les pneus, il pouvait mourir asphyxié en moins de deux minutes. Ses yeux le brûlaient déjà, il avait du mal à respirer. Il toussa. Il voulut retenir son souffle, en vain. Englué dans l'horrible brouillard noir, il suffoquait. Il fut pris d'une violente nausée, ses poumons se contractèrent dans un spasme. Alors qu'il avalait la fumée, la fumée l'avalait, comme une énorme bouche affamée.

Arrivé à mi-hauteur, il sut qu'il n'aurait pas le temps de descendre. Il se hissa alors sur la branche la plus proche et chercha à en gagner l'extrémité. Peut-être pourrait-il trouver de l'air encore pur ? Il commençait à perdre conscience. Pourtant, il continua à ramper. Sa tête tournait, ses poumons étaient en feu, ses yeux n'étaient plus que deux fentes. Il entendait, mêlée aux rires hystériques de Skin et de Damien, aux craquements des branches et aux sifflements sinistres des pneus, sa propre voix, étouffée, déchirée et rauque. Son esprit vacillait, son cœur faiblissait, sa bouche sèche cherchait désespérément de l'air. Mais il n'y avait plus d'air. Il n'y avait plus que la fumée noire et meurtrière. La branche ploya sous son poids. Il s'accrocha, suspendu en l'air. Sous ses pieds, le sol tournoyait. Il vit que les deux garçons prenaient la fuite, qu'une silhouette surgissait en courant dans la clairière... Et ce fut la chute.

Il ne ressentit pas le moindre choc. Au contraire, jamais il n'avait été aussi léger. Il ne tombait pas, il prenait de la hauteur. Il volait au creux de l'arbre devenu tunnel et le rugissement familier résonnait à ses oreilles.

Volant toujours plus haut, il dépassa les premières branches, dépassa le feuillage, dépassa le sommet, et surgit soudain dans le ciel. C'est seulement alors qu'il regarda en arrière. Skin et Damien fuyaient à travers la forêt et, à côté de l'arbre mutilé par la fumée, une silhouette se tenait penchée sur son propre corps. Il sentit la présence de son père, et puis d'autres encore, qu'il avait l'impression de connaître depuis très longtemps. Elles se pressaient autour de lui et l'encourageaient à délaisser la forêt, à délaisser son propre corps. Une lumière s'ouvrit alors devant lui, une étoile immense si lumineuse qu'il eut envie de rester toujours auprès d'elle. Une voix, qui semblait venir de l'astre lui-même, lui demanda :

— Veux-tu mourir ?

Il regarda la lumière de plus en plus brillante. Rien, pensa-t-il, ne peut surpasser pareille beauté. Il allait s'élancer vers elle, quand la voix reprit :

— Ou veux-tu vivre ?

Il regarda son corps étendu sur le sol et la silhouette penchée sur lui. Il pensa à sa mère, à Miranda, à Mme Petit, à Capucine, à M. Harding ; puis à son père, près de lui comme toujours, et à toutes ces présences aimantes qu'il avait négligées et qui, elles, ne l'avaient pas oublié. Plus jamais il ne se sentirait seul. Il écouta la musique de la lumière, puis se tourna vers l'étoile :

— Je veux vivre.

29

Luc ouvrit les yeux. Il était allongé par terre, sur le côté. Sa vision était trouble, mais il aperçut, sur un fond de feuilles, de fumée et de ciel, le visage inquiet de Roger Gilmore. Il avait l'impression qu'on lui avait défoncé la poitrine à coups de marteau. Il toussait encore, respirait mal, et le goût de la fumée dans sa bouche lui donnait envie de vomir. Il voulut parler, mais n'émit qu'une sorte de croassement.

— Du calme, dit Roger. Il est trop tôt pour parler. Économise tes forces, tu en as besoin.

Il lui tapota la main.

— Je vais appeler les urgences.

— Maman, bredouilla-t-il.

Sa voix était si rauque et si bizarre qu'elle lui semblait appartenir à quelqu'un d'autre.

— Je veux... maman...

— Oui, répondit Roger. Je vais l'appeler aussi. Je n'ai...

Une grimace de souffrance traversa son visage. Il fit une légère pause.

— Je n'ai pas encore eu le temps. Tout est allé très vite.

Il laissa échapper une nouvelle grimace et se détourna. Luc essaya de comprendre ce qui s'était passé, mais il avait du mal à réfléchir. Il aurait aimé que disparaissent la douleur dans sa poitrine, le goût infect de la fumée dans sa bouche et dans ses poumons. Il ne voulait qu'une chose : sa mère. Il la voulait désespérément. À sa droite, la fumée continuait à monter en tourbillons autour de l'arbre. Les pneus sifflaient, les flammes léchaient les branches, le tronc de l'arbre commençait à noircir. Luc se mit à pleurer.

— Je sais, déclara Roger en suivant son regard. Il va mourir, j'en ai peur. Peu d'arbres survivraient à un traitement pareil. Mais on ne peut rien faire. Ce type a versé du diesel sur les pneus, je l'ai vu courir avec un bidon à la main. Quel con ! Il faut être fou ! J'espère que la police va s'occuper de lui.

Il sortit son téléphone portable.

— Bon, Luc, j'appelle le Samu, et je fais passer un message à la police et aux pompiers.

— Et... et...

— Après, j'appelle ta mère. T'en fais pas. Repose-toi, essaie de reprendre des forces.

Luc l'écouta expliquer d'une voix chevrotante ce qui s'était passé. Il semblait beaucoup souffrir, et même parler lui était difficile. Mais il eut enfin fini.

— Je vais d'abord l'appeler chez elle, déclara Roger en composant le numéro. Et si elle n'est pas là, j'essaierai le portable.

— C'est... c'est... moi qui l'ai.

— OK.

Roger n'ajouta rien. Il attendait qu'elle décroche. Mais, au grand désarroi de Luc, elle n'était toujours pas rentrée. Après un silence, Roger laissa un message :

— Kirsti, c'est moi. Luc a fait une chute. Il va bien, mais il faut qu'il aille à l'hôpital. On est dans la forêt, pour l'instant, à côté du chêne de Luc. Le Samu va devoir se garer et venir à pied. Il y a eu un problème avec Julien Skinner et Damien Fisher, la police va être prévenue. Si tu as ce message d'ici quelques minutes, tu peux essayer de nous rejoindre, sinon, je te conseille d'aller directement à l'hôpital. Je laisse mon portable allumé pour que tu puisses m'appeler. Et... (Il fit une pause.) Ne t'inquiète pas. Tout se passera bien. Je t'expliquerai plus tard.

Luc attendit qu'il ait raccroché, puis murmura :

— Merci.

Roger lui sourit. Ils restèrent silencieux, Luc toujours allongé, Roger à genoux près de lui. Le feu continuait de brûler, mais la fumée ne les atteignait pas. Luc comprit que Roger avait dû le déplacer : il n'avait pas pu atterrir si loin de l'arbre, presque au milieu de la clairière. Roger l'avait protégé de la fumée. Luc se demanda à quel prix. Il se promit de lui parler dès qu'il irait mieux. Il avait beaucoup de choses à lui dire, mais pour l'instant, le silence était ce qui leur convenait le mieux, à tous deux. Il écoutait le sifflement persistant des pneus, les ramiers qui s'appelaient les uns les autres et, plus loin, le chant d'un coucou. Puis il repensa à ce qu'il avait vu dans ce lieu de lumière magique, à ce qu'il avait ressenti et continuait à ressentir, malgré sa détresse. Il pensa à ceux qu'il aimait, à ceux qui l'aimaient, ici et ailleurs. Il avait l'impression d'avoir fait un très long voyage, au plus profond de lui-même. Mais à présent, il en était revenu.

Le Samu arriva : d'abord, un homme qui portait un grand sac à dos vert et un brancard, puis une femme qui tenait une boîte rouge cylindrique. Ils s'agenouillèrent près de lui.

— Bonjour, Luc, déclara l'homme. Je suis Thomas, et elle, c'est Marie. Elle va discuter avec M. Gilmore pendant que je m'occupe de toi, d'accord ? Pour commencer, je vais placer mes mains autour de ton cou. Je veux être sûr que ta colonne vertébrale n'est pas touchée. As-tu l'impression d'avoir quelque chose de cassé ?

— Non, murmura Luc.

— Bien. Surtout, ne bouge pas.

Luc sentit ses mains se fermer doucement, mais fermement, autour de son cou. À quelques mètres de lui, la femme qui s'appelait Marie s'entretint à voix basse avec Roger. Il ne put entendre ce qu'ils disaient, mais la conversation prit fin très vite, et ils se retrouvèrent tous les trois autour de lui. Marie jeta un regard à son collègue :

— M. Gilmore dit qu'il a déplacé Luc.

— Il aurait mieux valu éviter, monsieur, dit Thomas.

— Je ne pouvais pas faire autrement, protesta Roger. Il aurait été asphyxié par la fumée si je l'avais laissé là où il était. Je savais qu'il y avait un risque, mais je n'avais pas le choix.

— Je vois, acquiesça Thomas, les mains toujours autour de son cou. Vu les circonstances, je suis sûr que vous avez fait au mieux, et avec un peu de chance, il n'y a rien de grave. Pour ne pas prendre de risque, on va sangler Luc sur le brancard. Mais d'abord, de l'oxygène !

Luc sentit qu'on pressait un masque contre son visage. Un sentiment soudain de délivrance le traversa.

— Ça va te faire du bien ! s'exclama Marie. Bon, Luc, on va te mettre une collerette autour du cou et te fixer au brancard. C'est un peu bizarre, je reconnais, mais on est obligés, par mesure de précaution. D'accord ?

Occupé à savourer le soulagement procuré par l'oxygène, il ne répondit pas. Les urgentistes lui attachèrent la collerette puis, prenant soin de le tenir bien droit, ils le firent doucement rouler sur la planche, où ils l'attachèrent.

— Ça va, Luc ? demanda Marie.

Il murmura un genre d'assentiment.

— Bien, reprit Thomas. Avant de t'emmener à l'hôpital, on fait d'abord quelques vérifications. Marie va faire mumuse avec les joujoux qu'elle a apportés, et moi, je vais t'examiner rapidement. Rien de bien méchant, je te promets. Tu n'as pas à t'inquiéter. Si ça te fait vraiment mal, tu grognes, d'accord ? Mais surtout, tu ne bouges pas !

Luc n'avait pas la moindre envie de bouger. Toute énergie l'avait quitté. Il repensa à ce lieu magique, cet autre monde où il n'avait plus ressenti aucune fatigue. Au contraire, il y regorgeait de vie. Et maintenant, il était épuisé.

Marie fixa une bague à son doigt, colla sur sa poitrine des électrodes reliées à un moniteur portable, puis passa un tensiomètre autour de son bras. Pendant ce temps, Thomas, qui vérifiait calmement et méthodiquement chaque partie de son corps, échangeait ses impressions avec sa collègue :

— Rien de cassé, a priori. Des éraflures sur les bras et sur les jambes, sans doute liées à l'escalade... quelques vilaines coupures, des hématomes sur le visage, sur la cage thoracique... Il a dû recevoir des coups... Et sur la main droite, une brûlure que je n'aime pas du tout...

Il se tourna vers Luc :

— Tu n'as pas fait que tomber d'un arbre, hein ?

Il lui toucha furtivement la main :

— T'en fais pas, mon gars, t'as pas besoin de me répondre. C'est pas le moment.

Luc resta silencieux, et ils continuèrent leur travail. Roger, près de lui, gardait la main sur son épaule. La fumée s'élevait toujours du pied de l'arbre. Luc ferma les yeux et sentit que son esprit partait à la dérive, mais où, il n'aurait su le dire. Au bout d'un moment, il entendit Marie parler à nouveau :

— C'est bon, Luc. On peut t'emmener à l'hôpital, maintenant. On va te soumettre aux tests de routine : radio du thorax, prise de sang, contrôle des poumons, des choses comme ça... et puis, ne t'inquiète pas si on croise les pompiers, ils devraient arriver d'une minute à l'autre...

— Comment vont-ils apporter leur matériel jusqu'ici ? s'enquit Roger.

— Ils ont de petits véhicules spéciaux, expliqua-t-elle.

Elle se tourna vers Luc :

— La police a été prévenue. Mais personne ne te posera de questions tant qu'on n'aura pas vérifié que tout va bien.

— Il s'en sortira, n'est-ce pas ? demanda Roger d'une voix précipitée.

— Oui, répondit Marie. Grâce à vous. Mais maintenant, il faut qu'on l'emmène à l'hôpital. Et vous avez besoin d'être examiné aussi, monsieur Gilmore. Je suis désolée de ne pas avoir pu m'occuper de vous, mais l'état de Luc demandait toute notre attention.

— Ne vous inquiétez pas pour moi. Je vais très bien.

— Permettez-moi de vous dire que vous n'allez pas bien du tout. Mais merci de vous être montré si patient. Si vous pouvez nous suivre, on vous examinera correctement à l'hôpital.

— Pas de problème.

— Parfait. Alors, allons-y.

Ils transportèrent Luc à travers la forêt, le masque à oxygène toujours sur son visage. Ainsi que l'avait prédit Marie, ils croisèrent un premier véhicule de pompiers suivi, quelques minutes plus tard, par un deuxième. Luc leur jeta à peine un regard : ils venaient trop tard pour sauver son arbre. Néanmoins, il commençait à reprendre ses esprits et constata avec soulagement que le bleu du ciel n'était plus envahi par la fumée noire. Il repensa aux paroles de Marie : « Grâce à vous. » Il n'était pas sûr de bien comprendre ce que cela voulait dire, mais il commençait à deviner. Levant les yeux vers l'homme qu'il avait autrefois détesté et qui, à cet instant, marchait péniblement à ses côtés, il lui prit la main et la serra très fort.

Comparé au sol de la forêt, le lit de l'hôpital lui parut moelleux et chaud. Il se détendit. Une lumière de fin d'après-midi baignait la petite chambre. Il était soulagé que les examens n'aient rien révélé d'inquiétant et, surtout, que Roger ait enfin été pris en charge. Mais le plus merveilleux, c'est qu'il avait retrouvé sa mère.

— Tout ira bien, déclara-t-elle en caressant son front. Quelques jours de repos, et tu devrais pouvoir rentrer à la maison.

— Où étais-tu quand je t'ai appelée ?

— Dehors, en train de te chercher. Je sillonnais les petites routes en voiture. Mme Simon m'a téléphoné ce matin pour me prévenir que tu n'étais pas au collège, et les autres de la bande non plus. J'en ai conclu que tu étais avec eux. Si tu avais été seul, je serais allée directement à la forêt, mais je ne pensais pas que Julien Skinner aimait autant les arbres que toi, donc j'ai décidé de chercher dans les autres endroits où on les voyait souvent traîner. Je suis allée partout... sauf là où tu étais.

— Je suis désolé, murmura Luc. Vraiment désolé. J'ai tout gâché.

— Non, pas du tout.

Elle posa la main sur son épaule.

— Il n'y a rien qu'on ne puisse réparer, tous les deux.

— Comment va Roger ? Tu l'as vu ?

— Pas encore, mais je lui ai parlé au téléphone.

— Il va bien ?

— Il souffre beaucoup, mais ça va aller. Tu sais, c'est pour toi qu'on s'inquiète. Et Roger aussi.

— Que lui est-il arrivé ? Comment s'est-il blessé ?

— Tu ne sais pas ?

Luc secoua la tête.

— Je ne me rappelle rien... juste que je suis tombé, et puis...

Il repensa à ce lieu magique et aux brefs instants, précieux, qu'il y avait passés. Il s'en souvenait avec précision, et il savait qu'il s'en souviendrait toujours. Mais ce n'était pas le moment d'en parler.

— ... et puis, plus rien, finit-il par dire.

— Alors, je vais te raconter. Quand je suis revenue à la maison, j'ai eu ton message et celui de Roger. Je l'ai tout de suite appelé sur son portable. Il allait passer une radio, mais on a pu échanger quelques mots. Il se rendait à l'atelier quand il a entendu le téléphone sonner dans la maison. Il t'a raté de deux secondes, mais il a écouté ton message et il s'est précipité dans la forêt. Juste à temps.

— C'est vrai, confirma Luc, au souvenir des derniers moments, horribles, qu'il avait passés dans l'arbre. Au moment où je suis tombé, j'ai aperçu une silhouette. Mais je ne l'ai pas reconnu, parce que ma tête tournait, et qu'il y avait trop de fumée.

— Il t'a vu au bout d'une branche, sur le point de dégringoler. Il a couru pour essayer de te rattraper. Vu la hauteur, c'était forcé qu'il se fasse mal ! Enfin, bon. Il a réussi à amortir ta chute... Mais il a l'épaule luxée, le poignet droit cassé et deux côtes fêlées. Il a dû beaucoup souffrir... surtout avec ce qu'il a fait après.

— Comment ça ? demanda Luc.

— Il a fallu qu'il te déplace. Il y était obligé : la fumée t'aurait tué si tu étais resté là où tu étais tombé. Alors il t'a porté au milieu de la clairière. Dieu sait comment il a fait, avec ses blessures et la fumée. Il t'a posé par terre, puis t'a pris le pouls. Ton cœur ne battait plus.

Elle porta la main à son visage.

— Tu étais parti, Luc.

Elle s'essuya le coin des yeux.

— Si Roger n'avait pas été là, tu ne serais pas vivant. Il t'a fait du bouche-à-bouche, puis un massage cardiaque avec son poignet cassé, puis encore du bouche-à-bouche, et encore un massage. Il a dû recommencer plusieurs fois, d'après ce qu'il m'a dit. Il était paniqué de voir que tu ne revenais pas à toi. Puis tu as repris connaissance.

Elle sortit un mouchoir. Luc lui prit la main.

— Je suis désolé, maman, murmura-t-il, prêt à fondre en larmes. Je vais réparer... je vais...

— Ne t'en fais pas, Luc. Tout va bien.

— Je vais réparer.
— On va réparer ensemble.
Elle se moucha.
— Ensemble, répéta-t-elle.
Ils avaient besoin de retrouver leur calme, l'un et l'autre, et ils restèrent un moment silencieux. Puis sa mère reprit :
— Il y a une chose qu'il faut que je te raconte : alors que je quittais le village pour venir à l'hôpital, j'ai croisé Benoît Speedwell. J'ai failli ne pas le voir, mais il se trouve que j'ai jeté un regard dans le rétroviseur et je l'ai vu qui me courait après en agitant les bras d'un air désespéré. Je me suis arrêtée. Je n'en avais aucune envie, j'étais plus que pressée d'arriver à l'hôpital, mais je me suis garée quand même. Il était dans tous ses états. Il était à bout de souffle, toussait et pleurait toutes les larmes de son corps. Il a fini par me raconter ce qu'ils t'avaient fait. Tu peux imaginer l'effet que ça m'a fait. Oh, Luc...
Elle serra sa main très fort.
— Dieu merci, tu es sain et sauf. Je ne peux pas supporter l'idée que...
— Tout va bien, maman.
— Ce qu'ils t'ont fait... je veux dire, c'est... c'est...
— C'est fini, maintenant. Je te le promets. Continue ton histoire avec Ben.
— Oh, lui...
Elle rassembla ses esprits.
— Il m'a juste dit qu'il était parti avant que les deux autres allument le feu, qu'il n'avait pas pu. Ils avaient

tout préparé ces derniers jours : les pneus, le diesel... Ils les avaient cachés pas très loin du vieux chêne et avaient décidé d'y mettre le feu la prochaine fois où tu y grimperais.

Elle secoua la tête.

— Je n'arrive pas à croire qu'ils aient pu imaginer une chose pareille.

— Mais qu'a fait Ben après avoir fui ?

— Il est allé sonner chez nous. Mais bien sûr, je n'étais pas là.

— Et ensuite ?

— Il m'a dit qu'il m'avait cherchée dans tout le village. Visiblement, il ne lui est pas venu à l'esprit d'appeler la police, ou sa mère, ou qui que ce soit, mais c'était sans doute trop lui demander. Enfin... Je l'ai laissé sur le bord de la route et je suis venue.

Luc se tourna vers la fenêtre et prit une inspiration lente et profonde. Ainsi, Ben avait eu une crise de conscience. Peut-être était-ce normal. Mais il ne pensait pas que les deux autres éprouveraient un quelconque remords... sans doute guère plus que la déception d'avoir raté leur coup. Il se demanda ce qu'ils raconteraient à la police. Lui-même ne tarderait pas à être interrogé, et s'il avait des choses à dire, il en avait d'autres à cacher. Il ne savait pas ce qu'il leur confierait au sujet de Mme Petit. Il sentit que sa mère lui serrait la main et la regarda.

— Ça va aller, Luc, dit-elle. Tu as juste besoin de temps. J'appellerai Miranda pour lui expliquer ce qui s'est passé, et je ferai savoir à M. Harding que tu ne pourras pas jouer au concert.

— Non ! s'exclama-t-il, surpris lui-même par la violence de sa réaction.

Elle lui jeta un regard perplexe.

— Non à quoi ? À Miranda ou au concert ?

— Non au concert. Je veux dire, oui au concert. Je veux jouer.

— Luc, c'est dans quelques jours à peine. Tu ne seras pas remis à temps.

— Je veux jouer, déclara-t-il avec fermeté. Je sais que ça ira. Et j'ai promis à Miranda que je l'accompagnerais.

— Quelqu'un peut le faire à ta place. Mélanie, par exemple, ou Samantha...

— Mais je veux le faire !

— Avec tes blessures ? Et tes hématomes ? Tu oublies ta brûlure à la main...

— Elle n'est pas assez profonde pour m'empêcher de jouer.

— Tu n'as même pas essayé !

— Ça ira. Et le reste aussi. J'ai juste un peu mal.

Elle fronça les sourcils.

— Je ne suis pas du tout sûre que tu pourras jouer. Tu seras probablement trop fatigué. Tu sais quoi ? Je vais expliquer à M. Harding ce qui s'est passé, qu'il ne s'attende pas que tu puisses jouer. Et si par miracle tu en es capable, ce sera tant mieux.

— Je sais que ça ira.

— On verra bien.

— Si, je le sais.

Son obstination la fit sourire. Elle se pencha vers lui :

— Au fait... tu ne vois pas d'objection à ce que j'appelle Miranda, je suppose ?

— Aucune.

Elle prit son téléphone portable.

— Maintenant que j'ai récupéré ce truc, ajouta-t-elle, mi-sinistre mi-moqueuse, je peux l'appeler tout de suite.

— Non, tu ne peux pas.

— Pourquoi ?

— On n'a pas le droit d'utiliser les portables dans les hôpitaux. Ça perturbe les appareils.

— Oh, mon Dieu, bien sûr, j'avais oublié.

Elle fronça les sourcils, puis le rangea dans sa poche.

— Il n'y a pas un téléphone pour les malades ?

— Si. Mais il faut le demander à l'infirmière.

— Très bien. Je vais la chercher.

Elle se leva. Avant qu'elle ne s'éloigne, Luc l'attrapa par la main.

— Maman ?

Elle le regarda.

— Oui, mon amour ?

Il observa un moment son visage, puis demanda :

— Tu vas te marier avec Roger, pas vrai ?

30

Trois jours plus tard, il rentrait chez lui. Tandis que sa mère rangeait la voiture au garage, il s'arrêta dans l'entrée et jeta un regard autour de lui. Il avait l'impression que son absence avait duré des années. Il se sentait à la fois vulnérable et serein, sans bien comprendre comment il était possible de ressentir les deux à la fois. Ce dont il était sûr, c'est qu'il n'était plus le même. Au-delà du choc lié à la chute et à l'incendie, il s'était passé quelque chose... qui l'avait changé.

En un sens, il avait raison : cela faisait des années qu'il était absent. Deux ans, en fait. Pour être précis, deux ans, un mois et six jours. Mais pourquoi continuer à compter ? Ne pouvait-il chérir la mémoire de son père sans comptabiliser chaque jour, chaque heure, chaque minute ?

Il était temps pour lui de tourner la page, de passer à autre chose. Luc sentait la présence de son père, tout aussi proche qu'avant. Il ferma les yeux et murmura :

— Je sens que tu es là. Je ne peux pas te voir, mais je te sens.

La porte d'entrée s'ouvrit dans un déclic. Découvrant sa mère sur le seuil, il s'avança vers elle et la prit dans ses bras. Elle fit entendre un rire léger.

— Je ne m'en remets pas...

— De quoi ?

— J'ai eu plus de câlins en quelques jours que d'habitude en un mois !

— Et tu te plains ?

— J'ai l'air de me plaindre ?

Ils se mirent à rire tous les deux.

— J'ai oublié de te prévenir, reprit sa mère, on a deux invités ce soir. Tu n'es peut-être pas encore d'aplomb, mais ne t'inquiète pas : si tu es trop fatigué, je peux...

— Maman... je vais bien. Je n'arrête pas de te le dire ! Je peux voir des gens ce soir et je peux jouer au concert demain.

— Mmm, pour le concert, je n'en suis pas si sûre...

— J'y tiens vraiment. C'est important pour moi.

— Pour Miranda aussi, je suppose... Écoute, je ne t'en empêcherai pas, mais si jamais tu te sens trop fatigué, jure de me le dire ! Tu pourras toujours renoncer à la dernière minute. Tout le monde comprendra.

— Ça ira très bien.

En réalité, il était épuisé. Il savait qu'il aurait besoin d'un long repos avant de se sentir pleinement rétabli. Mais il savait aussi qu'il devait jouer à ce concert. Pas seulement pour Miranda. Pour lui aussi. Il avait l'impression d'avoir quelque chose à dire, il ne savait pas quoi, une chose qu'il ne pouvait exprimer qu'à travers la musique.

— Alors, qui vient ce soir ? s'enquit-il, forçant la gaieté de sa voix. Non, attends, laisse-moi deviner... Roger et Miranda. C'est ça ?

— Exactement. Miranda vient un peu plus tôt, avec sa flûte, au cas où tu serais en état de répéter. Mais rappelle-toi, Luc, si tu es trop fatigué...

— Maman...

Il posa un doigt sur ses lèvres.

— Tu peux arrêter de t'inquiéter ?

— Difficile...

Elle sourit, puis l'embrassa.

— ... mais je te promets d'essayer.

Miranda arriva juste avant sept heures. D'une main, elle tenait sa flûte, et de l'autre un bouquet de pivoines rouges. Elle sourit à Luc. Il lui sourit en retour même si, bizarrement, alors qu'il était content de la revoir, il se sentait un peu mal à l'aise.

Sa mère sortit de la cuisine.

— Miranda ! Il me semblait bien avoir entendu la sonnette, mais je n'en étais pas sûre. J'avais la tête dans le four...

— Êtes-vous désespérée à ce point, madame Stanton ?

La mère de Luc se mit à rire.

— Non, quand même pas. Elles sont très belles, tes fleurs !

— C'est pour vous. Elles viennent du jardin...

— Comme c'est gentil de ta part ! Je vais leur chercher un vase. Est-ce que tu veux boire quelque chose ? Je viens de presser des oranges...

— Avec plaisir, merci.
— Je te l'apporterai. Allez-y, tous les deux...
Luc la conduisit au studio de musique et referma la porte derrière lui. Miranda avança jusqu'au centre de la pièce, puis promena son regard sur les bustes de compositeurs, les étagères de partitions, le piano et la vieille harpe près de la fenêtre.
— J'aime beaucoup cet endroit, déclara-t-elle. Il reflète bien la personnalité de ton père. Et la tienne.
— La mienne, je ne sais pas. Mais celle de mon père, c'est sûr.
— La tienne aussi.
Elle désigna la vieille harpe d'un geste de la tête :
— Est-ce que ton père en jouait ?
— Pas souvent. Il l'avait découverte en train de prendre la poussière dans un magasin et l'avait achetée, parce que ça le rendait triste. Il jouait quelques notes de temps en temps, mais ce n'était pas vraiment son truc.
— Alors personne n'en joue ?
— Non. C'est dommage. Elle est vieille, mais elle sonne encore juste. Ce serait sans doute mieux de la vendre, mais on préfère la garder ici, même si plus personne n'en joue.
Sa mère apparut avec les verres de jus d'orange, les posa sur le piano et repartit. Miranda attendit que la porte fût refermée, puis se tourna vers lui :
— Comment ça va ?
— Bien.
— Tu as l'air très fatigué...

— Non, ça va. Sincèrement.

— Tu es toujours décidé à jouer au concert ? Je veux dire... je comprendrais vraiment si tu...

— Miranda, écoute : ça va. D'accord ?

Il lui sourit.

— Je croirais entendre ma mère !

— Merci !

Elle le poussa vers le piano et le força à s'asseoir.

— Allons-y, alors. Répétons ! s'exclama-t-elle en levant sa flûte. Oh, mon Dieu !

— Qu'est-ce qui ne va pas ?

— Je n'ai pas pensé à apporter ma partition. Tu n'as rien pour suivre !

— Ce n'est pas grave, je m'en souviens.

Elle lui jeta un regard ironique.

— Ah, excuse-moi... J'oubliais que tu es un génie... Allons-y, alors...

— Attends, coupa-t-il. Si tu n'as pas apporté de partition, c'est que tu l'as apprise par cœur ?

— Ne prends pas un air aussi étonné !

— Je ne suis pas étonné.

— Si !

— Non, pas du tout. Je ne suis pas étonné.

Elle regarda ailleurs.

— Luc ?

— Ouais ?

— J'ai vraiment beaucoup travaillé.

— Je sais.

— Je ne veux pas te décevoir, au concert.

— Tu ne me décevras pas.

— Et je ne veux pas me décevoir non plus.

— Tu ne te décevras pas. Tu vas très bien jouer. Allez, faisons un essai !

Ils se mirent à jouer. Il se rendit vite compte qu'elle n'avait pas menti : elle avait bien progressé. *La Danse des esprits bienheureux* se déroula sans accroc. Puis il y eut un long silence que ni l'un ni l'autre n'avaient envie de rompre. Miranda finit par hausser les épaules.

— Tu crois que j'ai joué la partie du milieu trop vite ?

— Non.

— Et le...

— Miranda !

Il leva la tête vers elle.

— C'était super.

— Tu dis ça pour me faire plaisir.

— Pas du tout. Je le pense. C'était très bien, et tu as un très joli son.

— Merci, dit-elle en baissant les yeux. Ce n'est pas rien, venant de toi. Vu que M. Harding m'a dit la même chose, c'est peut-être vrai.

Il se mit à rire.

— Quand est-ce que tu vas apprendre à accepter un compliment ?

Elle lui sourit.

— Tu crois qu'on devrait le rejouer ? Juste une fois, pour être sûrs qu'on...

— Non.

Il secoua la tête.

— On n'en a pas besoin. Rappelle-toi comment tu as joué aujourd'hui et essaie de refaire la même chose demain. Ça ne sera pas pareil, parce qu'on ne joue jamais deux fois de la même façon, mais ce sera bien. Et peut-être même encore mieux.

— Est-ce que ta main t'a fait mal ?

— Quoi ? Tu veux dire, ma brûlure ?

— Oui.

— Un peu au début, mais après, de moins en moins et, à la fin, je l'avais oubliée. Ce n'est pas un problème.

Miranda posa sa flûte sur le couvercle du piano et but une gorgée de jus d'orange.

— C'est bizarre, l'histoire de la petite fille, non ?

Il s'attendait à ce qu'elle lui parle de Capucine : son histoire s'étalait dans tous les journaux. La sienne aussi avait été rapportée, mais brièvement, sans citer de nom. Capucine, elle, s'était retrouvée en une. *Perdue et retrouvée*, avait titré un journal. Et un autre : *Une capucine dans les bois*. Un expert, à la radio, l'avait surnommée *Perdita*. Tous rivalisaient d'hypothèses sur la mystérieuse jeune femme qui avait guidé M. et Mme Robert jusqu'à leur fille. Luc avait souri intérieurement. Ainsi, aux yeux des médias, il était devenu « une mystérieuse jeune femme ». Ça l'arrangeait bien.

Il n'avait pas imaginé que M. et Mme Robert le protégeraient. Il avait même craint qu'ils ne cherchent à retrouver sa trace. Sans doute avaient-ils compris qu'il était l'ami de Capucine.

Il se rappela la question de Miranda et répondit :

— Ouais, bizarre.

— Quand je pense à ce que tu étais en train de subir,

au même endroit, au même moment. C'est fou, non ? Tu n'as rien vu ?

— Non.

— C'est normal, en fait. Elle a été trouvée du côté de Bramblebury et toi, tu étais de l'autre côté. Mais quand même, c'est bizarre.

— Ouais.

Il entendit la sonnerie de la porte d'entrée et, un instant plus tard, la voix de sa mère :

— Luc ? Tu peux y aller ? J'ai les mains pleines !

— J'arrive !

Il traversa l'entrée, suivi de Miranda, et ouvrit la porte. Roger, le bras droit dans un plâtre suspendu en écharpe, tenait dans sa main libre un bouquet de pivoines rouges. En les apercevant, Miranda fit entendre un petit rire.

— Très jolies, vos fleurs, Roger...

Elle avança vers lui et l'embrassa sur la joue.

— Vous voulez que je les prenne ?

— Merci.

— Et... est-ce qu'on peut signer sur votre plâtre ?

— Oui, si vous n'écrivez pas des horreurs...

— Promis !

— C'est plutôt pour Luc que je m'inquiétais...

Sa mère apparut, des maniques à la main, et aperçut Roger.

— Juste au bon moment, déclara-t-elle. Tout sera prêt dans cinq minutes.

— Roger a apporté des fleurs, madame Stanton, dit Miranda en lui présentant les pivoines.

— Oh, fit sa mère, tout en échangeant avec elle un sourire imperceptible.

— J'espère que tu les aimes, ajouta Roger. Je les ai cueillies dans mon jardin.

— Elles sont très belles, répondit-elle avec précipitation. Merci.

Elle l'embrassa, puis prit les fleurs des bras de Miranda et repartit à la cuisine.

— Excusez-moi, mais ça va bouillir. Luc, donne une bière à Roger, d'accord ?

— D'acc.

Il alla chercher une cannette, remplit un verre et se dépêcha de revenir dans l'entrée, où Roger et Miranda étaient en grande conversation.

— Merci, dit Roger en prenant le verre. Comment te sens-tu ?

— Bien, répondit-il en bâillant. Mais j'ai l'impression de n'avoir rien fait d'autre que dormir depuis trois jours.

— Tu en avais besoin. L'hôpital a eu raison de te garder aussi longtemps. Ils ont été très bien, tu ne trouves pas ?

— Ouais.

Il bâilla de nouveau.

— Et vous ? s'enquit-il.

— Comme si toute une équipe de rugby m'était passée dessus, mais à part ça, ça va.

— C'est si courageux d'avoir rattrapé Luc ! s'exclama Miranda.

— Pas du tout, rétorqua Roger. J'ai juste été assez stupide pour ne pas m'écarter. Je ne pensais pas qu'il pesait si lourd !

Miranda se mit à rire, puis retrouva très vite son sérieux.

— Roger ?

— Mmm ? fit-il en sirotant sa bière.

— Vous croyez que l'arbre de Luc va mourir ?

— Ce n'est pas mon arbre, protesta-t-il.

— J'ai toujours pensé que c'était ton arbre, dit-elle.

— Moi aussi, renchérit Roger.

Il lui sourit, puis se tourna vers Miranda :

— J'en ai bien peur. Les pompiers ont fait un boulot formidable, surtout que c'est un lieu difficile d'accès. Mais le problème, c'est qu'une bonne partie de l'écorce a brûlé, en particulier là où ils avaient entassé les pneus, et c'est l'écorce qui protège les arbres. Alors je ne sais pas s'il va s'en sortir. C'est possible. Mais pour être franc, je n'y crois pas.

Luc pensa à l'arbre, cet arbre magnifique, son ami. Il se mordit la lèvre. Il ne supportait pas l'idée qu'il allait mourir. Par chance, Roger changea de sujet :

— Luc, je me demandais... Est-ce qu'on t'a interrogé sur ce qui s'est passé ?

— Qui ? Les journalistes ?

— Non. Les journalistes ne devraient pas te déranger. Ils n'ont pas le droit de dire grand-chose à cette étape de l'enquête, pas plus qu'ils n'ont le droit de donner le nom d'un mineur. Même au moment où l'affaire passera en justice, avec un peu de chance, on te laissera tranquille. Non, je pensais à la police. Est-ce qu'ils t'ont parlé ?

— Ouais, pas qu'un peu. Ils sont venus à l'hôpital et ils m'ont posé plein de questions. J'ai eu l'impression que ça durait des heures, mais ça devait être à cause de ma fatigue. Et après, l'inspecteur m'a téléphoné.

— Quand ça ?

— Il y a une heure.

— Pourquoi ? Il t'a posé d'autres questions ?

— Non, il voulait juste savoir si ça allait.

— C'est gentil.

— Maman pense que c'est la procédure normale.

— C'est gentil quand même.

— Ouais. Ils vous ont parlé, à vous ?

— Un peu, dit Roger, mais ce n'est pas moi le centre de l'histoire, c'est toi. Ça s'est bien passé ?

Luc repensa aux interrogatoires – ce qu'il avait dit, ce qu'il n'avait pas dit – et choisit ses mots avec la même prudence qu'alors :

— Ouais, ouais. Je leur ai expliqué que les problèmes avec Skin et Dam duraient déjà depuis un moment... que j'avais traîné avec eux pendant deux ans mais que, quand j'ai voulu les quitter, ça ne leur a pas plu et qu'ils ont essayé de m'intimider... et comme ça ne marchait pas, ils ont décidé de me faire passer un sale quart d'heure.

— Un sale quart d'heure ?

Roger le fixa.

— C'est comme ça que tu appelles ce qui est arrivé ? Julien Skinner a voulu te tuer. Tu en as conscience ?

— Oui.

— Et tu l'as dit à la police, j'espère ?

— Oui.

— Ce n'était pas un petit jeu, Luc. Il a mis le feu à des pneus arrosés de diesel. Il savait ce qu'il faisait ! C'est une tentative de meurtre, et c'est pour cette raison qu'il est en garde à vue. Tu vas sans doute devoir témoigner contre lui.

— Je sais. On me l'a dit.

Il pensa à Mme Petit. Il n'avait soufflé mot ni du *Manoir* ni de Capucine, et il n'arrivait pas à décider s'il devait le faire ou non. La vieille dame avait mal agi, c'était certain. Mais il en savait trop peu. En outre, il ignorait ce que les trois autres avaient pu raconter.

— Et Damien Fisher ? interrogea Miranda.

— Comme Skinner, répondit Roger, en préventive, et heureusement. Ils le méritent, tous les deux. Torture et tentative de meurtre, ça va loin. J'imagine qu'en tant qu'instigateur Julien Skinner aura la peine la plus lourde. Comme je suppose qu'il a un casier un peu plus rempli...

— Bien plus, confirma Luc.

— Et Benoît Speedwell ?

— Je ne sais pas trop, expliqua Roger. C'est difficile à dire. Il peut s'en tirer sans trop de dégâts. Il a quand même essayé de chercher de l'aide, plus ou moins. Il faut voir...

Luc repensa à la vieille femme, cloîtrée avec ses photographies et son chagrin, rongée d'inquiétude à l'idée de ce qui l'attendait. Si elle avait suivi les infos, elle devait se demander ce qu'il avait raconté à la police. Il l'imagina, assise dans son salon, près du magnifique piano redevenu silencieux...

— Roger ? s'enquit Miranda.

— Oui ?

— Je peux signer votre plâtre ?

— Bien sûr, mais à une condition...

— Pas d'horreurs, je sais. Vous avez un stylo ?

— Non, désolé.

— En voilà un, intervint Luc en attrapant celui du bloc près du téléphone.

Elle se mit à écrire sur le plâtre de Roger, une main sous son bras pour le soutenir. Luc lut par-dessus son épaule :

Roger, remettez-vous vite, on a besoin de vos sculptures !
Toute mon amitié, Miranda.

Elle tendit le stylo à Luc.

— À ton tour...

— D'accord.

Il prit le stylo et, tout en maintenant le bras de la même manière, il réfléchit à ce qu'il allait écrire. Il avait beaucoup de choses à lui dire. Trop. Finalement, c'est un mot, un seul, qui lui vint à l'esprit :

Merci, merci, merci.
Luc

Roger jeta un regard au message.

— Tu m'inquiètes, Luc. Encore un merci et je vais croire que tu commences à t'attacher à moi...

— N'exagérons rien...

— Tu me rassures !

Puis ils allèrent tous dîner.

31

Même à onze heures, ce matin-là, les rideaux du *Manoir* étaient toujours tirés. Luc se tenait derrière le portail, anxieux. Il savait qu'il aurait dû être chez lui, à travailler son piano pour le concert ; mais il ne pouvait faire autrement.

Il n'aimait pas ces rideaux fermés, ils rendaient la maison plus menaçante que jamais. Et pourquoi n'étaient-ils pas ouverts, à une heure aussi avancée ? Il pensa à la vieille dame, à sa solitude, à son malheur. Elle devait craindre d'être rejetée, plus que jamais, pour ce qu'elle avait fait et, bien sûr, redouter la police. Il jeta un dernier regard aux rideaux, puis se hâta vers la porte et sonna.

Pas de réponse. Il attendit quelques instants, puis sonna de nouveau. Toujours pas de réponse. Il essaya une troisième fois, sans résultat. Aucun bruit ne filtrait par la porte close. Était-elle sortie ? Ou partie se terrer quelque part, par peur d'une arrestation ? Il contourna la maison et leva les yeux. La fenêtre du bureau était ouverte, celle de la chambre aussi. Elle était donc chez elle. Mais pourquoi gardait-elle les rideaux tirés ?

Son anxiété grandit. Il s'approcha de la fenêtre du salon et glissa un regard par une fente du rideau. Ce qu'il vit le fit tressaillir : Mme Petit, assise dans le fauteuil, lui tournait le dos. Sur le guéridon à côté d'elle se trouvaient un verre et une boîte de pilules.

Un frisson le parcourut. Qu'avait-elle fait ? Il frappa au carreau. Elle ne bougea pas. Il frappa encore, plus fort. La silhouette resta aussi immobile qu'une statue. Pris de panique, il se mit à marteler avec force.

— Madame Petit ! cria-t-il.

Elle n'eut pas la moindre réaction, ne fit pas le moindre mouvement.

Il jeta des regards désespérés autour de lui. Que devait-il faire ? Chercher de l'aide, appeler une ambulance ? Mais cette fois, il n'avait pas de téléphone portable sous la main. Il leva la tête vers la fenêtre du bureau. Il l'avait fait, il pouvait le refaire. Une fois à l'intérieur, il utiliserait le téléphone de la vieille dame. Il courut vers la gouttière, l'escalada, se hissa sur le rebord de la fenêtre, se précipita sur le palier, dévala l'escalier... et se retrouva nez à nez avec elle.

Il s'arrêta, peinant à retrouver son souffle, stupéfait. Vacillante, les yeux vitreux, elle avait vieilli de dix ans depuis la dernière fois qu'il l'avait vue. Pour autant, elle n'avait pas perdu sa capacité à le surprendre. Elle le toisa avec cette expression de mépris qu'il connaissait bien, puis déclara sèchement :

— Non, je n'ai pas avalé trop de cachets. J'avais juste mal à la tête.

Il ne sut pas quoi répondre. Elle l'observa en silence puis, sans ajouter un mot, retourna à son fauteuil et s'assit. Il prit l'autre fauteuil, face à elle, sans la quitter des yeux.

Elle ajouta alors, d'une voix fatiguée :

— Les policiers sont passés hier. Je m'y attendais.

— Je ne leur ai rien dit, assura-t-il précipitamment. Pour Capucine, je veux dire.

— Je sais.

Elle le regarda droit dans les yeux.

— Ils ne venaient pas pour ça.

— Quoi ? Je veux dire : pardon ?

— Ils ne venaient pas pour cette raison. Ils ne l'ont même pas évoquée.

Elle appuya la tête contre le dossier.

— Ils sont venus pour toi.

— Moi ?

— Oui.

Elle fit une pause.

— Je suis désolée, pour ton accident.

Rien dans sa voix ne laissait supposer qu'elle l'était, mais il ne dit rien. Elle reprit assez vite, du même ton monocorde :

— Ils sont venus parce que tes « amis » ont prétendu que tu étais entré dans ma maison, deux nuits de suite, pour voler une boîte à bijoux.

Il se raidit. Il n'avait pas parlé du *Manoir* à la police, qui ne lui en avait pas parlé non plus, ni à l'hôpital, ni depuis. L'officier responsable de l'enquête l'avait appelé le matin même pour savoir s'il allait bien et il n'avait pas touché mot du *Manoir* ou de Mme Petit, encore moins de Capucine. En fait, ils avaient surtout parlé football.

Mme Petit poursuivit :

— Je leur ai dit que je n'avais pas de boîte à bijoux... Que j'avais vu les autres garçons surveiller ma maison d'une façon suspecte, plus d'une fois, mais que personne n'était entré chez moi. J'ai dit que j'étais debout une bonne partie de la nuit, parce que je dors mal, ce qui est vrai, et que si quelqu'un était entré, je l'aurais entendu. Ils ont voulu savoir si je te connaissais et j'ai répondu que oui, que tu venais parfois jouer du piano pour moi, qu'on était devenus de bons amis et qu'il était hautement improbable que tu entres dans ma maison par effraction au beau milieu de la nuit. Ils m'ont demandé si rien n'avait été volé : j'ai répondu que non. Encore un mensonge.

Elle le fixa d'un air dur :

— Tu as volé un bracelet de naissance. Et des souvenirs qui ne t'appartenaient pas.

— Je sais. Je suis désolé. Ce n'était pas bien.

Il y eut un silence lourd, oppressant. Il fronça les sourcils.

— Pourquoi ne m'avez-vous pas dénoncé ?

— Parce que tu ne m'as pas dénoncée. Oh, je sais, mon crime est plus grand que le tien. Bien plus grand. Et si la vérité éclate au grand jour, tu seras bien vite pardonné et élevé au rang de héros local, tandis que moi, je serai diffamée plus encore que je ne le suis aujourd'hui. Ce que je mérite, sans doute.

— Mais une partie de ce que vous avez dit est vraie. Par exemple, que je venais jouer du piano... et qu'on est devenus amis...

— Nous savons très bien, tous les deux, que ce n'est pas vrai.

Il se mordit la lèvre et tourna la tête.

— Qu'ont dit les policiers quand vous leur avez expliqué que je n'étais pas entré chez vous ?

— Qu'ils ne l'avaient jamais cru. Un seul des trois garçons a parlé du *Manoir* et de la boîte. Ils ne l'ont pas pris au sérieux, mais ils se sont sentis obligés de vérifier quand même. Les deux autres ont tout nié.

Luc se caressa le menton. Il n'était pas difficile de deviner qui avait dit quoi : Ben avait dû tout confesser pêle-mêle ; Skin et Dam avaient préféré tout nier, y compris la torture et la tentative de meurtre. Luc aurait à témoigner contre eux le moment venu, et à imposer sa propre version des faits. Mais il ne savait toujours pas s'il devait mettre en cause Mme Petit. Elle avait commis une faute, c'était évident, et pourtant, il n'arrivait pas à la considérer comme une criminelle. Quelle que soit la manière dont Capucine était entrée dans sa vie, elle l'avait aimée, passionnément, et en avait été aimée en retour. C'était une femme, il le savait, qui avait très peu reçu d'amour dans sa vie. Capucine partie, elle en aurait encore moins. Il hésita, puis ajouta :

— Ça me fait plaisir que vous ayez dit à la police qu'on était amis.

Elle fit la moue.

— Tu ne penseras pas la même chose quand je ne serai plus là.

— Plus là ?

Il tressaillit.

— Vous ne voulez pas dire...

— Non, non, non, protesta-t-elle d'un ton irrité. Je ne vais pas me tuer. Bien que, j'en suis sûre, ça réjouirait la plupart des gens du village. Je vais simplement repartir en Inde. J'ai un ou deux contacts là-bas qui ne sont pas encore morts.

— Vous voulez vraiment partir ?

— Oui.

Elle jeta un regard autour d'elle.

— Tout, dans cette pièce, me rappelle Capucine.

Sa voix s'adoucit légèrement :

— Toute ma vie, je n'ai voulu qu'une chose : un enfant. Quand Guy est mort, j'ai pensé que ma vie était finie. Je n'ai jamais voulu me remarier. Je savais que je ne pourrais aimer personne d'autre. Et quel homme sain d'esprit aurait pu m'aimer ?

— Guy vous a bien aimée.

— Guy était différent ! rétorqua-t-elle sèchement. Il ne me trouvait pas laide, je ne sais pas pourquoi. Mais les autres, si. Aucun homme ne m'a jamais témoigné le moindre intérêt, et ça m'était bien égal. Mais j'aurais voulu un enfant. J'aurais tellement voulu un enfant. Même si les enfants, eux aussi, me trouvaient repoussante. Mais Capucine, elle, ne m'a jamais vue. Elle n'a jamais su à quoi je ressemblais.

Luc regarda son visage rongé par les soucis et s'aperçut soudain que, même si autrefois il la trouvait laide, ce n'était plus le cas. Il n'était pas certain de comprendre pourquoi.

Elle poursuivit :

— C'était il y a deux ans, je venais tout juste de m'installer au *Manoir*. Je me suis rendue à Hastings pour l'enterrement de mon frère, Ralph. C'était le dernier lien avec ma famille, même si on ne s'est jamais entendus. Il jetait l'argent par les fenêtres, et il ne m'a jamais pardonné que notre père m'ait légué autant d'argent, et à lui si peu, parce qu'il savait qu'il l'aurait dilapidé en moins d'un an. Bref, Ralph vivait seul à Hastings et il est mort peu après mon retour. J'avais une voiture, à l'époque, j'y suis donc allée en voiture. Je venais de quitter Hastings et je roulais sur une route déserte, quand j'ai aperçu une petite fille dans le fossé. Je me suis arrêtée. C'était Capucine. Elle était inconsciente. Elle avait des hématomes et une grave blessure à la tête, mais elle vivait encore. Ça ressemblait beaucoup à un accident avec délit de fuite.

Elle lui lança un regard méfiant.

— Ce que je t'ai raconté l'autre jour est vrai. J'ai été infirmière en Inde. J'ai l'habitude des accidentés de la route.

Elle fit une pause, les yeux fixés sur lui. Elle semblait attendre qu'il réagisse, qu'il lui dise qu'il la croyait. Mais il resta silencieux et, au bout d'un moment, elle reprit :

— J'ai réussi à la ranimer. Je l'ai auscultée. Elle a commencé à gémir, à bouger les bras et les jambes, à se tortiller. Même si elle n'avait rien de cassé, elle était dans un sale état. J'ai décidé d'appeler une ambulance. Je l'ai portée dans la voiture et je suis repartie.

Son visage s'assombrit.

— C'est à ce moment-là que l'idée m'est venue de la garder. Je savais que c'était impossible, et j'ai essayé de l'oublier. Cette petite fille n'était pas la mienne. Elle était blessée, en état de choc. Je ne savais pas encore, à ce moment-là, que sa blessure l'avait rendue aveugle. Mais au fur et à mesure que je conduisais, j'ai commencé à me sentir... proche d'elle.

Elle tourna la tête, comme pour éviter son regard.

— J'avais incliné le siège avant et elle était allongée là, à côté de moi. Je la caressais pour la rassurer, et puis... elle a tendu la main vers moi. Elle était si confiante ! On aurait dit qu'elle me connaissait déjà, et j'ai senti... j'ai senti... je ne sais pas ce que j'ai senti.

— Et ensuite ?

— Je l'ai ramenée chez moi, répondit-elle avec simplicité. Je sais. Ce n'était pas bien. C'était même très mal.

Des larmes apparurent au coin de ses yeux. Elle les essuya d'un geste brusque, comme on fait disparaître une tache.

— Tu ne peux pas imaginer ce que c'est de désirer un enfant à ce point. C'est une souffrance qui vous dévore de l'intérieur. À chaque enfant qu'on croise, c'est pire. Et de voir cette petite fille, si aimante, si confiante... je... je n'ai pas pu m'en empêcher. Je l'ai ramenée ici sans que personne la voie, je lui ai ôté son bracelet de naissance, je l'ai appelée Nathalie et je l'ai soignée. Je savais que j'en étais capable. Elle s'est rétablie peu à peu, on s'est attachées l'une à l'autre et, au début, c'était merveilleux. C'était comme si j'avais trouvé l'enfant que Guy et moi n'avions jamais pu avoir.

— Mais ce n'était pas votre fille, protesta Luc. Vous n'auriez pas dû la garder !

— Je sais bien !

Elle lui lança un regard noir.

— Tu crois que je n'en avais pas conscience ? Je me sentais terriblement coupable, surtout au début, quand j'ai vu ses parents à la télévision. C'est ainsi que j'ai su ce qui s'était passé. Il y a eu un malentendu entre le père et la mère. Il pensait qu'elle la surveillait, et elle croyait que c'était lui, ou quelque chose du genre. En tout cas, Capucine est partie se promener, a croisé cette route et s'est fait renverser. Et moi je l'ai trouvée.

Sa voix s'adoucit à nouveau :

— Je devais la trouver. C'était écrit.

— Mais pas pour la garder ! s'exclama Luc en secouant la tête. Vous saviez que c'était mal !

— Je sais, je sais.

De nouvelles larmes apparurent dans ses yeux.

— J'ai bien pensé la ramener à ses parents. Mais les semaines ont passé, puis les mois, je m'attachais à elle et elle s'attachait à moi. On était tout le temps ensemble. C'était merveilleux. Je la portais, je la rassurais, je lui donnais à manger, je l'aidais à trouver son chemin dans la maison... elle m'est devenue très proche.

Mme Petit sortit un mouchoir et se tamponna les yeux.

— Elle était si belle ! Je n'osais pas la faire sortir, de peur que les gens ne devinent. Alors je me suis enfermée, j'ai découragé les visiteurs. Ce n'était pas difficile. Cela fait des années que je vis comme ça, parce que les gens me détestent. Mais Capucine ne me détestait pas. Elle m'aimait. Ça me suffisait.

— Vous n'avez pas pensé à ce que ressentaient ses parents ?

— Ils l'ont laissée sortir ! s'exclama la vieille femme en lui jetant un regard furieux. Ils l'ont laissée se promener seule !

— À cause d'un malentendu.

— C'était quand même leur faute ! Je trouvais qu'ils ne la méritaient pas s'ils n'étaient pas capables de s'occuper d'elle correctement !

Sa colère retomba aussi vite qu'elle était venue. Elle se renfonça dans son fauteuil.

— Je sais, je sais, je sais, murmura-t-elle, s'essuyant de nouveau les yeux. J'aurais dû la leur rendre, de toute façon. Surtout à partir du moment où elle a commencé à montrer des signes de détresse.

— De détresse ?

— Oui.

Elle prit une profonde inspiration :

— Les premiers mois, je parvenais à la rassurer et à la calmer. Elle a une nature si facile, si confiante ! Je savais qu'elle était dans une grande confusion, surtout qu'elle ne pouvait pas voir, ni s'exprimer clairement, mais j'arrivais quand même à l'apaiser. L'enquête n'aboutissant pas, les journaux sont passés à autre chose. C'est à ce moment-là qu'elle a commencé à avoir des crises d'angoisse, et à pleurer toutes les nuits sans interruption. Elle ne criait pas, heureusement, sinon quelqu'un l'aurait entendue et aurait deviné que je n'étais pas seule. Les cris ne sont apparus qu'après, quand tu lui as eu joué du piano. Mais ses crises d'angoisse étaient déjà assez terribles. J'ai tout essayé pour la calmer, sans résultat. Et au cours de l'année dernière, ça s'est aggravé. Puis, il n'y a pas si longtemps, l'homme est venu accorder le piano.

Luc jeta un regard au magnifique instrument qui baignait dans la lumière. Mme Petit prit une nouvelle inspiration :

— Là non plus, je ne t'ai pas menti, quand je t'ai fait part de l'effet du piano sur Capucine. Tu l'as bien vu toi-même... Je crois que je n'oublierai jamais le changement qui s'est produit en elle. Son travail fini, l'accordeur s'est mis à jouer. Elle est restée figée sur place, bouche bée. On aurait dit qu'elle était devenue quelqu'un d'autre. Comme si elle avait dévoilé une part d'elle-même que je ne connaissais pas. Mais le revers, c'est qu'après son départ elle s'est mise à taper sur les touches pour faire revenir la musique. Et bien sûr, ça n'a rien donné. Ça l'a bouleversée encore plus.

Luc ne quittait pas le piano des yeux. L'histoire de la petite fille s'expliquait enfin, et celle de Mme Petit aussi. Quant à son propre rôle... il devenait parfaitement clair.

— Vous vous êtes servie de moi... remarqua-t-il, sans essayer de cacher son amertume. Vous vouliez quelqu'un capable de jouer du piano à Capucine, pour pouvoir la garder prisonnière un peu plus longtemps.

Il y eut un silence, puis la vieille femme protesta :

— Ce n'était pas seulement pour Capucine.

— Comment ça ?

Il y eut un nouveau silence.

— C'était aussi pour moi.

Leurs regards se croisèrent, et ce qu'il lut dans le sien étouffa sa colère. Elle se leva péniblement, avança jusqu'à un petit meuble près de la fenêtre, en sortit une partition toute déchirée et boitilla jusqu'au piano.

— Tu ne t'es jamais demandé pourquoi j'avais un piano, alors que je ne sais pas en jouer ?

— Je vous l'ai demandé, une fois, mais vous m'avez envoyé sur les roses !

Elle fit celle qui n'avait rien entendu et continua :

— Je ne sais pas jouer une note, mais j'ai toujours eu un piano chez moi, partout où j'ai vécu. Toujours un bon instrument, comme celui-là, et je l'ai toujours fait accorder. Par respect.

— Respect ?

— Pour Guy.

Elle posa la partition sur le pupitre.

— C'était un bon pianiste. Pas de ton niveau, bien sûr, mais il se défendait. Il m'en jouait pendant des heures. Et moi, assise à côté, j'écoutais, je rêvais. Il y avait un morceau que je préférais à tous les autres. Ça fait soixante ans que je ne l'ai pas entendu.

— Qu'est-ce que c'est ?

— Viens voir.

Il s'avança jusqu'au piano et regarda la partition posée sur le pupitre : Étude, opus 2, n° 1, de Scriabine.

— Je ne le connais pas, dit-il en parcourant les notes du regard.

— C'est magnifique, déclara-t-elle, aussi excitée qu'une petite fille. Scriabine avait ton âge lorsqu'il l'a écrit, tu te rends compte ? C'est Guy qui me l'avait dit. Tu imagines, composer une musique pareille, si jeune !

Il n'avait jamais vu, dans son regard, une expression aussi proche de la tendresse.

— Tu devrais la jouer, reprit-elle. Il est légitime qu'un jeune garçon brillant joue l'œuvre d'un autre, tout aussi talentueux.

Il tourna la tête, trop embarrassé pour répondre.

— Alors, tu es d'accord ?

— Si vous voulez.

Elle s'écarta pour lui laisser la place. Il s'apprêtait à s'asseoir, quand quelque chose attira son regard... quelque chose qu'il avait oublié et qui le bouleversa : l'étoile dessinée par Capucine dans la poussière qui recouvrait le piano. L'espace d'un instant, il eut l'impression qu'elle était là, à la place de Mme Petit, et attendait qu'il joue. Il ferma les yeux et se concentra sur l'obscurité, à la recherche de la minuscule étoile blanche sur fond bleu et or. Il la vit soudain, plus brillante que jamais. Était-ce elle qui l'avait appelé alors qu'il filait vers la mort ? Capucine la voyait-elle aussi, dans son monde intérieur ? La voix de Mme Petit le tira de sa torpeur :

— Ça va ?

En rouvrant les yeux, il aperçut l'étoile multicolore accrochée au mur. Il se tourna vers la vieille femme.

— Ça va.

Il étudia un instant la partition puis, saisi d'une impulsion subite, déclara :

— Je jouerai cette étude pour vous, de tout mon cœur. Mais pas ici.

— Où, alors ?

— Dans la salle de concert du village, ce soir.

— Je n'irai pas.

— Pourquoi ?

Il la regarda avec insistance.

— Je suis sûr que ça vous plaira ! Je jouerai pour vous, je vous le promets !

Un désarroi profond se peignit sur le visage de Mme Petit.

— C'est là que je veux la jouer, et là seulement. Au concert, se força-t-il à insister.

Mais son désarroi se muait déjà en colère :

— Fais ce qui te chante ! lança-t-elle d'une voix hargneuse. Je n'irai pas !

— S'il vous plaît...

— Pourquoi ? Personne n'a envie de me voir !

— Si, moi. Nous sommes amis. C'est vous qui l'avez dit.

— Aux policiers. Pour qu'ils te laissent tranquille, et moi aussi.

— Je veux quand même que vous veniez.

— Je n'irai pas ! aboya-t-elle, le visage défiguré par la rage. Tu n'as pas deux sous de jugeote ! Tu ne t'es jamais demandé pourquoi je n'aimais pas sortir ?

Elle baissa la voix, mais on aurait dit un cri silencieux :

— Sais-tu ce que c'est d'être laid ? Non, bien sûr. Tu es jeune, beau, tu as le monde à tes pieds. Tu n'auras jamais de problème pour te faire des amis, ni pour te trouver une copine. Tu ne sais pas ce que ça veut dire de voir les gens détourner le regard, de lire le dégoût sur leur visage, de se faire insulter, moquer, ou encore ignorer, comme s'ils risquaient d'attraper un sale virus !

— Guy ne vous voyait pas comme un sale virus...

— Guy était différent !

Elle criait, à présent :

— Je te l'ai déjà dit ! Guy était exceptionnel ! Il n'y a jamais eu d'autre Guy et il n'y en aura jamais !

Elle se tut, puis se remit à marmonner, toujours en colère :

— Pourquoi crois-tu que j'aie tant aimé avoir Capucine auprès de moi ? Parce qu'elle était aveugle. Elle était si... confiante, si aimante, si... heureuse. Elle n'a jamais su que j'étais laide. Sinon, crois-tu qu'elle m'aurait laissée l'approcher ?

Elle fit entendre un grognement méprisant.

— Elle aurait réagi comme tous les autres. Elle se serait enfuie en courant plutôt que de me laisser la toucher.

Elle arracha la partition du pupitre.

— Si tu ne joues pas ce morceau ici, tu ne le joueras nulle part. Débarrasse le plancher !

Il s'aperçut qu'il tremblait : comment avait-il pu se tromper à ce point ?

— Je suis... je suis désolé, balbutia-t-il. Je voulais seulement... vous encourager à sortir. Je... je ne voulais pas vous faire de mal. Laissez-moi jouer maintenant !

— Pars !

— S'il vous plaît. J'aimerais...

— Dehors ! Je ne veux plus te voir !

Elle se détourna, le visage convulsé, le regard fixe et sombre. Luc chercha désespérément un moyen de se faire pardonner.

— Madame Petit ?

Elle ne répondit pas, ne le regarda même pas.

— Je suis vraiment désolé...

Toujours rien. Il se mit à réfléchir, puis reprit :

— Madame Petit ? Je... je la jouerai au concert ce soir. On a les *Études* de Scriabine à la maison. Papa les avait achetées, alors...

Il fit une pause.

— Je vais passer l'après-midi à travailler et je vais la jouer ce soir. Que vous soyez là ou non. Mais je... j'espère que vous serez là.

— Aucun risque, marmonna-t-elle sans le regarder.

— Et... et...

— Va-t'en.

— Et je suis vraiment désolé pour ce que j'ai dit. J'ai eu tort. Et... si vous avez envie que je revienne jouer pour vous... un morceau ou un autre... ça me ferait plaisir...

Elle parla à nouveau, et sa voix cette fois était proche des larmes :

— Va-t'en.

Il se sentait coupable. Coupable et fâché contre lui-même. Même si ses intentions étaient bonnes, il avait été stupide de vouloir lui forcer la main. Il aurait dû savoir qu'elle refuserait.

Maintenant qu'ils étaient brouillés, il le regrettait. Malgré la bizarrerie de leur relation, il s'était attaché à elle. Il ressentait même le désir de la protéger. Pourquoi s'obstinait-il, alors qu'elle semblait si peu tenir à lui ? Il n'aurait pas su le dire. Peut-être était-ce d'avoir volé un bref aperçu de sa vie... ou peut-être à cause de la douceur de sa voix lorsqu'elle parlait à Capucine. Il ne le saurait sans doute jamais. Elle avait tiré le rideau sur sa vie, une fois de plus, et il doutait qu'elle le rouvre un jour.

Il était cependant décidé à jouer l'étude de Scriabine le soir même, advienne que pourra. Le lendemain, il reviendrait au *Manoir*, s'excuserait et tenterait de la convaincre de le laisser jouer chez elle, sur son piano, comme elle le lui avait demandé.

Il passa l'après-midi à travailler. Sa mère était partie chez Roger, et il était heureux d'avoir la maison pour lui tout seul. C'était étrange à quel point cela lui paraissait naturel, à présent. Sa mère avait voulu rester auprès de lui, mais il avait insisté pour qu'elle parte. Il lui avait dit qu'il allait bien, qu'il préférait être seul pour travailler. En réalité, ce n'était qu'à moitié vrai. Il se sentait à nouveau fragile, sans raison. Était-ce la dispute avec Mme Petit ? Le contrecoup du choc ? Non. Il sentait que c'était quelque chose de plus profond. Et plus il jouait, plus il se sentait vulnérable, comme si quelque chose en lui, longtemps enfoui, se trouvait soudain exposé au grand jour.

Il essaya de se perdre dans la musique. L'étude de Scriabine, qu'il n'avait jamais entendue, était magnifique. Il la joua et la rejoua, chaque fois différemment, et chaque fois il l'aimait davantage. Il pensa à Mme Petit, qui avait écouté Guy jouer ces mêmes notes. Il l'imaginait debout près du piano, ou assise dans un fauteuil. Il se remémora le jeune couple de la photo, devant le restaurant : ils avaient l'air si heureux ! Puis l'image s'effaça et il revit le visage lourd de tristesse de la vieille femme.

Il s'arrêta avant la fin du morceau, tendu. Il avait chaud. Le soleil tapait sur les vitres de la fenêtre fermée. De l'autre côté, les feuilles de la glycine remuaient doucement sous l'effet du vent. Il se leva et l'ouvrit. Immobile, il observa un rouge-gorge sur la mangeoire. Puis, appelé par la musique, il retourna au piano et joua les dernières notes. Le silence retomba. Pourquoi se sentait-il si agité ? Ça n'avait pas de sens. Il aurait dû se sentir heureux, soulagé. Ni Skin, ni Damien, ni Benoît ne le persécuteraient plus jamais. Sa relation avec sa mère s'était apaisée, le problème de Roger était résolu, Capucine était en sécurité...

Capucine.

Il se demanda où elle était, ce qu'elle faisait, ce qu'elle ressentait. Quel sens donnait-elle à ce monde qu'elle ne pouvait voir, elle qui était dépourvue de souvenirs, avec un âge mental bien inférieur à son âge réel ? Il se remémora son visage quand il l'avait portée à travers la forêt. Un vrai petit lutin dans ses bras, aussi confiante que s'il avait été son père, sa mère ou son frère. Il ferma les yeux, contempla sa propre obscurité, sa confusion et, l'espace d'un instant, il eut presque l'impression d'être aveugle. Mais peut-être était-il aveugle, à sa façon. Aveugle, perdu, incapable de se rappeler d'où il venait, ni de comprendre de quoi était faite sa vie. Peut-être, comme Capucine, suffisait-il de faire confiance, d'espérer que quelqu'un viendrait le prendre dans ses bras pour le porter un bout du chemin...

— Où es-tu, maintenant, Capucine ? murmura-t-il. Que fais-tu ? Te souviens-tu de moi ?

Il se mit à jouer *Rêverie* quand, soudain, il perçut un bruit. Il s'interrompit et écouta. Il n'entendit rien d'abord, puis il y eut un infime frémissement de cordes. Il tendit l'oreille pour le distinguer de façon plus claire et, brusquement, il comprit.

C'était la harpe, ce vieil instrument délaissé. Le vent en jouait, lui, à travers la fenêtre qu'il venait d'ouvrir, pinçant les cordes de ses mains invisibles. Les murmures des notes l'effleurèrent, légers comme une caresse. Il regarda vers la fenêtre, s'attendant à trouver Capucine à la place de la harpe.

— Parle-moi à travers la musique, dit-il. Et je te répondrai de la même façon.

Il reprit *Rêverie* et, dans le silence qui suivit, la harpe continua de tinter. Puis, lorsque le vent cessa de souffler, le son mourut. Assis au piano, il écouta le silence.

Il regarda la partition sur le pupitre : Étude, opus 2, n° 1 de Scriabine et pensa, songeur, qu'elle avait été écrite par quelqu'un de son âge. Il essaya de se représenter le jeune garçon russe en train de griffonner ces mêmes notes puis, à sa grande surprise, il se mit à jouer la mélodie inachevée, « l'air de papa ». Elle lui venait comme un parfum et il se contenta de l'habiter. D'habitude, elle reprenait au début après quelques mesures. Mais cette fois, alors qu'approchait le moment fatidique où elle s'interrompait, il sentit qu'il allait continuer. La mélodie jamais exprimée se détacha de lui comme un fruit mûr... L'ancienne mélodie avait pris fin et la nouvelle commençait, d'abord hésitante, puis avec une force grandissante, jusqu'à devenir un fleuve de sons que rien ne pouvait arrêter. Il joua sans savoir où l'entraînait la musique, ni ce qu'elle signifiait, sinon qu'elle l'inondait et l'asséchait tout à la fois. Il joua encore et encore, et la musique l'emporta, lui faisant tout oublier.

32

Vingt minutes avant le début du concert, la salle du village était comble. Seules restaient libres quelques chaises volantes que M. Harding avait placées au fond pour les retardataires. Même Mlle Grubb était là. Il était de notoriété commune qu'elle n'avait aucune oreille, mais les concerts des élèves de M. Harding faisaient partie de la vie du village depuis si longtemps que personne n'aurait voulu les manquer.

Luc, assis devant entre Miranda et sa mère, ne cessait de se retourner pour scruter la foule. Les interprètes, pour l'essentiel de jeunes enfants accompagnés de leurs parents, formaient quatre premiers rangs aussi remuants que bruyants. M. Harding montait et descendait l'allée, très à l'aise, extravagant avec son costume bleu et son nœud papillon rose. Il avait l'air heureux, détendu, et surtout décidé à ce que son dernier concert soit une réussite.

Il n'y avait pas le moindre signe de Mme Petit.

Même si Luc n'y croyait pas vraiment, il ne pouvait s'empêcher de vérifier sans cesse. Au point que sa mère finit par lui demander pourquoi il se retournait tout le temps. Il haussa les épaules et ne répondit pas, mais continua à guetter. Il était conscient, pourtant, que c'était absurde, que jamais elle ne mettrait les pieds dans un lieu public comme celui-ci. Elle était restée chez elle et, de même que M. Harding, préparait son départ. Il partait à Norfolk, elle s'en retournait en Inde. Tous deux s'en allaient vers une autre vie, et Luc avait le sentiment que lui aussi, d'une certaine manière. Même s'il ne quittait pas les lieux, il laissait derrière lui une certaine façon d'être, parce qu'elle ne correspondait plus à ce qu'il était devenu. Et cependant, il se sentait toujours fragile.

Et surpris. Les gens s'étaient montrés si gentils avec lui ! Il s'était attendu à de la froideur, du moins de la part de certains qui, il le savait, avaient désapprouvé son adhésion à la bande. Mais il se trompait. Même Mlle Grubb lui avait demandé s'il allait bien. Son histoire avait dû faire le tour du village et il ne rencontrait partout que gentillesse et sollicitude. Et curiosité. Surtout de la part de Miranda.

— Pourquoi tu ne veux pas me le dire ? s'exclama-t-elle.

Elle relut à voix haute la dernière ligne du programme.

— « Luc Stanton : choix personnel. » Alors, que vas-tu jouer ?

Elle le regardait d'un air taquin. Il était sûr qu'elle n'attendait pas sérieusement qu'il réponde.

— Attends, tu verras.

— Oh, allez... dis-moi !

— Non.

— Je croyais qu'on était amis...
— Moi aussi.
Miranda se pencha vers sa mère.
— Madame Stanton ? Qu'est-ce qu'il va jouer ?
— Je ne sais pas. Il ne veut pas me le dire non plus.
Elle jeta à Luc un regard de biais.
— Du moment que ce n'est pas trop long... Avec tous ces enfants dans la salle, ils ne vont jamais tenir !
— Pourquoi pas la *Hammerklavier*[1] de Beethoven ? suggéra Roger. Cette petite sonate ne dure qu'une heure, à peine. Si Luc joue vite, on pourrait être sortis avant minuit...
— Je n'écoute plus, décréta Luc.
M. Harding se frayait un passage vers la scène. Le brouhaha des voix s'estompa, remplacé par un silence plein d'attente. Luc jeta un dernier regard à la salle, mais la vieille femme n'était toujours pas là. Il fronça les sourcils. Il se sentait vraiment idiot d'attendre comme ça : il se promit de ne plus la guetter et essaya de se concentrer.
Sur scène, M. Harding s'éclaircissait la voix.
— Mesdames et messieurs, bonsoir. Il fait un peu étouffant ce soir, alors nous allons laisser la porte du fond ouverte. Comme ça, si quelqu'un veut échapper à la musique, il ne le pourra pas.
Le public fit entendre un rire poli.
— Et si on joue vraiment fort, on arrivera peut-être à faire sortir les clients de *La Chope percée*... ce que j'ai tenté en vain depuis des années.

1. Sonate pour piano n° 9. (*N.d.T.*)

Autre rire poli. M. Harding fit un clin d'œil à M. et Mme Davis, assis quelques rangs derrière Miranda et Luc, puis poursuivit :

— Enfin, comme c'est mon dernier concert – il me semble que je vous entends pleurer ou n'est-ce qu'un soupir de soulagement ? –, j'espère qu'il sera réussi. J'ai toutes les raisons de penser qu'il le sera. Nous avons parmi nous de merveilleux artistes, qui ont tous travaillé dur, et je suis très fier de chacun d'entre eux. Mais vous n'êtes pas venus pour m'entendre radoter, donc nous allons tout de suite passer à la musique. Merci d'applaudir, pour le premier morceau de la soirée, Naomi et Jeanne, qui vont vous jouer *Que les brebis paissent en paix*[1].

Au milieu d'un tonnerre d'applaudissements, deux petites filles grimpèrent nerveusement sur scène, leur flûte à bec à la main, et le concert commença. Luc essaya de se détendre, mais en vain. Ce n'était pas juste le trac, mais une sorte de nervosité, comme si quelque chose l'appelait, il ne savait pas quoi. Tour à tour, les interprètes montaient sur scène et jouaient leur morceau : Géraldine, Glenn, Suzanne, Sally, Zoé, Jean, André, Sian, Sarah, Pierre... entre les morceaux, et malgré sa résolution, Luc se retournait.

Mme Petit n'était toujours pas là.

La soirée s'écoulait. Le moment approchait où il allait devoir monter sur scène avec Miranda, puis rester seul pour son solo, le clou de la soirée. Il sentait qu'à ses

1. Jean-Sébastien Bach, *Cantate n° 208*. (*N.d.T.*)

côtés Miranda s'agitait sur son siège. Il croisa son regard inquiet. Elle se pencha soudain vers lui, pâle et tendue :

— Je ne te laisserai pas en rade, Luc, je te le promets !

— Je sais.

— Je suis tellement... nerveuse.

— Tout va bien se passer.

Les lèvres serrées, elle regarda fixement la scène, où Georges et Julien jouaient un morceau de guitare. Luc lui pressa légèrement la main. Elle esquissa un sourire dans sa direction.

Les applaudissements fusèrent. Les garçons saluèrent, se tapèrent dans la main, puis revinrent s'asseoir. Miranda prit sa flûte.

— C'est à nous.

Ils montèrent sur scène. Luc gagna le piano et s'assit, puis attendit qu'elle lui fasse signe. À sa droite, il ressentait la présence du public comme un immense corps secoué d'un mouvement incessant. Il respira profondément. Il aurait aimé que les gens cessent de remuer, mais les enfants, surtout ceux qui avaient joué, étaient maintenant très excités. Il se rendit compte que l'attention générale se portait sur lui. Miranda glissa vers lui un regard anxieux. Il sourit pour la rassurer. Elle avait l'air si pressée que tout soit fini qu'il craignit un instant qu'elle ne joue trop vite et qu'elle ne gâche tout.

Il avait tort de s'inquiéter. Le public se calma et, dès qu'elle se mit à jouer, il sut que tout se passerait bien. *La Danse des esprits bienheureux* fut exactement ce qu'elle devait être, et tandis que les notes s'égrenaient, il sentit que les esprits dansaient autour d'eux. Miranda ne joua pas aussi bien que la veille, mais mieux, bien mieux. Le silence qui suivit fut le plus musical qu'il ait jamais entendu. Quand les applaudissements explosèrent enfin, il se sentit si ému qu'il se leva pour l'applaudir, et poussa des cris enthousiastes en lui souriant ; elle lui sourit en retour, rouge de bonheur. Il la rejoignit sur le devant de la scène et ils saluèrent ensemble. Les applaudissements crépitaient à leurs oreilles.

— Merci, Luc, déclara-t-elle en se redressant. Merci, merci, merci !

Elle lui sourit encore, puis descendit les marches et regagna sa place. Les applaudissements moururent. Il revint lentement vers le piano, s'assit, ouvrit la partition et essaya de se concentrer, conscient du silence qui s'épaississait et des regards qui se fixaient sur lui. Même les plus jeunes s'étaient calmés, comme si la tension de l'attente les avait gagnés aussi. Et il savait que celle-ci avait été longue. C'était au tour de la vedette, il fallait qu'il assure. Et pourtant, tandis qu'il fixait la partition devant lui, il n'arrivait pas à penser à autre chose qu'à la jeune femme de la photographie – cette jeune femme ordinaire qui ne payait pas de mine – et à l'homme qui l'avait aimée, et qui était mort.

Il se tourna vers le public.

— Je vais jouer un morceau de Scriabine, l'étude, opus 2, n° 1. Je voudrais...

Il baissa les yeux, puis les releva sur la mer de visages qui l'observaient.

— Je voudrais la dédier à une de mes amies et... à son mari. Merci.

Il tendit les mains, pressé d'en finir avec les discours et de se fondre dans la musique, le plus vite possible, comme Miranda. Mais, avant même d'effleurer les touches, il perçut un mouvement au fond de la salle. Il suspendit son geste et tourna la tête. Le public suivit son regard.

Mme Petit était apparue sur le seuil. La coïncidence était si parfaite qu'il sut qu'elle avait attendu dehors, écoutant sans être vue, à travers la porte ouverte. Elle paraissait mal à l'aise, embarrassée, effrayée et, alors que tous les regards se posaient sur elle, parut sur le point de fuir et de disparaître. Mais M. Harding fit un pas vers elle, un sourire aux lèvres, et lui désigna l'une des chaises restées libres. Elle alla s'asseoir dans le silence le plus complet, toujours aussi tendue et mal à l'aise... puis son regard croisa celui de Luc.

Soucieux de la rassurer, il se dépêcha de sourire. Il sentait sa terreur, son besoin de réconfort. Sa détresse le touchait de la même façon que l'avaient bouleversé les notes implorantes de l'étude de Scriabine. Il mesura le courage qu'il lui avait fallu pour venir. Il sut qu'il ne lui restait qu'une chose à faire : jouer.

Et soudain, tout sembla basculer. La salle se vida, les spectateurs s'évanouirent, il se retrouva seul. Seul avec cette vieille femme terrifiée assise dans le fond de la salle. Si ses yeux ne quittaient pas la partition, son attention était tout entière tournée vers elle. Il la sentait figée sur sa chaise, raide, attentive. Des larmes coulaient sur ses joues. Elle s'était mise à pleurer dès la première note.

Et il les sentait couler comme il aurait senti couler les siennes.

Il joua comme en un rêve. La musique jaillissait par flots, comme si c'était quelqu'un d'autre qui jouait. Lorsque les dernières notes s'éteignirent, il releva enfin la tête et la regarda. Elle souriait. Un jeune soldat de l'armée de l'air se tenait près d'elle, la main posée sur son épaule.

Les applaudissements fusèrent si fort qu'il en fut tout étourdi. Secoué par sa vision, il se leva et s'avança sur le devant de la scène. Miranda, sa mère et Roger s'étaient levés pour l'applaudir. D'autres se levèrent à leur tour. Il jeta un regard à Mme Petit, vit qu'elle applaudissait aussi, et qu'elle souriait toujours. Mais il la sentait retirée au plus profond d'elle-même. Le jeune soldat avait disparu, mais en apparence seulement. Luc savait qu'il était là, non loin d'elle.

Les applaudissements redoublèrent. Luc salua, puis descendit les marches qui menaient à la salle. Presque tout le monde était debout, maintenant. Des rappels retentissaient à travers la salle. M. Harding s'avança, prit Luc par le bras, puis regarda le public et réclama le silence. Au début, personne ne fit attention à lui et les cris continuèrent. Puis, peu à peu, la clameur s'éteignit. Agrippé au bras de Luc, M. Harding éleva la voix :

— Eh bien, j'espère que vous avez tous passé une bonne soirée. Je suis sûr que vous ne rêvez plus que d'une chose, rentrer chez vous et...

Des cris de protestation s'élevèrent, mais des cris bon enfant, car chacun était habitué à l'humour de

M. Harding. Il attendit que le bruit s'apaise et s'étonna d'un air moqueur :

— Excusez-moi, il y a quelque chose que je n'ai pas compris...

— Encore !

— Encore !

— Quoi ? Quelqu'un a dit « encore » ?... Je serais très heureux de vous jouer un bis, mais... je ne pense pas en être capable. Peut-être que...

Il jeta un regard à Luc.

— Je me demande si nous ne pourrions pas convaincre Luc de... euh... ?

La clameur reprit d'un coup. Luc croisa le regard de Miranda, qui lui souriait. Puis la salle retrouva enfin son calme et M. Harding reprit :

— Luc, ils vont me mettre en pièces si je ne leur cède pas, et en plus, je vois ici des gens qui en seraient ravis, alors est-ce que, par faveur pour un ami, tu ne pourrais pas nous sortir un autre morceau de ton chapeau ?

Des cris éclatèrent à nouveau.

— Allez, Luc !

— Un autre !

— Un autre !

Il croisa de nouveau le regard de Miranda, celui de sa mère, puis se tourna vers M. Harding et acquiesça. Les cris se muèrent en acclamations tandis qu'il regagnait la scène et se dirigeait vers le piano. M. Harding attendit qu'il s'assoie, puis se tourna vers le public et réclama, une fois de plus, le silence.

— Nous allons clore cette soirée sur le bis de Luc.

Je suis sûr qu'il a besoin de repos, et moi aussi. Mais avant que les choses ne se terminent, je voudrais dire un grand merci à tous les rigolos habituels qui m'ont aidé à organiser ce dernier concert – vous savez de qui je veux parler – et, bien sûr, à tous les artistes, pour avoir joué si merveilleusement bien. J'espère que vous m'écrirez quand je serai à Norfolk, parce que je vais me sentir très seul avec ma sœur, encore plus vieille et plus foldingue que moi. Alors s'il vous plaît, écrivez-moi, je vous promets de vous répondre à tous. J'apprendrai peut-être même à envoyer des mails, un jour. Qui sait ? On a vu arriver des choses plus étranges. Alors une fois de plus...

Ses paroles furent interrompues par Guy Foley, qui se précipita vers lui.

— Je vous coupe le sifflet pour deux raisons, déclara brusquement le fermier. Premièrement, si je vous fais pas taire maintenant, vous allez continuer à radoter pendant toute la nuit. Deuxièmement, on voudrait entendre Luc jouer...

Des cris d'approbation fusèrent.

— Et troisièmement...

— Excusez-moi, je croyais que vous aviez dit deux raisons...

— Eh bien, je viens d'en trouver une troisième, répliqua Guy Foley en s'éclaircissant la voix. Troisièmement, Suzanne a quelque chose à vous dire...

Une petite fille de cinq ans s'avança, sa flûte à bec toujours à la main. Dans l'autre, elle tenait une carte et un petit paquet. M. Harding se pencha gravement en avant et attendit qu'elle parle.

— Nous voulons...

Elle se mordit la lèvre, les yeux rivés au sol.

— Nous voulons vous dire merci pour...

Elle se mordit de nouveau la lèvre, puis déclama d'une traite le reste de son discours :

— ... pour avoir donné ce concert, et pour la musique, et c'est un cadeau pour vous !

Elle fourra la carte et le paquet dans les mains de M. Harding, puis repartit vers sa mère aussi vite qu'elle le put. M. Harding se redressa, un sourire aux lèvres.

— Merci beaucoup, Suzanne. Je ne sais pas ce qu'il faut faire, ensuite.

— Ouvrez-le, votre machin ! beugla Guy Foley. Allez, au boulot ! Qu'on puisse écouter Luc !

Les rires fusèrent, puis le silence retomba tandis que M. Harding ouvrait l'enveloppe et la lisait. Puis il releva les yeux vers le public.

— Merci. Vraiment, merci à tous. Je ne sais pas quoi dire.

— Ça doit être la première fois que ça arrive, commenta Guy Foley.

De nouveau, les rires fusèrent, puis une accalmie suivit quand M. Harding s'attaqua au paquet. La voix de Guy Foley retentit une nouvelle fois :

— Pour ceux d'entre vous qui ne seraient pas au courant, c'est un chèque pour acheter l'ordinateur qu'il a tout fait pour ne pas avoir depuis des années, et un CD pour aller sur Internet et se procurer une adresse mail.

Il se tourna vers M. Harding.

— Alors, voilà... Il va falloir aller plus loin que Norfolk si vous voulez nous fuir à tout prix.

Il y eut des cris, des rires, et des applaudissements. M. Harding attendit que le silence se fasse.

— Merci. Vraiment, merci à vous tous.

Puis il se tourna, une fois de plus, vers la scène.

— Luc, mon garçon, un dernier pour la route.

Luc se mit à jouer. Il avait essayé de réfléchir, pendant que les autres étaient occupés à parler, à un morceau que même M. Harding, avec sa vaste culture musicale, n'aurait jamais entendu. La réponse allait de soi. Que pouvait-il jouer, sinon ce morceau qui s'était déroulé en lui, sans lui, dans le studio de musique ? La mélodie de son père, qui n'avait plus rien d'inachevé. Une musique que personne, même M. Harding, ne pouvait connaître. Cette fois, il ne vit aucune image, mais les contours sinueux de la musique et les notes qui dansaient autour de ses doigts, comme les motifs de sable dont le vieil homme lui avait parlé. Il jouait. Il n'était plus dans une salle, un village ou un pays, mais dans un firmament d'étoiles et de sphères, de sons et d'ombres, de plus de beauté qu'il ne pouvait en contenir.

La musique prit fin. Le silence s'installa d'un coup, et dura.

Personne ne parlait. Personne ne bougeait. Luc se redressa, le souffle court, la sueur dégoulinant le long de son visage et de ses mains. Puis il se tourna et regarda les spectateurs comme si c'était la première fois qu'il les voyait. Ces derniers le regardèrent en silence, avec un respect mêlé d'admiration. Ce fut Suzanne qui rompit l'enchantement, lorsqu'elle demanda à sa mère, dans un murmure si fort que même Mlle Grubb, au fond, dut l'entendre :

— Pourquoi, cette fois, on n'applaudit pas ?

Les premiers applaudissements crépitèrent, d'abord doucement, puis enflèrent rapidement. Le temps que Luc atteigne le devant de la scène, ils étaient tous debout et criaient bravo. Il salua, plus maladroit que jamais, puis descendit les marches. Il se retrouva immédiatement entouré, mais pas seulement d'enfants : tout le monde semblait vouloir le toucher. On l'embrassait, l'enlaçait, lui serrait la main et lui donnait des tapes dans le dos. Sian et Zoé voulurent un autographe. Guy Foley déclara qu'il n'était pas aussi idiot qu'il le croyait. Même Mme Speedwell vint le féliciter, puis se dépêcha de s'éloigner, avant même qu'il ait eu le temps de la remercier. Sa mère, Roger et Miranda restaient en retrait, attendant que la foule se disperse – ce qu'elle fit peu à peu, au grand soulagement de Luc. Ils s'avancèrent alors vers lui, suivis par M. et Mme Davis, et M. Harding.

Une personne cependant se tenait à l'écart. Et tandis que les autres le couvraient d'éloges, il la guettait du regard. Elle n'avait pas quitté la salle, mais s'était levée et regardait en direction de la porte. Il espérait que quelqu'un irait vers elle et lui parlerait, mais personne ne le fit. Il essaya de croiser son regard. Il ne fallait pas qu'elle parte, pas comme ça. Il était prêt à lui courir après s'il le fallait.

— C'était très mystérieux, cette dédicace, disait Miranda.

Luc se raidit. La vieille femme s'était retournée et avait croisé son regard. Il aurait voulu lui faire signe, mais il savait qu'elle se sentirait insultée. Il devait trouver autre chose.

— Luc ? insista Miranda.

Il lui jeta un bref coup d'œil, puis à la vieille femme, la suppliant du regard.

— Luc ? insista sa mère.

Il pivota.

— Luc, Miranda t'a posé une question sur la dédicace de l'étude de Scriabine.

— J'ai beaucoup aimé, déclara Roger. C'est très beau. Je ne l'avais jamais entendue.

— Mais à qui était-elle dédicacée ? s'enquit Miranda. Qui sont cette amie et son mari ?

— C'est moi, dit une voix derrière eux.

Luc se retourna dans un sursaut. Les autres se tournèrent aussi. Mme Petit promenait son regard méfiant de l'un à l'autre.

— Madame Petit, commença sa mère en lui tendant la main, je suis désolée. Nous n'avons jamais eu l'occasion de discuter...

— Je ne pense pas, répondit-elle, serrant la main qu'on lui tendait.

— Et tout à coup, je découvre que vous connaissez Luc... visiblement... très bien. Ça montre à quel point... je veux dire... à quel point je sais peu...

Elle s'adressa à Luc :

— Tu ne m'as jamais dit que tu avais rencontré Mme Petit !

— C'est très récent, rétorqua celle-ci.

Elle jeta un regard à Luc, puis revint vers sa mère :

— Julien Skinner et sa bande traînaient toujours autour du *Manoir*. Je pense qu'ils avaient l'intention de me cambrioler et, apparemment, ils voulaient que Luc les aide. Mais il a toujours refusé et, du coup, on est devenus amis. Il était chez moi les jours où il a séché le collège. J'ai un piano dont personne ne joue jamais, et je lui ai parlé de mon mari mort à la guerre. Il faisait partie de l'armée de l'air, leur base était à Biggin Hill et, un jour, son avion a été abattu au-dessus de Beachy Head. Mais il me jouait souvent du piano, et surtout cette étude de Scriabine. Luc a séché le collège pour venir jouer pour moi. Vous ne pouvez pas savoir à quel point c'était important pour moi...

— Pour moi aussi, se dépêcha d'ajouter Luc.

— Et je pense, reprit Mme Petit sans le quitter des yeux, que les autres se sont vengés parce que Luc refusait de les aider à pénétrer chez moi.

Luc surprit un très léger sourire sur son visage et, du coin de l'œil, vit que M. Harding l'observait aussi. Ce dernier prit soudain la parole :

— Et le dernier morceau, Luc ? Ça ne me dit rien du tout. De qui est-ce ?

Luc comprit, à son expression, que le vieil homme connaissait la réponse. Mais il répondit quand même :

— De Stanton, monsieur Harding.

— C'est bien ce que je pensais.

— Stanton ? répéta Roger. De Matthieu ou de Luc ?

— Des deux.

M. Harding secoua la tête.

— Je dirais plutôt que c'est un morceau de Luc, pour Matthieu. C'est bien ça ?

Il sourit. M. Harding lui donna une petit tape sur le bras.

— Je dois avouer que ce morceau est une pure merveille.

Les autres firent entendre un murmure d'approbation.

— Merci.

— Et... pouvons-nous espérer d'autres petites merveilles de ce genre ? s'enquit M. Harding.

Luc les entendait déjà résonner dans sa tête.

— Histoire à suivre...

— Sans faute, répondit M. Harding, avant de laisser échapper un soupir. Vous savez, je me demande si mes projets de retraite dans une petite bicoque couverte de mousse dans le Nord ne sont pas prématurés. Surtout maintenant qu'il y a un nouveau Stanton en cavale. Et puis...

Il se tourna vers Mme Petit.

— ... Je suis ravi de faire enfin votre connaissance. Je ne sais pas pourquoi nous ne nous sommes pas rencontrés jusque-là. C'est sans doute ma faute. Je suis tellement absorbé par mes petites affaires ! Il faut absolument qu'on se revoie avant mon départ pour Norfolk. Si vous le souhaitez, bien entendu, je ne veux pas vous forcer la main. Mais j'aimerais beaucoup prendre le temps de discuter avec vous...

— Je vais repartir en Inde d'ici quelques mois, répondit-elle. J'ai déjà mis ma maison en vente.

Son regard croisa à nouveau celui de Luc, puis cilla en direction de M. Harding.

— Mais ce sera avec plaisir. Vous êtes le bienvenu au *Manoir*.

Elle leur jeta un coup d'œil circulaire.

— Vous l'êtes aussi.

— Merci, dit sa mère. Et Luc peut revenir jouer pour vous, bien sûr.

— Il n'aura plus le temps de jouer, coupa M. Harding, il sera trop occupé à composer son grand œuvre !

Il fit un clin d'œil à Luc.

— Et je pense ce que je dis.

— Je sais.

Ils se dirigèrent tous vers la porte. M. Harding était maintenant en grande conversation avec Mme Petit.

— Je n'étais pas loin de Biggin Hill, pendant la guerre. Mais je n'ai rien fait d'aussi courageux que votre mari. J'étais basé à...

Ils continuèrent à discuter comme s'ils se connaissaient depuis des années. Luc, qui se tenait en retrait, essayait de donner sens à tout ce qui s'était passé, et surtout à cette étrange sensation qui l'habitait : malgré son bonheur, il se sentait toujours aussi nerveux, aussi fragile. Il avait l'impression que quelqu'un l'appelait... Et cet appel était si impérieux qu'il ne pouvait s'y soustraire.

Mme Foley et ses aides commençaient à ranger les chaises. Luc et Miranda rejoignirent les autres, qui attendaient dehors, dans la nuit.

— On voit déjà les étoiles, remarqua M. Harding, le nez en l'air.

— C'est magnifique, dit sa mère. Et c'est la pleine lune.

— Mme Petit et moi allons prendre le thé chez moi, déclara le vieil homme. Voulez-vous vous joindre à nous ? Vous êtes les bienvenus...

— C'est très gentil, répondit sa mère. Mais je pense...

Elle consulta Roger du regard.

— ... je pense qu'il est un peu tard.

Il lui sourit, puis se tourna vers M. Harding :

— Merci quand même.

— On serait venus avec plaisir, déclara Mme Davis, mais on doit rentrer : Philippe s'occupe du bar et il n'aime pas rester seul trop longtemps.

— Je comprends, déclara M. Harding, radieux, en ajustant son nœud papillon.

Se tournant vers Mme Petit, il ajouta :

— Il semblerait qu'on ne soit que deux...

— En effet.

Ils s'éloignèrent en leur souhaitant bonne nuit. Sa mère se tourna vers Luc, mais il se dépêcha de parler en premier :

— Maman, je préfère ne pas rentrer tout de suite.

— Très bien.

— J'ai juste besoin...

— Reste seul, le coupa-t-elle en souriant. C'est très bien, je comprends. Tu veux que je prenne ta partition ?

Il la lui tendit.

— Merci... mais...

Il jeta un regard à Miranda, embarrassé, et chercha ses mots. Mme Davis comprit sans qu'il ait besoin de s'expliquer :

— Miranda peut rester aussi. De toute façon, depuis qu'elle a joué, ses pieds ne touchent plus terre.

Elle se pencha vers sa fille et l'embrassa.

— Pas vrai, mon cœur ?

Miranda lui sourit en retour.

— À plus tard, lança Mme Davis.

Luc et Miranda se retrouvèrent seuls. Luc attendit qu'ils aient tous passé le tournant de la petite route pour la regarder.

— Qu'est-ce qu'il y a, Luc ? s'enquit-elle. Tu as l'air un peu bizarre. Quelque chose ne va pas ?

— Je ne sais pas.

Il fronça les sourcils.

— Je ne sais pas si ça va ou si ça ne va pas. Peut-être, au contraire, que... tout va très bien. Désolé, ça n'a pas beaucoup de sens, ce que je dis.

Il se mit à réfléchir.

— Miranda ?

— Oui ?

— Je voudrais aller quelque part. C'est très important. Tu peux m'accompagner ?

Elle acquiesça sans hésiter.

33

Le plus grand calme régnait dans la forêt. Pas un souffle de vent n'agitait les feuilles. On n'entendait ni cri de chouette, ni bruit de bête qui détale, ni même froissement d'aile. Rien ne venait troubler sa profonde tranquillité, tout semblait dormir. Ils avançaient parmi les arbres, sans parler, et leurs pas étaient aussi légers que leurs pensées. Au-dessus de leur tête, à travers la canopée immobile, ils apercevaient le ciel constellé d'étoiles. Ils marchaient l'un à côté de l'autre, habités d'un silence aussi profond que celui de la forêt. Malgré lui, Luc se remit à penser à Capucine. À ce jour où il l'avait portée sur ce même chemin, si peu de temps auparavant.

Où était-elle ? Elle devait dormir. Du moins l'espérait-il : elle avait manqué de sommeil, ces derniers temps. Entourée de ses parents, elle allait retrouver sa joie de vivre. Comme lui. Encore que... la nervosité qu'il ressentait l'empêchait de se sentir parfaitement bien. Il était soulagé d'avoir Miranda près de lui.

Ils traversèrent des clairières éclairées par la lune, puis arrivèrent à celle où demeurait l'arbre blessé. Luc s'arrêta.

— Attends.

Miranda s'arrêta aussi, et le regarda.

— Qu'est-ce qui ne va pas ?

Il observa la clairière. Il était sûr d'avoir perçu un mouvement au pied de l'arbre. Mais qui pouvait se trouver dehors à cette heure de la nuit ?

— Luc ? Ça va ?

Il perçut un autre mouvement et, cette fois, le contour distinct d'une silhouette, debout près du tronc. Quelqu'un. Il en était sûr. À moins que... Il regarda mieux. La nuit lui jouait-elle des tours ? Miranda, elle, n'avait rien vu. Il se demanda s'il devait faire demi-tour.

— Luc ?

Elle s'approcha. Il comprit, à l'expression de son visage, qu'elle avait peur.

— Quelque chose ne va pas ? dit-elle.

— Non, ce n'est pas... se dépêcha-t-il de protester. Tout va très bien. C'est juste que... Écoute... tu peux rester là une minute ?

— Je pensais que tu voulais voir comment allait ton arbre.

— Oui, mais...

— Tu veux être seul avec lui. D'accord, je comprends.

Il lui jeta un regard reconnaissant. Elle se trompait : jamais il n'avait eu autant envie de la sentir à ses côtés. Mais grâce à son erreur, il pouvait la laisser en sécurité, le temps de vérifier qu'il n'y avait pas de danger. Il fallait qu'il vérifie, qui ou quoi que ce soit.

— Je ne serai pas long.

— C'est bon. J'attends ici.

— Ça ira ?

— Bien sûr, s'exclama-t-elle, posant la main sur son bras. Tu ne seras qu'à cinquante mètres ! Tu n'as aucune raison de t'inquiéter...

— Je reviens vite.

— Ne t'en fais pas, Luc. Je comprends.

— À tout de suite.

Il s'avança vers la clairière, les yeux rivés sur le vieux chêne. Il ne s'était pas trompé, c'était bien une silhouette. Il la voyait maintenant distinctement. Luc s'arrêta à la lisière des arbres et l'observa. La silhouette, qui lui tournait le dos, semblait examiner la blessure de l'arbre. Qui était-ce ? Il se demanda s'il devait appeler, de loin, au cas où ce serait un ennemi. Mais il sentit qu'il n'en était rien. Il traversa lentement la clairière et s'approcha. La silhouette dut l'entendre, car elle tourna vers lui son visage éclairé par la lune.

C'était son père. Il était si proche et si familier qu'ils semblaient n'avoir jamais été séparés. Comme s'ils étaient sortis ensemble pour une promenade nocturne et étaient venus, une fois de plus, rendre visite à leur arbre préféré. Alors que Luc le regardait, tremblant, son père posa sur lui un regard chaleureux et vif. Un sourire nostalgique flottait sur ses lèvres. Luc s'approcha encore et encore, jusqu'à ce que leurs visages ne soient plus qu'à quelques centimètres l'un de l'autre. Son père, toujours souriant, continuait à le regarder d'un air tranquille.

— Ça va, murmura Luc. Je vais beaucoup mieux.

Le visage et le corps de son père se mirent à disparaître. Et tandis qu'il s'évanouissait dans la nuit, Luc sentait toujours son regard sur lui, son sourire, son calme. Puis ce fut le vide. Un sentiment de sérénité et de beauté le traversa, vite suivi par le choc, l'incrédulité, la panique. Pris de désespoir, il tendit la main pour saisir la silhouette qui n'était plus là, et se retrouva en train d'enlacer l'arbre.

Dans son dos, une voix appela son nom. Il se retourna, les yeux ruisselants de larmes, et vit Miranda, le visage éclairé par la lune comme, juste avant, celui de son père.

— Luc, murmura-t-elle.

Elle tendit les bras vers lui. Il courut jusqu'à elle et ils se blottirent dans les bras l'un de l'autre. Elle était chaude et pleine d'amour. Elle caressa son dos, son cou, ses cheveux...

— Là, murmura-t-elle. Là, là, ça va aller...

Il sanglotait si fort qu'il avait l'impression qu'il allait se déchirer en deux. Elle continua de le caresser tout en murmurant, puis elle l'embrassa dans le cou, sur la joue et sur la bouche, doucement, tendrement. Il l'embrassa à son tour, noyé de larmes, le cœur battant comme un tambour. Il l'embrassa, l'embrassa, l'embrassa. Puis ils restèrent l'un contre l'autre. Il pleurait toujours, mais il n'aurait pas su dire si les larmes sur ses joues venaient d'elle ou de lui. Il se sentait beaucoup plus calme. Il appuya son visage contre son cou et s'imprégna d'elle, de sa beauté lumineuse. Il n'entendait plus rien, dans le silence de la forêt, que leurs respirations mêlées. Derrière lui, le vieux chêne les abritait comme une grande main blessée.

— Ne me laisse pas, murmura-t-il.

— Je ne te laisserai pas.

Elle le serra contre elle.

— Toi non plus, ne me laisse pas.

Il la serra encore plus fort puis, soudain, se raidit. Les sons se répercutaient à nouveau en lui comme des échos dans l'obscurité : les sons de la forêt, de Miranda et de lui ; de Capucine, de Mme Petit, de sa mère, de Roger, de tous ceux qu'il avait connus ; de son père, des esprits qu'il ne pouvait pas voir, mais qu'il sentait en train de danser autour d'eux ; et puis la musique, celle qu'il avait déjà entendue et celle qui ne demandait qu'à naître, qu'il sentait monter au plus profond de lui. Le chant de la flûte, de la harpe, des cloches et les mélodies confuses de la création se fondaient ensemble dans le profond grondement devenu si familier. M. Harding avait dit vrai : les sons ne lui voulaient pas de mal, c'étaient des amis. Il se cramponna à Miranda, ferma les yeux, sonda l'obscurité bleue et dorée, et vit l'étoile blanche s'ouvrir comme un lotus. Le chant du firmament continuait à résonner autour de lui, en lui, partout.

Il sentit les lèvres de Miranda sur sa joue et tourna la tête pour les trouver. Ils s'embrassèrent tout doucement, puis, toujours l'un contre l'autre, s'écartèrent légèrement, front contre front.

— Tu pleures encore, dit-elle.

Elle caressa son visage.

— Tout va bien. Tu vas te remettre.

— Je sais.

Elle continua à caresser son visage, puis s'interrompit soudain et laissa échapper un soupir.

— Qu'est-ce qu'il y a ?

— Je suis tellement triste pour l'arbre...

— Ne t'en fais pas pour lui, murmura-t-il en passant la main dans ses cheveux. Lui aussi, il va se remettre.

— Roger pense qu'il va mourir.

— Il ne va pas mourir.

— Comment le sais-tu ?

Il écouta à nouveau les sons, puis fut traversé par l'image de cette autre fille qu'il avait tenue dans les bras, cette fille aussi légère que l'air. Ses mots lui revinrent à l'esprit :

— L'arbre chante.

— Quoi ?

— L'arbre chante.

Il plongea son regard dans le sien.

— Il chante. Il se réveille. Il a été blessé, mais il va guérir.

— Comment le sais-tu ?

— Je l'entends.

— Pas moi.

— C'est une sorte de murmure sourd...

Il vit qu'elle le regardait avec le même sourire tranquille qu'elle avait eu, peu avant, au concert ; le même sourire qu'avait eu Mme Petit ; le même qu'avait son père quelques instants plus tôt. Un sourire tranquille et très tendre. Il lui sourit à son tour. Elle s'approcha alors et l'embrassa puis, sans un mot, ils se prirent par la main et, d'un même mouvement, repartirent à travers la forêt silencieuse.

Cet ouvrage a été composé par
PCA - 44400 REZÉ

IMPRIMÉ EN FRANCE PAR BUSSIÈRE
Groupe CPI - Saint-Amand-Montrond (Cher),
août 2008.

Dépôt légal : septembre 2008.
N° d'impression : 082472/1.

Imprimé en France

POCKET Jeunesse
12, avenue d'Italie
75627 PARIS Cedex 13